儿童文学作家论儿童文学

三百年的美丽与童真

——徐鲁儿童文学论集

徐 鲁◎著

时代出版传媒股份有限公司
安徽少年儿童出版社

图书在版编目(CIP)数据

三百年的美丽与童真：徐鲁儿童文学论集 / 徐鲁著.
—合肥：安徽少年儿童出版社，2019.5
（儿童文学作家论儿童文学）
ISBN 978-7-5707-0038-7

Ⅰ.①三… Ⅱ.①徐… Ⅲ.①儿童文学－文学研究－
中国－当代－文集 Ⅳ.①I207.8-53

中国版本图书馆 CIP 数据核字（2018）第 093959 号

ERTONG WENXUE ZUOJIA LUN ERTONG WENXUE SANBAI NIAN DE MEILI YU TONGZHEN XU LU ERTONG WENXUE LUNJI
儿童文学作家论儿童文学·三百年的美丽与童真——徐鲁儿童文学论集　　徐　鲁

出 版 人：徐凤梅　　　　　责任编辑：杨贤稳　高　静　　　　责任校对：邬晓
责任印制：朱一之　　　　　装帧设计：于　青
出版发行：时代出版传媒股份有限公司　http://www.press-mart.com
　　　　　安徽少年儿童出版社　E-mail：ahse1984@163.com
　　　　　新浪官方微博：http://weibo.com/ahsecbs
　　　　　（安徽省合肥市翡翠路 1118 号出版传媒广场　邮政编码：230071）
　　　　　出版部电话：（0551）63533536（办公室）　63533533（传真）
　　　　　（如发现印装质量问题，影响阅读，请与本社出版部联系调换）
印　　制：安徽联众印刷有限公司
开　　本：635mm×900mm　　　1/16　　　印　张：24.5
字　　数：300 千字
版　　次：2019 年 5 月第 1 版　　　2019 年 5 月第 1 次印刷

ISBN 978-7-5707-0038-7　　　　　　　　　　　　　　定价：38.00

目　录

3

辑一

儿童文学的边界与难度

我所理解的儿童文学的「边界」，和儿童文学的「文学」是不同的两类、分级不是一回事。把儿童文学分为低幼文学（以学龄前幼儿为读者对象）、儿童文学（以小学生为读者对象）、少年文学（以青春期的中学生为读者对象），这是早已取得了共识、无须争论的问题。儿童文学的「边界」

在冰心先生的慈辉里

——华文女作家对儿童文学的引领与贡献

　　各位作家朋友,各位来宾,上午好! 能站在这里,参加"海外华文女作家协会第十二届双年会暨海外华文文学论坛"这个盛会,这是我作为一名男性作家,迄今所获得的"最高荣誉"了,所以,首先要深深感谢大会对我的邀请。上午在签到本上,我看到了许多熟悉的芳名,感到非常激动。刚才在会议手册上看到有一组来宾,名为"女作家之友",我想,今天在会场上的每一位先生,包括我本人,都很荣幸地成了"女作家之友"。在座的许多女作家,在我还是一名文学青年时,就是我的偶像,我也拜读过和珍藏着在座的许多老师的书。各位美丽的女士在这个秋空爽朗的季节莅临武汉,必将给这座城市留下一段最美好的文学记忆。

　　"华文女作家对儿童文学的引领与贡献"这个题目,实在有一点大,要展开讲述,足可写成一本专著。所以,我只能约略做一些简短的描述。也许,我演讲的目的只有一个,那就是,向我们华文女作家的"老祖母"冰心先生致敬,向沐浴着冰心老人的文学慈辉而成长起来的,对整个华语儿童文学起到了引领作用、做出了伟大贡献的女作家,献上我的敬意。就我个人而言，当所有的作家——无论是男作家还是女作家——都伟大的时候，我更信任和崇拜女作家。

冰心先生是20世纪中国非常杰出的女作家之一，也是第一代华语儿童文学作家中的"精神领袖"。从20世纪初叶迄今100多年来，不管是儿童文学作家，还是成人文学作家，有谁没有做过她的"小读者"？谁的心灵没有被她笔下的那盏闪烁着橘红色光芒的小橘灯温暖过、照耀过？谁的情感和文字里，不曾接受过冰心《寄小读者》里那涓涓春水的润泽？谁的记忆里，不曾珍藏着和闪烁过冰心那宝石般的繁星的光芒？

冰心把博大的爱心献给了一代代"小读者"和赤脚幼童。她毕生热爱孩子，崇尚母爱和大自然。她的作品所呈现出的最耀眼的光芒，是爱与美的光芒。冰心生前一再寄语儿童文学作家，从事儿童文学，"必须拥有一颗热爱儿童的心，慈母的心"。"儿童文学，应该给世界爱与美。""为儿童创作，就要和孩子交往，要热爱他们、尊重他们。"这些谆谆教导，被一代代儿童文学作家奉若圭臬。

在华文儿童文学领域里，一直有"三大母题"之说，即爱的母题、童年的母题、大自然的母题。细读冰心的作品，我们会发现，这三大母题，都在她的笔下得到了深情的和优美的表现。

关于"爱"，她一再诉说，"有了爱，就有了一切。""人类呵！相爱吧，我们都是长行的旅客，向着同一的归宿。"在她的作品里，我们还感受到了更多"母爱"的温暖。她的诗歌名篇《春水》《纸船》等，都是最温暖、最真挚和最柔和的、母爱的颂歌。她这样歌唱过："母亲呵！天上的风雨来了，鸟儿躲到它的巢里；心中的风雨来了，我只躲到你的怀里。"她的《春水》"自序"，也是一段献给母亲的心声："母亲呵，这零碎的篇儿，你能看一看么？这些字，在没有我以前，已隐藏在你的心怀里。"

冰心也是一位"儿童崇拜者"。她说过："童年呵，是梦中的真，是真中的梦，是回忆时含泪的微笑。"她认为，孩子们"细小的身躯里，含着伟大的灵魂"。她一再赞美说："婴儿，在他颤动的啼声中，有无限神秘的语言，从最初的灵魂里带来，要告诉世界。"她甚至说，当我们聆听着孩子纯净的呢喃之音时，几乎可以把苍白无力的笔抛弃了，因为在她看来，每一个婴孩都是"伟大的诗人"，他们"在不完全的言语中，吐出最完全的诗句"。

冰心也是大自然的女儿。她说："我们都是自然的婴儿，卧在宇宙的摇篮里。"她相信，大自然的微笑，能融化人类相互的怨恨。我们都知道，冰心童年时代跟随在海军任职的父亲在海边度过，她是一个从小就热爱大海的人，大海，也是她心目中的大自然。她这样诉说过："大海呵，哪一颗星没有光？哪一朵花没有香？哪一次我的思潮里，没有你波涛的清响？"

繁星永照，春水长流。冰心老人和她的作品里所散发出来的爱与美的光辉，照耀着、温暖着，也引领着后来的一代代华语儿童文学作家，尤其是女作家。可以说，在那些春水奔腾过的地方，如今到处是鲜花的洪流。

在这里，我想分别从中国内地、台湾和香港地区，各举一位女作家为例，描述一下她们对冰心所倡导的儿童文学精神的传承，以及她们在不同地区对儿童文学的引领与贡献。

这三位女作家分别是葛翠琳（生于 1930 年）、林海音（1918—2001）、黄庆云（生于 1920 年）。她们都是沐浴着冰心的慈辉而成长起来的，属于第二代华语儿童文学作家。在她们的作品里，我们几乎都能听到冰心文学海洋的波涛的清响，也都能感受到冰心生前对儿童文学所寄予的那些殷切期望，那就是对孩子们的热爱，对儿童文学事业的热爱，对人类精神世界中的真善美的热爱与追求。

葛翠琳在新中国诞生前夕毕业于燕京大学社会学系。她的儿童文学生涯，大约是从参加完新中国开国大典游行之后就开始了，迄今已为孩子们创作了 60 多年。不久前，《葛翠琳作品全集》18 册，已经全部出齐。她的《野葡萄》《会唱歌的画像》等童话和小说，已经成为 20 世纪华语儿童文学的经典篇目，也堪称世界儿童文学宝库中的杰作。她的文学创作，从一开始就接受了冰心的爱与美的精神和艺术风格的影响。20世纪 50 年代，葛翠琳就成为冰心老人的学生和朋友，她们经常在一起讨论儿童文学。可以说，她是冰心儿童文学精神的最直接和最优秀的传承者和发扬者。如今，葛先生已是中国内地年寿最高的又一位"祖母级"的儿童文学作家。

除了创作上的薪火相传，葛老师在 1990 年春天冰心九十寿辰之时，又和雷洁琼、韩素音女士一起，倡议创办了以嘉奖优秀华语儿童文学、儿童艺术教育和儿童图书为宗旨的"冰心奖"。冰心老人生前曾嘱咐：冰心奖要做铺路架桥的工作，要把更多的表现爱与美的作品献给小读者。葛先生牢记着冰心的期望与嘱托，20 多年来，把大部分精力和心血都默默地投入到了"冰心奖"的工作上。在我看来，冰心奖已经不仅仅是一个文学奖，而是一种儿童文学精神、一种儿童文学理想和信念的象征。"冰心奖"带着冰心的慈辉,带着冰心的纯洁与大爱,也带着一种寻美、向善、求真的感召力和凝聚力。

20多年来,许多儿童文学作家,尤其是女作家和青年作家,都凭借他们传承了爱与美的冰心精神的优秀作品,获得过"冰心儿童文学奖",并且以获过这个以冰心名字命名的奖项为荣。

林海音是多年生活在台湾地区的另一位"祖母级"的、杰出的儿童文学作家。她的自传体小说名著《城南旧事》和一系列童话作品,也是华语儿童文学宝库里的经典珍品和脍炙人口的传世作品。林海音18岁时从北平新闻专科学校毕业后,在《世界日报》做实习记者时,就采访过年轻的冰心。到了冰心93岁时,她又从台北到北京看望老人。她回忆说:"我们这一代年轻时都读过她的名著,温馨小文如《寄小读者》《繁星》《春水》等,都是歌颂大自然、吟咏赞美人类之爱的美文……"林海音的文字里,也回荡着冰心作品里爱与美的波涛的清音。她用她的一本本作品、她亲手编辑的语文课本、她亲手创办的文学刊物和纯文学出版社,当然,更重要的是用她那优雅、高尚和纯净的人格和精神魅力,滋养着台湾地区的一代代小读者,影响和引领着一代代青年作家。"我展开我的翅膀 / 像一只大鸟,飞向天空 / 天空有足够的地方,让我飞翔。"这是林海音在台湾地区小学课本里的诗句,影响了台湾地区的几代小读者;她的《我们看海去》《窃读记》《冬阳·童年·骆驼队》等散文,也选入了内地的小学语文课本。她的作品在内地可谓家喻户晓,赢得了和热爱冰心作品一样多的小读者的挚爱。林在台湾地区被誉为"文坛之母"和"文坛冬青树"。她七十寿诞时，诗人余光中在献诗中写道："你手栽的幼苗／皆已成林／你爱的关注／已汇成大海／处处都传来／潮水的声音。"

在香港地区，我们要说到另一位"祖母级"的儿童文学作家是黄庆云先生。黄庆云20世纪40年代先后毕业于中山大学中文系、岭南大学社会科学系和美国哥伦比亚师范学院研究院，20岁就开始儿童文学创作，同时创办和主编了香港地区有史以来第一本儿童文学半月刊《新儿童》。当时，她在刊物上开办了一个和小朋友谈心的"云姐姐信箱"，解答许多幼童的提问。当时香港地区的许多小朋友都是她的小读者和"粉丝"，其中有不少人后来都成了作家，例如何紫先生、丰子恺的女儿丰一吟等。现在在美国哈佛大学任教的女作家木令耆（刘年玲），也是她当年的小读者。木令耆曾回忆说，云姐姐和她的作品与通信，为那一代小朋友"带来了光明的世界，也带来了爱的教育"。

黄庆云为孩子们写作的时间已有70多年了，她的《奇异的红星》《月亮的女儿》《小鱼仙的礼物》等，也是华语儿童文学宝库里的经典名篇，给中国几代小读者留下了美好的记忆。她因此被称为香港现代儿童文学的奠基人。她的另外一个特殊的贡献，是亲手把自己的女儿周蜜蜜也培养成了一位优秀的儿童文学作家。因为父母亲的影响（黄庆云的先生是现代文学作家周钢鸣先生），蜜蜜从小就喜欢上了文学，如今是香港儿童文学的领军人物。有一次，蜜蜜陪年近八旬的母亲去出席一个读者见面会，一位白发苍苍的老者走到她母亲身边，激动地说道："云姐姐，您真的是云姐姐吗？"等到确认眼前的老人就是"云姐姐"后，这位当年的小读者眼睛湿润了,说:"我的梦想成真了！我真的见到我的童年偶像了！要知道,半个多世纪以来,我在国外日日想、夜夜盼,做梦也等着这一天！"说着,这位读者还像献出珍宝一样,轻轻拿出了他童年时读过和珍藏的一本本泛黄的"云姐姐"早年的童书。"我真喜欢您母亲编写的书……"那一天,蜜蜜听到最多的话,就是这些年老的读者对她母亲的赞美。

黄庆云在一首小诗中如此表达过她的"儿童文学情结":"我走过九十九条河 / 我描绘过花儿一千零一朵 / 只有童年的花园 / 永远永远地占有我 / 这道理我无法说出来 / 别问我十万个为什么。"值得我们思考的是,这一对作家母女在拜访冰心时,都谈到了冰心作品对她们最早所起到的影响。

我相信,仅仅从这三位老作家身上,我们也已经看到了老一辈儿童文学女作家的一代风华。实际上,在冰心老人的慈辉里,我们今天的儿童文学界已经"五代同堂",五代作家同时耕耘在华语儿童文学这片纯净和美丽的园地里。

儿童文学事业,是纯净的天使和仁慈的圣母般的事业;儿童文学是爱的文学,是真善美的文学,是流淌着温柔的母性和母爱的文学。从这个意义上讲,儿童文学更属于女作家。冰心先生那一代儿童文学先驱们所创建和奠定的一些伟大和美好的传统,正在新一代女作家手中薪火相传。儿童文学的涓涓春水,也使得不少像我这样原本顽劣和粗糙的男性作家,渐渐变得柔和、安静和细腻起来。或者说,儿童文学在我,已经变成了一种自觉、自信和自律。

华语儿童文学界有一个不争的事实是,女性作家整体上比男性作家数量多,而且写得好。我甚至觉得,正是这些女作家,一直在引领着男作家,并且为男作家设置着标准和高度。这使我想到了歌德的诗："那不可思议的，在此处完成；是永恒的女性，引导我们上升。"

"金色的树林里分出两条道路，可惜我不能同时去涉足……当我选择了人迹稀少的那一条，由此决定了我一生的道路。"儿童文学也许是一条人迹稀少的小路。但是我相信，世界上没有渺小的体裁，而只有渺小的作家。借用一句伟人的话说："我们的事业并不显赫一时，但是将会默默地、永恒发挥作用地存在下去。"因此，我也真诚地期待，能有更多伟大的女性作家加入到儿童文学的行列里，聚集到冰心先生美丽的文学绿荫之下。

最后，我想和朋友们谈谈今天的儿童文学阅读问题。如何为孩子们打造一个健康、优质的阅读环境，这是当前正在推进的全民阅读立法工作中，许多家长、教育工作者、儿童文学作家和儿童阅读推广人都在关心的一个问题。

其实，一个良好的儿童阅读环境中，有一项重要的元素必不可缺，那就是家庭阅读环境的营造。美国儿童阅读专家吉姆·崔利斯在他那本有名的《朗读手册》里，把家庭阅读环境简要概括为三个"B"。第一个 B 就是书籍（Books）；第二个 B 就是儿童卧室里的小书架、小书筐或小书篮（Book Basket or Magazine Rack）；第三个 B 就是床头和小书桌上的读书灯（Bed Lamp）。

是的，每一位做家长的，实在都应该首先想到的一件事是，在你们通常会过度卖力去装修的房间里，是否为孩子留出了一个小书架？是否在孩子的小书桌和床头上，安放了一盏舒适的读书灯？

为孩子们点亮童年时代的读书灯，这是所有做家长的不可缺失的责任,同时也仅仅是营造家庭阅读环境的第一步而已。

挪威著名儿童文学作家、《苏菲的世界》的作者乔斯坦·贾德曾说:"最明智的父母,一旦给孩子吃饱穿暖之后,接下来最重要的事情,就应该是为孩子们选择出最好的文学书,带回家来,放进他们的卧室里,或者,直接给孩子们朗读。"

美好的故事就是光明。"如果我有一个梦想,那就是将来有一天,阅读对于孩子们来说,就如我们每天要刷牙一样不可缺少。牙齿卫生很重要,但父母们更应该越来越对其子女的'经历卫生'担负起责任来。"他认为,与那些"电子毒贩子"利用孩子们天赋的好奇心和喜欢玩耍的需要,让他们沉迷于仅仅能够获得感官刺激和一时快感的电子产品,从而剥夺了他们的想象力与自发的活跃性相比,父母们读给孩子们听的文学书,才是真正的"温暖之源"。

由此可见,爱孩子,就必须先送给孩子一个纯正、干净和温暖的阅读环境。而且,还要帮助孩子们学会阅读。对于书,孩子们是没有多少鉴别和选择能力的。因此,家长和老师们应该像定时清扫孩子卧室里的卫生一样,为孩子们清理他们的"阅读环境",包括帮助他们剔除那些无益与不良的读物。给予孩子一个健康、光明和温暖的家庭文学环境,培养孩子良好的阅读趣味和良好的读书习惯,教给孩子有效的阅读方法,对于孩子全面而健康的成长,乃至成就孩子未来的理想,都是至关重要的一件事情。

举一个例子来说吧。格蕾丝是一位在中国生活过多年的美国女子,她出生在美国南方田纳西州一个书香馥郁的家庭里,少女时代曾在姨妈们开办的女子学校里接受过严格的教育，纯美的心灵中早就播下了阅读经典文学作品的种子。1934年，梦想成为一名歌唱家的格蕾丝，跟随她的中国丈夫来到中国，一直生活到1974年才离开。格蕾丝和她的家人在中国生活的那些年，经历虽然十分坎坷，却一直保持着和维护着家庭阅读的高贵与尊严。无论生活怎样动乱不安和局促难堪，格蕾丝和她的子女们都从没放弃一起阅读的习惯。格蕾丝坚持和孩子们一起朗读文学经典。这是她与孩子们亲近和交流的最美好的内容，同时也是最温馨的方式与过程。格蕾丝"甜美的读书声"伴随着孩子们成长，就像小时候在美国南方，姨妈们的读书声融入了她的记忆一样。

当孩子们年纪还小的时候，她给他们朗读；孩子们渐渐长大了，他们一起朗读。他们的读书声，盖过了外面的世界的疯狂喧嚣。孩子们在朗读声中，不仅获得了对声音的敏感和欣赏力，而且也渐渐形成了各自对人生、对生命的思考与理解。格蕾丝的儿子维汉后来回忆说，一遍遍阅读和朗读那些经典文学作品，"不仅让我有了一种历史感，还让我对人生经历的差异和共性有了更深刻的理解，帮助我把眼光放到了自身之外的广阔世界"。

"你或许拥有无限的财富，一箱箱的珠宝与一柜柜的黄金。但你永远不会比我富有——我有一位读书给我听的妈妈。"这是吉姆·崔利斯写在《朗读手册》扉页上的几行诗。这几行诗，值得所有的父母思考和效仿。要知道，"亲子阅读"，是家庭阅读环境中最温馨的时刻，没有一个孩子愿意拒绝一位"读书给我听的妈妈"。吉姆在第一章"为什么要朗读"的开头，引用了儿童文学作家格雷厄姆·格林的一段话："或许只有童年读的书，才会对人生产生深刻的影响。……孩提时，所有的书都是'预言书'，告诉我们有关未来的种种，就好像占卜师在纸牌中看到漫长的旅程或经由水见到死亡一样，这些书影响到未来。"可见，对孩子来说，有一些书，有一些故事，童年时读到了、听到了，也就是永远地读到了、听到了；相反，童年时错过了、省略了，也可能是永远地错过和省略了。它们可能会成为一个人终生的缺失和遗憾。

2012 年 10 月 24 日
在"海外华文女作家协会第十二届双年会
暨海外华文文学论坛"的演讲

美好的文学像秋天的大地一样宽广

——从习近平总书记对苏俄文学的热爱谈起

习近平总书记在文艺座谈会上的讲话，就像吹过祖国大江南北的金色秋风，温煦而浩荡，让我们这些文艺工作者顿感一种秋空爽朗的清明气息，看到了美好的文学艺术所应该拥有的，像秋天的大地一样高远、宽广的前景。

总书记强调，文学艺术创作是铸造人类灵魂的工程，"追求真善美是文艺的永恒价值"，文学艺术是"美"的事业，一切美好的作品，都能给人们的灵魂带来"洗礼"，应该像蓝天上的阳光、春季里的清风一样，"启迪思想、温润心灵、陶冶人生"。因此，作家、艺术家们应该到广阔的天地间、到火热的生活中去"发现自然的美、生活的美、心灵的美"。总书记还以大量的、他所热爱的苏俄文学作品为例，告诉我们什么才是真善美的和具有永恒价值的文学。例如他喜欢普希金的爱情诗和莱蒙托夫的《当代英雄》，喜欢陀思妥耶夫斯基和列夫·托尔斯泰的作品，喜欢肖洛霍夫的《静静的顿河》。他通过仔细地阅读，真切地感受到普希金写的美，陀思妥耶夫斯基写的深，托尔斯泰写的广，肖洛霍夫则对大时代的变革、对人性的反映和刻画非常深刻。

我体会到，总书记是在用一些大家耳熟能详的具体例子，启发我们的作家和艺术家，应该志存高远，努力去写得更美一些、更深一些、更广一些。不然我们就会永远处在"有数量缺质量、有'高原'缺'高峰'"的尴尬状态。

作为一名儿童文学作家，尤其使我激动和自豪的是，总书记在和与会的文艺家们交谈的时候，对儿童文学作家曹文轩说道，"儿童文学很重要"。是的，儿童文学很重要！总书记这是站在祖国、民族和人类的明天与未来的高度上，来看待儿童文学的价值和意义的。这也使我联想到不久前我去瑞典访问时，所获得的一个强烈的感受：瑞典文化委员会的一位朋友告诉我说，瑞典政府十分重视儿童文学。乃至政府每年用于扶持文学项目的津贴，总会对两个方面的申请予以"优先考虑"，其中摆在第一个优先位置的，就是关于儿童与青少年文学和文化权利的项目；其次是关于国家各个地区整体文化发展，尤其是有利于边缘和落后地区文化平衡发展的项目。

我想，习近平总书记这一句"儿童文学很重要"，也应该引起政府相关部门和文学艺术界的重视，应该改变过去那种总是把儿童文学视为"小儿科"的偏见。其实，稍微有点医学常识的人都明白，"小儿科"的地位，一点也不比其他各科要低、要弱，在任何一家医院里，"小儿科"往往会受到高度重视，因为，它是直接关乎我们的孩子安全、健康地成长的大事情。儿童文学也是如此，它是直接关乎孩子们心灵、精神成长的大事情，是直接关乎我们的明天与未来的大事情。既明于此，能不察之，敢不慎乎？

总书记在讲话中还特别指出，一部好的作品，应该是把社会效益放在首位，"文艺不能当市场的奴隶，不要沾染了铜臭气。优秀的文艺作品，最好是既能在思想上、艺术上取得成功，又能在市场上受到欢迎"。我体会到，总书记这是在要求我们，自觉地去承担起"人类灵魂的工程师"的神圣职责，创作出首先经得起一代代读者的评价、经得起历史的考验，然后又能去接受市场检验的好作品。

　　在儿童文学界，毋庸讳言，一些作家和作品也难脱"市场的奴隶"和"沾染了铜臭气"的诟病。这是创作与出版越来越商业化、市场化的结果。但是，作为作家，必须为自己设置最鲜明、最敏感的"道德底线"。作家不应该一味去迎合、俯就市场趣味和商业欲望，更不应该被市场和出版商"绑架"，变成拉低和弱化儿童文学品质的"合谋者"。真正的作家，永远是"人类灵魂的工程师"，有引领、提升市场和社会趣味、大众阅读水准的使命。儿童文学作家，更是担负着对未成年人的心灵引领和精神滋育的神圣的使命，甚至可以说，儿童文学的伟大之处，就在于她既是"天使"，又是"圣母"。儿童文学从它诞生之初，就肩负一个重要的使命：儿童文学是"教育儿童的文学"。这是因为，儿童文学是"教育儿童"的非常好、非常有效的方式之一，从对儿童的心灵成长、文学审美、生活趣味的感染、滋润和引导而言，它都是最好的教育方式。因此，从事儿童文学创作的人，应该比一般的作家更富有慈爱之心和善良之心，更富有神圣的道德感、责任感和使命感。"瞄准星星，总比瞄准树梢要打得高远一些。"作家们要有自律意识，要让自己写得慢一些，写得少一点，写得再精致一些，或许可为提升中国儿童文学的整体水准和品质，带来一点空间与可能。

苏俄儿童文学界曾有一段名言——"有朝一日，后代的人们会恍然大悟：世界上曾有这样一些人，'狡猾'地把自己称为'儿童文学作家'，表面上看他们是在写些东西给孩子们看，其实他们是在悄悄地训练一支坚不可摧的'红色近卫军'哪！"我想，这应该也是中国儿童文学作家们的理想和使命。

　　讲好中国故事，弘扬中国精神，凝聚中国力量；静下心来，精益求精地创作出更多有风骨、有道德、有温度、有美感的优秀作品；为历史存正气，为世人弘美德。这正是习近平总书记在文艺座谈会上的讲话带给我的最深切、最美好的感受。

2014 年深秋时节，武昌

生活之树常绿

——谈谈当下中国儿童文学的现实表达问题

许多儿童文学作家和批评家都在谈论想象力的问题，认为中国儿童文学作家的想象力不及欧美作家，因为我们的作家还没有写出像托尔金的《魔戒》、路易斯的《纳尼亚传奇》、罗琳的《哈利·波特》那样充满想象力的作品。这当然是一个毋庸躲避的事实。其实，当下的中国儿童文学在"现实表达"方面也存在一些问题。我们在过分强调作家的想象力的时候，更应该反思一下我们的现实表达能力。那种关注现实、关注世道人心的悲悯情怀，不仅是成人文学的基本精神，还是儿童文学的基本精神。

大诗人歌德说过：理论是灰色的，生命之树常绿。我说"生活之树常绿"，意思当然就是强调生活之于儿童文学的重要性。这些年来，我们的许多儿童文学作家，过于倚重自己的想象，大都凭借各自的想象和才气在写作。这是客气的说法。说得不客气一点，那就是，没有现实生活的根基，不接地气，许多作品就像无土培植的植物，固然也有花有叶，甚至也是绿色的，可就是没有坚强的生命力，苍白而脆弱，作品没有一两年，就成明日黄花。

当然，作家的想象力不可缺失。世界上的确也有不少天才型的作家，几乎是用"坐井观天"的方式，凭借自己呼啸的想象力，写出了传世的作品。前面说到的《哈利·波特》等就是这样的作品。但是拥有这样超级想象力的作家毕竟是少数。而大多数作家的想象力所能抵达的疆域，其实并不宽广，并非天马行空、无远弗届。我们的想象力其实是十分稀薄和脆弱的。但是我们却总是依靠这种稀薄和脆弱的想象力在不断地写作，以为这就是才能。结果呢，我们写出的作品永远不及现实生活本身那么丰富、鲜活和坚实。即使我们十分卖力地写出忧伤和沉重的东西，也永远不及生活本身忧伤和沉重。这使我想到了卡尔维诺的一个观点，他说，要产生出创造性，非得有一定的坚实性和现实性不可，作家的想象与幻想，就像果酱一样，不能单独吃，只能把它涂抹在现实的面包上。如果没有把想象的果酱涂在现实的面包上，那么想象就只能跟果酱一样，没有形状，也无法用它去创造出任何坚实的东西。

其实我们的创作成果已经验证了这个观点：多年来，我还没有看到国内哪一部比较优秀的儿童文学作品是仅仅凭借想象力取胜的。许多所谓"大幻想"作品，其实并不"大"，也没有走远，生命力极其短促，很快就被读者遗忘了，倒是被大家记住的一些作品，多半都是反映儿童现实生活的现实主义作品。只有真正接了"地气"，作品的生命力也许才能变得强大！

一说到现实的话题，我们首先就会想到诸如当下儿童生存现状、农村留守儿童、进城务工子女教育、独生子女教育、未成年人面临的光怪陆离的媒体环境以及由此导致的

"童年的消逝"等话题。这些都应该成为中国儿童文学作家必须去关注、去思考、去书写的题材,这些也都是当下最典型的"中国故事"。我相信今天会有不少作家朋友谈到和关注到这些问题。

我在这里想说的是一个更具体、更细小的现实话题,那就是,真正的现实主义写作,真正的"现实表达",作品里必须要有现实生活细节,作家仍然需要去走"深入生活、体验生活、发现生活"的老路。这也不仅是一条创作"老路",而是一条文学的宽阔大路。在现实表达这个问题上,除此不会有任何捷径可走。

举一些例子来说吧。沈从文先生写东西十分讲究细节的真实性。根据他的小说《边城》改编的同名电影剧本里有一句描写:"虎耳草在晨风里摇摆着。"沈先生对这个文学剧本的许多细节有过十分仔细的修改和批注,其中对这一句,他这么注解道:"不宜这么说。虎耳草紧贴石隙间和苔藓一道生长,不管什么大风也不会动的。"沈从文对这种朴素的小草十分欢喜。剧本里还写道,端午节那天下着毛毛雨。他评点说:"端午节不会下毛毛雨,落毛毛雨一般是在三月里。"正是因为追求真实,沈从文作品的每一个细节都是那么地道、可信,读起来使人仿佛身临其境,历历在目。

沈从文的学生、小说家汪曾祺先生,在作品里同样也十分注重细节的真实。有一次他谈道,他看了一个青年作家写的小说,用的是第一人称,小说中的"我"是一个才上小学的孩子,写的是"我"的一个同桌女同学的故事,这当然没有问题。但是这个"我"对他的小同学的印象却是:"她长得很纤秀。"汪曾祺先生说,这是不可能的,小学生的语言里不可能有"纤秀"这个词。这样的"事故"其实也会发生在儿童文学作家身上。

去年我去内蒙古呼伦贝尔大草原，参加了动物小说作家格日勒其木格·黑鹤的作品研讨会。我发现他作品里有许多独特的生活细节，说明他对生活、对草原和森林、对动物的生态认识得细致、准确，了如指掌。举两个小例子来说。有一种属于北方草原的、发生在冬末春初的气候现象，在俄罗斯作家陀思妥耶夫斯基、普里什文等人的作品里，我多次读到过，有的翻译家译为"潮雪天气"或"潮雪时节"，对此我一直不得要领。在黑鹤的小说里，我也看到了他对这种独特物候的描写："天空中落着湿雪，已经开始降温了。……当时草原正在酝酿着春日里的最后一场雪，空气中的水分凝结成雪，需要释放出热量。此时，绵软的雪片正在飘落，而气温又没达到冰点，雪在迅速地融化。"读到这里我明白了，"湿雪"不同于"潮雪"，原来就是一种"雨夹雪"的天气。但是因为黑鹤十分熟谙北方草原的天气变化、物候特征、物种繁衍的秘密，因此，他对每一个细节的表述更为准确，也更为传神。还有，许多人都见过草原上的落日，但也许都无法像黑鹤这样写得如此准确和美丽。他写草原黄昏的景色："黄昏的阳光如同熔化的铜液一般流淌在草原上……"描写得十分真实、准确。

再以我的一次写作经历为例。去年我写了一部长篇小说——《罗布泊的孩子》。这个题材离我的日常生活经验相去甚远，一般人也接触不到这个题材。我有幸和几位作家、导演朋友去罗布泊亲身"体验"了那里的生活。只有真正到了那里，才能获得一些你根本无法想象的生活细节。例如在荒无人烟的戈壁沙漠深处的哨卡上站岗放哨，有的战士一站就是几年吧,孤独、寂寞得难以形容,没有任何娱乐活动,有的战士吃完晚饭就用绳子牵着一只沙漠大老鼠遛着玩儿,像遛狗一样;有的战士几年看不见一棵绿树,有一次回到马兰营地,看见榆树沟的大榆树,竟然扑上去拥抱住号啕大哭。还有一次,部队文工团下到这个连队慰问,战士们和女演员都席地而坐开露天联欢会。年轻的战士都是很长时间没有看见女同胞了,当地也没有任何老百姓,所以,文工团演出结束要走了,许多战士都舍不得,有的还呜呜地哭了。有个战士竟然抱来许多红柳树枝盖在沙地上,大家都觉得莫名其妙,原来那里有女兵们席地而坐时留下的印迹。托尔斯泰有言:菌子没有了,但是菌子的气息还留在草地上。这个战士迷恋的就是"菌子的气息"吧。这样的细节,你不深入生活,是永远无法想象出来的。还有一个细节:沙漠里有狼,当年生活在罗布泊的孩子去沙漠里逮"跑路鸟",有一次看见沙窝里有几只小狼崽子,身子埋在沙土里,只有几个小狼脑袋露在外面。他们以为是小野狗,就挖出来带回了营地,结果晚上招来了狼群。原来这是小狼身上出痘子,母狼就用这种方法帮助小狼治疗痘子。这样的细节,你不深入生活,恐怕也无从想象。

真实的现实表达,一定源于作家全身心的投入。好的小说家一定会在细节上讲究和下功夫,一点也不马虎;差的小说家一般都会一笔带过,似是而非。好的小说家却能写出"小百科全书式"甚至"大百科全书式"的作品。

2015 年 6 月 23 日,武昌

22

什么才是写作的根本力量

中宣部、中国作协在北京联合召开的"全国儿童文学创作出版座谈会",给大家提出了六个议题。我觉得提得非常好,都是针对当下我们的儿童文学存在的一些突出的问题或某些缺失而提出来的。相信经过一番讨论和学习,会引起大家一些反思和警醒,达成某些共识,有利于我们各自的创作和出版。

前几天,我们本地的《湖北日报》知道我要来北京参加这个会,约我写了一篇文章,发了大半个版,我写的题目是《生活之树常绿——谈谈当下中国儿童文学的现实表达问题》。我谈的一个基本观点,也正是这次会议提出来的第二个议题:儿童文学作家如何深入生活,描绘"中国式"童年,传播中国精神。

我有个感觉,这些年来,我们的许多作家、评论家一直在强调儿童文学作家的想象力的问题,认为想象力是多么多么重要,而我的意思是,想象力对于任何一位作家来说,都不是个事儿,是不足为奇的,或者说,那是一个基本技能,就像任何一个作家都必须拥有异于常人的语言技巧一样,否则你就当不了作家。我的观点是,中国儿童文学作家的想象力不及欧美作家,我们的作家还没有写出像托尔金的《魔戒》、路易斯的《纳尼亚传奇》、罗琳的《哈利·波特》那样充满想象力的作品,这当然是一个毋庸躲避的事实。而同时,当下的中国儿童文学的现实表达能力,其实也很苍白无力。这些年来,我们过于倚重自己的想象力,大都凭借各自的想象和才气在写作,没有现实生活的根基,不接地气,许多作品就像无土培植的植物,固然也有花有叶,甚至也是绿色的,可就是没有坚强的生命力,苍白而脆弱,作品没有一两年,就成明日黄花。所以我认为,我们在强调想象力的时候,更应该反思一下我们的现实表达能力。那种关注现实、关注世道人心的悲悯情怀,那种表现真实的"中国式"童年、传达真正的中国精神的儿童文学,才是中国儿童文学自诞生那天起,一代代作家一直都在追寻的基本精神。从鲁迅、叶圣陶、冰心、张天翼、陈伯吹那一代作家,到严文井、金近、郭风、柯岩、葛翠琳、金波等20世纪五六十年代的一代作家,一直到新时期八九十年代的那一代作家,可以说,几乎全部是现实主义作家,从他们的作品里,我们可以清晰地看到中国100多年来的儿童生活与精神成长的历程,而且在每一个年代里,都为读者留下了一些形象鲜明、性格鲜活的儿童形象,形成了一条真正的儿童形象画廊。

但是,自90年代以后,我觉得这种现实主义的儿童文学脉络变得模糊不清了。中国儿童文学的那种基本精神,那种关注现实、关注世道人心的悲悯情怀,越来越寡淡了。其原因就是儿童文学作家们的价值观,变得越来越混乱,甚至甘于迎合低俗趣味、自我矮化。有一些童书则假幻想乃至"大幻想"、儿童游戏精神和快乐精神、浪漫精神之名,撤去了儿童文学应该具有的道德底线,实现了完全的娱乐化和低俗化。我想,这种现状,只要是有良知的人,一定都能感觉到。令人匪夷所思的是,几乎所有的销售排行榜和书店里的童书台面上,铺天盖地的都是这样的童书。作家们乐此不疲,出版社推波助澜,形成了一条稳固的市场化链条。这其实也是我们的儿童文学面临的现实问题。

对于这种现状,我有一个基本判断,那就是,如果一部儿童文学作品所呈现出来的作家的情怀并不崇高、并不温暖,作品里所蕴含的文学成分也极其稀薄和寡淡,甚至根本谈不上对文学之美的追求的话,那么,这本书即使再怎么畅销,这个作家再怎么走红,包括获奖、开研讨会、被评论、被"推向世界",其实都不是真正的儿童文学的成功,而仅仅是作家世俗生活的成功,是一种商业和市场运作的成功。这种成功,最终代表不了儿童文学的高度。因为我们还从来没有看到一个国家、一个地区、一个作家,在夸耀自己的文学高度的时候,是用畅销书榜、码洋、版税等作为标准的。我听到去过美国参加儿童文学会议的同志讲,美国的一些专家对中国儿童文学的认识,似乎仍然停留在中国传统的二十四孝故事的水平上。这也许是有点夸张了,但是至少也让我们隐约看到,中国儿童文学还远非我们自夸的那么强大。我们的童书出版所创造的那一点产值,与全国其他行业的产值相比,恐怕也不值得夸耀吧?更不用说与世界上一些真正强大的童书出版国家相比了。我用这样一种基本判断,来安定自己,驱除儿童文学界的各种信息带给自己的焦虑感,一如既往、按部就班地写自己每年创作计划中的东西。

最后，我再谈一点儿童文学作家的价值观和如何塑造美好心灵的话题。我在一篇书评里引用过诺贝尔文学奖获奖作家奈保尔的一句话："好的或有价值的写作，不仅仅是单纯的技巧，而是有赖于作家身上的某种道德完整。"儿童文学创作也不会例外。如果说，儿童文学作家之间也存在着比赛与竞争，那么，我越来越相信，儿童文学最后的比赛与竞争，必定是作家的道德、境界、情怀和人格修养的竞争，而不仅仅是文学技巧和艺术水准上的竞争。殷健灵有一个儿童文学观点我很认同："任何一个孩子都不是孤立于家庭和社会环境之外的。他们不是象牙塔里的玉人儿，他们的成长与整个世界、社会和家庭存在千丝万缕的联系。"因此，儿童文学的"小世界"，也与整个社会环境、时代精神、国家命运、人类文明的"大世界"息息相关。儿童文学不是空中的幻城，也不是与世隔绝的童话城堡，而是带着我们的体温、气息、血液、泪水和汗水的那种鲜活和坚实的生活的反映。儿童文学作家必须对生活、对生命、对成长、对世道人心等做出自己清晰和准确的价值判断，必须富有道义感、社会良知和悲悯情怀，而不能躲避这些严肃的课题，更不能去制造混乱、低级和庸俗的价值观。2000多年前，孟子就追问过："诵其诗，读其书，而不知其人，可乎？"我理解，孟子这是在强调作家作品与人格的统一。儿童文学是塑造儿童美好心灵、引领儿童健康成长的文学，因此我觉得，作为一名儿童文学作家，在情怀、人品、境界、修养诸方面，也应该起到正面的、正能量的、阳光的、励志的作用。托尔斯泰之所以那么伟大，其原因也包括他能自己耕地、肯为乡村孩子编写识字课本和创作美德小故事；泰戈尔之所以那么伟大，其原因也包括他能亲自奔走，为贫困儿童捐资建立许多所学校。我们的情怀境界与这样的人道主义大师相比，有着霄壤之别，但是我们至少可以从守住最基本的道德底线做起吧？

2015年7月9日

在"全国儿童文学创作出版座谈会"小组会上的发言

永恒的黑划子与想象的漂流瓶

　　很久以前,有个名叫克罗蒂娅的小姑娘,曾经这样想象过:有一棵美丽的大树,浓荫郁郁,而很多的书,就像红色的樱桃、金黄色的橘子和褐色的栗子一样,长在茂密的树枝上。它们有大有小,有粗糙的,有光滑的,只要一伸手就可以摘下来。尤其是那些漂亮的彩色画册,它们总是长在最矮的那些树枝上,小娃娃们一伸手就够得着⋯⋯国际青少年图书馆创始人叶拉·莱普曼夫人,正是从自己的孙女小克罗蒂娅美好的想象中得到启发,于是创办了每年一度的"国际儿童图书节"——每年的4月2日,即童话大师安徒生生日那天,要让全世界喜欢书籍的孩子都有条件去读一本好看的书,并且要让孩子们相信,世界上真有这么一棵长满书的参天大树,在大树的绿荫下,所有的孩子,无论是蓝眼睛、黑眼睛,也无论是黄皮肤、白皮肤还是黑皮肤,都能够相聚在这棵大树下。

　　从1967年4月2日举办的第一届国际儿童读书节迄今(2005年),这个美丽的节日已经举办了20多届(国际儿童读物联盟于2006年在中国澳门举办了第30届世界大会)。每年的这一天,主办国都要选出一名最好的儿童文学作家为全世界的孩子写一篇献辞,同时选一名最好的童书插图画家,画一张招贴画,献给全世界的小孩子。而且,每两年一次的世界儿童文学最高奖——国际安徒生奖(有人也把这个奖称为"小诺贝尔文学奖"),也定在 4 月 2 日这天颁发。在这一天,获奖作家都会发表一篇极其精彩的演说辞,他的名字将会伴着他的声音,迅速传播到地球上的每一个国家。

新版《长满书的大树·安徒生文学奖获得者与儿童的对话》,编选和汇集了自 1967 年以来历届国际儿童图书节上作家们的美丽献辞、安徒生奖得主精彩的受奖演说辞,以及历届儿童图书节的彩色招贴画。

这是一些"老天鹅"的话,是世界各国儿童文学大师们所描绘的神奇、美丽和丰富的"书的世界"的景象,所讲述的是一个个昨天的故事和明天的秘密。这是一只只"永恒的黑划子"和"想象的漂流瓶"。"什么也不能像书那样点燃探索的明灯,帮助我们用心灵去认识那些未知的事物。"瑞典童话家林格伦在献辞中说。而希腊女诗人雷娜·卡萨奥斯告诉孩子们,每一本书,就像"黑暗中的萤火虫",它们闪烁着,就像一些永恒的价值在闪光:爱,善,自由,美,温柔,正义,它们给生活以深刻的内涵,给我们匆匆而过的人生以意义。小小的萤火虫,"正以它们微弱的金色光点为武器,驱散随时要围困世界的黑暗"。

也曾经有许多人这样设想过:假如有一天,你将独自一人驾驶着一艘小舟绕地球旅行,或者你将独自一人前往一座孤岛,在那里生活一年、甚至更久的时间,而你只能(或者说只允许你)选择一样东西带在身边,供自己娱乐,那么,你将选择什么呢? 是一块大蛋糕、一盒扑克牌、一只小松鼠、一幅美丽的图画,还是一本书、一个八音盒、一把口琴,或一只装满了纸的画箱?每个人都可以自由地做出自己的选择。然而大多数人表示,更愿意选择一本书。蛋糕一吃就没了;扑克牌和松鼠不久就会变得乏味;围绕在孤岛四周的大海上的景色,胜过你带去的最美丽的图画;八音盒和口琴只能唤起你更大的孤独感;画箱里的纸装得再多也会用完……而唯有一本书——一本你所喜爱的书,才仿佛是一位永远亲切而有趣的旅伴。它将伴随你,给你无穷无尽的想象和欢乐,使你百读不厌、常读常新,不断地感知和发现新的真理;它将帮助你战胜寂寞和孤独,像黑夜里的明灯与星光,为你照亮夜行的小路,指引和帮助你去认识世上的善恶和美丑。英国著名女作家尤安·艾肯在1974年为国际儿童图书节所写的献辞里就讲到,如果有一天,她真的独自漂流在茫茫的大海上,身边只有一本书为伴,那么,"我愿意坐在自己的船里,一遍又一遍地读那本书"。她说,"首先我会思考,想想故事里的人为何如此作为。然后我可能会想,作家为什么要写这个故事。以后,我会在脑子里继续这个故事,回过头来回味我最欣赏的一些片段,并问问自己为什么喜欢它们。我还会再读另一部分,试图从中找到我以前忽视了的东西。做完这些,我还会把从书中学到的东西列个单子。最后,我会想象那个作者是什么样的,全凭他写书的方式去判断他……这真像与另一个人同船而行。"女作家相信,在这种情况下,一本书就是一位好朋友,是一处你随时乐意去就去的熟地方。而且从某种意义上说,它是只属于自己的东西,因为世上没有两个人用同一种方式去读同一本书。

1987年国际安徒生文学奖获得者、苏联著名儿童文学家和教育家谢尔盖·米哈尔科夫说，书是孩子们生活中最好的伴侣。他认为，无论孩子们的家庭生活和学校生活多么有趣，可是如果不去阅读一些美好、有趣和珍贵的书，就像被夺去了童年最可贵的财富一样，其损失将是不可弥补的。很难设想一个没有阅读、没有好书的记忆的童年会是什么样子。"任何好书，不仅会成为一个人的精神财富，还会使人们试图去接近，因为它在我们心中唤起温暖和高尚的情操。"

自然，世界上的书是各种各样的，这是因为我们这个世界本身就是丰富多彩的。欢乐的，悲哀的；真实的，魔幻的；崇高的，弱小的；美好的，丑恶的……整个活生生的世界，都可能进入一本书中。也许正因为如此，我们才更能感受到书的神奇与伟大。我们从不同的书中，既可以看到我们所赖以生存的这个真实的世界，以及我们周围的真实的人、所发生的真实的事件，我们也可以看到那些来自写书人头脑的，虚构和幻想中的世界、人物和故事，如巨人和小矮人、恶毒的巫婆、善良的精灵、神秘的外星人、智慧的魔法师、美丽的海妖、可怕的吸血鬼，等等。

儿童文学作家们也并不回避、并不一味地用美丽的想象力去掩盖和粉饰这个世界上正在发生的灾难与残酷的事件。当装甲车和坦克冰冷的履带，正在碾过那些美丽的花园和学校时，孩子们的笔盒、书包和童年的梦都被埋进了废墟里，就像瓦砾下那些痛苦的、流泪的小草，橄榄树刚刚从冬天里苏醒，白色的叶蕾就被大火烧焦；襁褓中的婴儿在甜美的睡梦中被爆炸声惊醒，蔚蓝的天空被铁丝网分割，再也看不见一只小鸟，这时候，我们也听到了那些愤怒的和充满良知与道义感的声音。1996 年国际安徒生奖得主、以色列作家尤里·奥列呼吁,儿童文学作家要帮助和拯救那些"如履薄冰的孩子",因为,大屠杀曾经是他们童年的一部分。1997年献辞的作者、斯洛文尼亚作家鲍里斯·诺瓦克则直言,孩子们不仅仅生活在光明里,同时也生存在阴影里。因此,他希望,"作为一个不能再真实的警告,希望成年人不要把孩子们的童年变成地狱。让我们都尽自己的一份力,让孩子们免受苦难"!也因此,1984年国际安徒生文学奖得主、奥地利作家克里斯蒂娜·诺斯特林格谈到她为儿童们写作时的一个精神支柱(她把它说成是写书的"办法")就是:"既然他们(孩子们)生长于斯的环境不鼓励他们建立自己的乌托邦,那我们就挽起他们的手,向他们展示这个世界可以变得如何美好、快乐、正义和人道。这样可以使孩子们向往一个更美好的世界。这种向往会使他们思考应该摆脱什么、应该创造些什么以实现他们的向往。"儿童文学作家们的心都是相通的,他们互相之间并不太受地域、民族和文化背景的限制,越是优秀的作家越是如此。因为,他们的写作面向的对象是一样的:那就是整个人类——无论是玩耍中的儿童, 还是坐在壁炉前取暖的老人。

《长满书的大树》的译者黑马(毕冰宾)先生,是一位劳伦斯作品研究家和翻译家,也是一位才华卓异的小说家。更可敬的是,他从20世纪80年代就开始以一人之力,在莱普曼夫人创办的国际青少年读物理事会(IBBY)和中国儿童文学界之间,不断地做着铺路搭桥的工作,不仅首次译介了这些献辞和获奖演说辞,还亲自去IBBY在瑞士一个小城的总部志愿工作了一段时间,被称为"第一个进入IBBY的中国人"。长期以来,他成为IBBY与中国发生直接联系的唯一的

"使者"。这本书"附录"部分,编入了他撰写的关于国际儿童图书节的来历、IBBY 总部纪行,以及莱普曼夫人与"青少年文学的联合国"等文章,也为帮助我们了解 IBBY 的工作和意义,打开了一扇美丽的窗。

2005 年深秋,武昌

儿童文学的边界与难度

一

如果出一道王小丫式的快速抢答题：儿童文学的月亮，哪里的最圆？我想，我肯定会毫不犹豫地揿下桌铃回答：外国的最圆。

事实上，对中国本土儿童文学创作的历史及现状与外国儿童文学的比较与评估，一直存在着截然相反的两种声音。一方认为，中国儿童文学与外国儿童文学并非有着遥不可及的差距，差距虽然存在，但只是表现在某些方面，而并非全部和整体。有的作家甚至认为，我们在某些方面，是与世界儿童文学并驾齐驱的，我们还拥有世界儿童文学所不具备的一些独特而优良的品质。因此，这一方对"言必称希腊"、一说起外国儿童文学作品便赞不绝口、一提起本国儿童文学便一副鄙夷不屑的神态的那一方，是颇有点不以为然的。他们认为，拿整个世界儿童文学来与中国儿童文学进行比较，是不合理、不公允的，如同组织了一支"世界明星队"来对抗一个国家的球队。世界儿童文学固然高峰座座，但这些高峰并不耸立在一个国家里，而是散落在各处和各个语种里。

另一方,即是所谓"言必称希腊"者了。这一方似乎也大有人在。不知道梅子涵先生是否在一些场合有过"一说起外国儿童文学作品便赞不绝口、一提起本国儿童文学便一副鄙夷不屑的神态"的表现,不过,我从他那部影响颇广的《阅读儿童文学》里可以看出,全书收入 77 篇讲评童书的文章,77篇讲的全部都是外国的童书。当然,他这本书原本就是专题谈论外国儿童文学的,问题是他偏偏又用了一个"阅读儿童文学"的书名。因此我想,这可能给他的反对方提供了一个口实:好嘛,原来在阁下眼里,只有外国儿童文学才配称"儿童文学",不然你的书应该叫"阅读外国儿童文学"才准确嘛!

当然,一个书名怎么叫还在其次。我比较认同的,正是他白纸黑字写在书里的,那一段段"一提起本国儿童文学便一副鄙夷不屑的神态"。且容我信手引出几段。他说:"走在书城里,翻着各类的儿童书,我的目光基本上是呆呆的。呆呆的时候挺像一个傻子。人是需要依靠吸引而变得聪明起来的。没有吸引,没有热情,眼睛亮不起来,就会傻里巴叽。我们的儿童书籍,为什么难以让人眼睛亮起来呢?翻来翻去是那些毫无灵性的文字和绘图。文字也没趣,图画也没趣。如果小孩都会喜欢,那意味着我们的小孩本身都有些傻里巴叽。如果你硬要让小孩去喜欢,不喜欢便呵斥他们,那是损毁他们的先天,对革命后代不负责任。对此我很有点痛心疾首。……"

他又说:"(我们的一些儿童文学作家)根本不知道儿童的生命奥秘、生命趣味,可是他们能够几十年如一日地写儿童,编出一个个'活蹦乱跳'的形象。他们自己很喜欢那些形象,可是应该喜欢那些形象的儿童却是一个个都不喜欢。事情弄得滑稽死了。"

在谈到科罗狄的时候，他又忍不住想到我们自己的作家们："他（科罗狄）真正地把匹诺曹当成木偶来写，而不是像我们现在的众多儿童文学作家那样，一个童话中的非人的角色，统统只不过是人的简单翻版，兔子是人，猪也是人，任何不是人的都是人，没有了不是人的属性，而属性正是可爱性，属性里正有着幽默感和趣味。这是作家们不懂吗，还是怎么啦？他们难道以为写些不是人的别类的故事就是在写童话了吗？就是想象，就是幻想了吗？这是一种多么要命的常识错误！"

说到想象力这档子事，他显然更有沮丧感。在谈论了矢玉四郎那本《晴天有时下猪》之后，他情不自禁地又要做点文学比较了：矢玉四郎的想象力真是哗啦啦，哗啦啦。结果这个哗啦啦哗啦啦的故事在日本竟然就再版超过了 100 次。100次哦，我们说什么好。就别说了。（如果）我们也来一些这样的想象力和故事，我们的儿童文学便也会真的飞翔起来。

然而我们的大部分作家，真的是缺乏这样的想象力。梅子涵应该是阅读外国儿童文学作品较多的一位作家和文学教授了。他说，外国的儿童文学故事看多了，甚至还会觉得，就连外国的姥姥也比中国的姥姥会讲故事。英国姥姥，挪威姥姥，还有别的一些国家的姥姥，给孩子们讲起故事来都是一个接着一个的。因此他认为："我们要多读一些属于世界的故事，中国的儿童文学才会渐渐好起来。"

他显然是不惮于以"妄自菲薄"的心态，来谈论中国儿童文学与外国儿童文学的"距离"的。记得俄罗斯儿童文学家们中间，流传着这样一句"励志"式的写作名言：瞄准星星，总比瞄准树梢要打得高些。梅也认为，"飞翔的灵感"，总是要比在泥地里走的灵感要高许多的，在泥地里走，走得不好看且不说，还听得见叽咕叽咕的声音。他认为这就是"距离"。对这种距离我们不应该视而不见。

英国的 A.A.米尔恩是一位儿童故事诗圣手，他的经典童话《小熊维尼》没有谁不喜欢。在谈论小熊维尼的时候，梅子涵先生又一次指出了那个令人沮丧的"差距"："这样的故事罗宾的爸爸讲了十二个，真是生动得神不知鬼不觉。罗宾的爸爸不是儿童文学作家，可是我们这样的参加了作家协会的儿童文学作家，面对罗宾的爸爸是自惭形秽的，连奋起直追也不太容易。"

诗人本·琼森在为 1623 年版《莎士比亚戏剧集》写的献诗里，有过这样的句子："骄傲吧，我的不列颠，你拿出一个人，就可以折服欧罗巴全部的戏文！他不属于一个时代，而是流芳百世。"梅子涵无疑也是深深地钦慕那些只要拿出一个人，就可以折服全世界的国家和民族的儿童文学的，例如，丹麦可以拿出安徒生，德国可以拿出格林兄弟、凯斯特纳、米切尔·恩德或雅诺什，英国可以拿出米尔恩、罗尔德·达尔、刘易斯，美国可以拿出 E·B·怀特或乔治·塞尔登，法国也可以拿出圣埃克苏佩里……

但是我们似乎却拿不出来！这是事实。不仅仅是梅子涵，我相信还有许多人，包括我在内，嘴上没有直接说出来，但我在心里经常是这么想、这么说的。因此，我们现在最应该做的、也能够去做的，就是如梅所倡导的，去悄悄地"走近"那些外国儿童文学大师，"一个个地走近。走进他们的经典里去。我觉得这个过程一定应该发生，从而使我们在那些故事和语言中能学到些真正的儿童文学精神。"

二

之所以在前面先谈论了一番梅子涵先生那本已经出版了好几年的《阅读儿童文学》的书，一是我显然比较认同他对中国本土儿童文学与外国儿童文学之间所存在的"距离"之说；二是要谈论本土儿童文学写作中存在的问题，要为缩小这种"距离"而找到一些可能的"出路"，我觉得，梅子涵提出的"慢写"的倡议，也不失为一种方式。

今年初春，我应邀在上海参加了一场名为"传承与超越——上海儿童文学新十家创作论坛"的活动。这次论坛也是由睿智、浪漫的梅子涵主持。被列入上海儿童文学"新十家"的青年作家有张弘、张洁、李学斌、陆梅、周晴、金建华、郁雨君、殷健灵、萧萍、谢倩霓。与这些青年才俊"对谈"的评论家有刘绪源、方卫平、朱自强、孙建江、陈恩黎、朱效文、简平和我。论坛组织者"分配"给我的对谈作家是陆梅女士，这使我感到十分的荣幸。因为一直以来我很喜欢陆梅的作品，暗自"引以为同道"，并且惺惺相惜，互相鼓励，可谓神交已久。

事先陆梅和我商定，要谈两个话题，即儿童文学的"边界"与"难度"。我觉得这两个话题都提得很好，陆梅也不断地在用自己的写作实绩来试探着儿童文学的边界，来提升着儿童文学的写作难度。因为论坛上给予的谈话时间有限，我们的对谈并没有完全展开。会议之后，我把这两个话题重新梳理了一下。

我所理解的儿童文学的"边界"，和儿童文学的分类、分级不是一回事。把儿童文学分为低幼文学（以学龄前幼儿为读者对象）、儿童文学（以小学中高年级学生为读者对象）、少年文学（以青春期的中学生为读者对象），这是早已取得了共识、无须多加讨论的问题。儿童文学的"边界"问题，其实应该是儿童文学的"文学性"有多么辽阔、儿童文学作家的创造智慧能抵达多远的问题。

上个世纪 80 年代里我读过一本西方文论集，叫《论无边的现实主义》。我认为，儿童文学也是辽阔无边的。思想有多远，儿童文学就能抵达多远；儿童文学作家的想象力和智慧有多远，儿童文学就能抵达多远。《小王子》的边界在哪里？《夏洛的网》的边界在哪里？《海的女儿》的边界在哪里？《麦田守望者》的边界在哪里？《在我坟上起舞》的边界在哪里？恐怕谁也说不出来。如果说，我们目前的儿童文学还有"边界"存在，那只能说明，我们的儿童文学写作者的想象力、创造力和智慧还存在问题。我们的长度只能到达一个很狭窄、很短视的地方。

文学有"边界"吗？肯定没有。文学的力量应该是"无远弗届"的。儿童文学首先也是文学，为什么一定要儿童文学有"边界"呢？我们强调和设置儿童文学的"边界"，也许是出于对小读者的人生经验和理解力的考虑。我们常说："佛性无边。"其实，童心亦即佛性。童心亦无边界。有时，情形恰恰是这样：成年人一生都不能跨越的东西，儿童一步就跨越了。

题材摆在所有人的面前，主题只有一个，而怎么写，却永远是一个秘密。E·B·怀特在回答《巴黎评论》的一次访谈时，认为为儿童写东西，就应该往深里写，而不是往浅里写。他说："孩子的要求其实是很高的。他们是世界上最认真、最好奇、最热情、最有观察力、最敏感、最乖觉,是一般说来最容易相处的读者。只要你的写作态度是真实的,是无所畏惧的,是澄澈的,他们便会接受你奉上的一切东西。"他同时还说道,"我对所谓专家的建议一般都是充耳不闻。当我送给孩子们一个老鼠男孩,他们眼也没眨就收下了;在《夏洛的网》里,我给了他们一只博学的蜘蛛,他们也收下了。"他甚至对一些儿童文学作家在作品里故意避免使用一些他们认为孩子们不会认识的单词而不以为然。

"我感觉这样做会削弱文章的力量,且让读者觉得无趣。要知道,孩子们什么都敢尝试。我把难词扔给他们,他们一反手就击球过网了。应该相信,如果孩子们身处一个吸引他们的文本环境,他们反而会喜欢让他们为难的词。"

还有,儿童文学的读者对象,难道仅仅是儿童,是"小读者"吗?我们不是常说,最好的儿童文学,应该具有把在草地上戏耍的孩子和坐在壁炉边打盹的老人都吸引过来的力量吗?因此,我赞成一种"无边的"儿童文学。

必须承认,在中国当下,儿童文学的写作难度,确实是一个问题。我们的门槛太低,缺少难度和高度。如果说,儿童文学是一场跨栏比赛,那么,我们的栏杆是以"低栏"居多。这样就导致了大量的无难度作品系列的产生。过去,书是一本一本地写,有时候需要几年才完成一半。现在倒好,书都是一个系列一个系列地写,一个系列一个系列地出版。当然,这跟电脑写作也有关系。可是终究还是作家投入其中的才华、智慧和心血太少。书中没有多少文学创作的含量,因此注定是短命的。

好的作品必须是有难度和高度的。我们看诺贝尔文学奖作品也好,国际安徒生奖作品也好,还有那些文字不多的绘本故事也好,都能感觉到那种文学的难度和高度的存在。那才是文学。我们也常常从那些高贵的授奖辞里,看到对那些作家和作品的写作难度、写作高度的肯定。写作的高度,其实也是作家思想的高度、智慧的高度。我们有的作家不仅没有思想和智慧的高度,连思想和智慧的低度也没有,那就难怪有的小读者说我们的一些儿童文学作品"弱智"了。

举一个小例子。小说家汪曾祺先生讲到过一个写作上的细节:他有一个短篇小说,是写他小学时的一位国文老师的,那位老师是校歌歌词的作者。他的小说是从一首小学校歌写起的。原来的开头是:"世界上曾经有过很多歌,都已经消失了。"在一般作者看来,这个开头没有什么不妥的,挺好。可是,汪曾祺先生还不满意。他是一位十分讲究语言的作家。他在外面转了转,回来换了一张稿纸,重新修改开头:"很多歌消失了。"显然,这个开头更加简洁和峭拔了。当然,汪曾祺先生并不是在写儿童文学。但是这个细节给我的启示是,写儿童文学,就应该这么来对待语言和推敲语言。这就是"有难度"的文学。写儿童文学,就应该付出这么一种细致、耐心和苦心。

写作难度也包括你的写作姿态。写得太快,写作被商业市场所控制,也导致了无难度写作的泛滥。即使一些好的作家,也开始写得太多、太快。因此,提倡"慢写"或少写是非常有必要的。甚至也可以考虑像塞林格那样"不写"。作家也应该有"不写"的权利。塞林格一生也只有寥寥可数的几个作品,但是丝毫不影响他作为一名优秀作家的地位和恒久性。他也从来不会被人们遗忘或抛弃。

三

阅读浩如烟海的外国文学,我们会惊奇地发现,几乎每一位获得过诺贝尔文学奖的诗人和作家,都曾以自己深情的笔,为儿童们写下过或多或少的作品。其中如泰戈尔的《新月集》、希梅内斯的《小银和我》、米斯特拉尔的《柔情集》、塞弗尔特的《妈妈》等,都是专门献给孩子们的作品集。他们在成为全人类的文学大师的同时,也成了全世界的孩子们热爱和崇敬的儿童文学作家。这样的名字还可以列出一长串:叶芝、蒲宁、艾略特、夸齐莫多、聂鲁达、马丁松、阿莱桑德雷、埃利蒂斯、米沃什、布罗茨基、希尼、希姆博尔斯卡、君特·格拉斯、辛博丝卡……都为孩子们写过很多传世的儿童文学作品。

更不用说那一个个专注于儿童文学写作的异国的大师和巨匠了。我们从历届国际儿童图书节上作家们美丽的献辞中,从历届国际安徒生文学奖得主精彩的受奖演说里,可以领略到儿童文学无边的魅力。那是一些"老天鹅"的话。那是世界各国儿童文学大师们所描绘的神奇、美丽和丰富的"书的世界"的景象,所讲述的是一个个昨天的故事和明天的秘密。那也是一只只"永恒的黑划子"和"想象的漂流瓶"……正是这些名字、这些作家和他们的作品所闪耀出的夺目的光芒,才让我们不得不抬起头来,仰望儿童文学迷人的星空,并且对儿童文学产生一种康德式的敬畏和景仰之意。诗人米斯特拉尔(1945年诺贝尔文学奖获得者)有一首诗《对星星的诺言》,结尾写道:"星星的小眼睛,我向你们保证——你们瞅着我,我永远、永远纯真。"对星星的诺言,就是爱的诺言,美的诺言,如同太阳对于小草和花朵的诺言。

现在再回到梅子涵先生《阅读儿童文学》这本书上来。

他在书里所写的众多的儿童文学作家,也正是他心目中的这样一些大师。他一说起这些大师的作品,确乎是赞不绝口,也丝毫不掩饰他的激动与兴奋。他这本书主要是在这样眉飞色舞地表达他对那些外国作品的推荐理由,以及对它们的欣赏与兴奋。至于我在前面所列举出的他那些对我们自己的作家的"鄙夷不屑的神态",实际上倒并非全书的主旨,所以,我必须在这里强调一下,否则,对他、对这本书,都是有失公允的。而我写这篇文章的目的,也并非要否定当下儿童文学的劳绩,更不是要哗众取宠,故意放大我的某种"腹诽"与忧虑。我连自己的一点作品都没有写得让自己满意,我凭什么要去担忧我的同行们呢!

但我的愿望和期待是善良和高尚的。正如梅子涵所说,为儿童写作的人,多阅读一些这样的为儿童写的书,就会也有飞翔的灵感。天性不够,阅读补拙。"我们没进过(大师们所写的儿童文学)这所学校,就以为自己已经毕业,已经有很高的学位,这虽然不能一概而论都遭嘲笑,但是你毕竟是缺了一张应该有的'毕业证书'。哪怕是'结业证书'也好,你毕竟修过了课,有了些基本的素养和能力。"他还说过,"事物都是应该有一个境界的,我们看着那个境界,就能觉出事情的不尽如人意,就有沉重感和不满,希望才会由此而来。"平心而论,他说的是十分中肯和诚恳的,我很感动。

2010 年春初稿,夏天补充于武昌

茎里有的,种子里早就有了

东湖边的秋天虽然短暂,却也天朗气清,风烟俱净,湖边一些高大的香樟、乌桕和朴树下,落满了金黄、深红、浅红和琥珀色的叶子。不久前,我在湖边散步时,还意外地看到了排着队飞过去的大雁。

这个秋天里,我读得最为惬意的一本书,是秦文君的新著《儿童文学读写之旅》。歌德说过,所有的理论都是灰色的,而生命之树常绿。但是儿童文学的理论往往是个例外。秦文君的这本书,学理色彩和散文风格同时兼顾,有如巴乌斯托夫斯基笔下的《金蔷薇》式的澄澈和温暖的文学散文。这是个人的生活与创作的心灵史,也是有关儿童文学和儿童教育的爱与知;是作者自己数十年来文学情缘的回望与追忆,也是儿童文学读写感受与思索的美丽再现。24 篇文章锦绣纷披,有如 24 番花信风轮番吹过,细说着一位文心绵密而温和的女作家的"花彩"心事。

童话家安徒生,可以说是所有中国儿童文学作家心中的神明,每个人都会沿着自己心灵中的秘密小径,悄悄步入安徒生的童话花园。在秦文君的《永远的安徒生童话》里,我看到了这样一段话：

"读安徒生的童话作品，能感觉到里面藏着一颗羞怯而又多情的心，它柔弱而又敏锐。安徒生是个很低调很自谦的作家，只有这样的作家，才能写出苦难特有的那种凄美的趣味。只有读懂它们的人才能感觉到作者对磨难的接受和包容。他就是这么慢慢地把悲伤和绝望化成淡淡的喜悦和永恒的诗话。我觉得这是安徒生的手笔，也是他与生俱来的秉性，那里散发着只有他能焕发的不同的精神气息和文学风情。"

这段文字让我感到无限温暖。看过了无数篇关于安徒生的文字，只有怀着美好和细腻的温情的女作家，才能这样来看待和理解这位孤独和忧郁的童话诗人。

同样是对经典的解读，我们也看到了秦文君因《爱的教育》而引发的一些思考："在每个人的成长过程中，孩提时代的高尚与纯真或多或少会遗失若干，但是童年的美好情怀，阅读的习惯，包容和爱心、信念以及无限的有关人类温暖的记忆，都会产生恒久的意义，贯穿于人的整个一生。特别有意义的是，一代一代的小孩又会将人类可能遗失的高尚和童真带到世界的每一个角落，仿佛造物主是为了警示人类，也是为了净化人类，更是为了造福人类，才让高尚与纯真永久延续的……"也因此，她认为《爱的教育》这本书，无论对小孩还是对成年人来说，都是"最好的爱的赐予"。

优秀的儿童文学作家们的心灵都是息息相通的。我觉得，秦文君的每一部儿童文学作品里，也都流淌着温暖和明亮的"爱的教育"的花溪。在这部带有理论色彩的书中，同样也有光影斑驳的爱的花溪在潺潺流动。她相信，儿童文学是"点亮世界的光芒"。她是这样理解儿童文学的神圣性的：

"它的醒世作用、净化心灵的功能是和它的梦想联系在一起的。它是美的，个性的，才情的，虚怀若谷的，诗性和妙趣的，特性中有着人类内心声音的，天性的成分关系到儿童文学的高度。"因此，她认为："寻找优雅和天性的缺失，不能真心描绘出童年的根底，不能勾勒出人类灿烂丰实的精神世界和无限的可能性。大气的儿童文学作品首先必须是心底开出的花。"

冰心老人有过这种说法：从事儿童文学创作的人，身上一般都具有一种"母性"，"必须要有一颗热爱儿童的心，慈母的心"。从秦文君的书中——无论是从她创作的作品里，还是从眼前这本谈论创作的散文集里，我都能感觉到她对冰心所说的这样一种儿童文学传统的发扬与承续。

文心淡然，花事纷纭。这本书里有经典重读的感受，有对写作生涯的回顾与反思，有对自己生活与创作的不同时期发生过影响的人，包括她对亲人的感恩与追念，有对同时代作家与作品的关注、梳理与评说，有对当下儿童教育和儿童阅读问题的田野调查、忧虑与思考，也有关于自己的一些具体的作品的写作体会和鲜为人知的幕后故事的札记与再现……

故事是过去的，感受却是新鲜的；经历是昨天的难忘，道路却是明天的更好。诗人波德莱尔曾说：一定要注意一条永远有效的强劲原则，那就是一个作家必须拥有一种始终如一的、对生命与创作的热爱与激情。我从秦文君的这本书里也感觉到了这样一种热爱与激情——是一种孜孜不倦的、对自己所选择的一种职业的忠诚与耐心，是一种永不放弃的信念与热爱，是一种天籁之音的言说与传达，是蜜蜂和蝴蝶都能听见和闻见的花开的声音、花香的气息。

她在《书缘书情》一文里写到了每次搬家时,自己对心爱的藏书和手稿的小心翼翼的心境。我很有同感。她说:"对于别人而言,它们只是旧纸和旧去的字迹,而对于我,它们都是记忆。太多的弥足珍贵的印记都被匆忙的生活筛走,而通过留在字面底下的心境,有些珍贵的真情或许还能得到片刻的复苏,真的不想让人在搬运中让它们磕磕碰碰。"

其实,她的这本《儿童文学读写之旅》又何尝不是如此?正是通过那些留在字面底下的心境,使许多珍贵的真情得到了片刻的复苏,例如对一些经典名著的曾经有过的热爱,对父亲曾经给予她的引导与影响的感念,对许多她所接触过、感动过的小孩和小读者的牵挂与感激,对过去的许多生活片段、人际偶遇、某一本书的阅读与写作的心路历程和点滴感受的忆念……因此,她也格外珍惜和重视这一本书的出版。"因为书里有一种情结连着我与儿童文学的缘"。从这个意义上讲,这其实也是一本关乎作家的心灵、生命的"命运之书"——茎里有的,种子里早就有了。

2010 年初秋,武昌东湖梨园

瞄准星星,还是瞄准树梢?

　　写作应该是有难度的,这原本是一个基本的常识。可是我们这些年来却淡化乃至丧失了这种意识。

　　我们的写作变得越来越没有标准、没有难度。

　　我们正陷入一片无难度写作的泥沼之中。

　　让儿童文学从"文学本位"回归到"儿童本位",这当然没有错。可是它无意中竟成了我们逃避艺术承担和艺术探求责任的一个幌子。

　　大家都在用安徒生童话中那件根本就不存在的衣裳取悦皇帝,谁也不肯去大声说破这个秘密。

　　在一片热闹之中,荒草正在疯长,盖过了艰辛而沉默的谷穗。

　　没有真正的文学的波浪,只有虚浮的炒作的泡沫。貌似繁荣和多元的景象,掩盖着实际上的荒芜和单一。

　　喧闹的大多数,在夸张着我们的功绩。

　　但是,有多少本、多少套童话丛书、小说丛书和散文丛书,因速生而速亡,其生命力犹如朝露一般。

　　写作者拆除了最基本的创作伦理的底线,把个人的文化素养和知识谱系建立在最低浅的写作技术层面上,而将写作速度作为唯一的竞技项目;出版者早已失去了守望与等待的耐心,他们像精明而势利的大棚蔬菜经营者,拔苗助长,反季节上市,才不管你成熟不成熟呢!一种纯功利性质的商业伙伴关系建立起来了。

但最终真正的受益人不是写作者,也不是出版者,更非读者,而是纸张公司。写作者以写作道德的沦丧和艺术价值的缺席为代价;出版者放弃了自身应有的文化标准和出版原则而制作出大量粗糙的和短命的"印刷垃圾",实际上成了纸张公司的合伙人。整个过程中,最大的和唯一的赢家只有纸张公司。

书店也不可能获益,因为今日的读者已经具备了起码的选购图书的标准与理性。两三个月之后,这些速成的图书即便印刷得再精美也会被无情地请下书架。

还是回到写作上来。写作者是我们所讨论的这个事件的源头。我觉得重要的是写作者应该如何在一种商业环境的诱惑中保持甚至增强写作的难度。

"瞄准星星总是要比瞄准树梢打得高些。"

儿童本位和艺术本位,是为儿童写作的双翼。

坚持儿童本位,绝对不是可以削弱文学品质、降低艺术品位的借口。相反,它只应该成为我们加大艺术承担意识和勇气、强化个人写作理想和写作难度的理由。

说到底,一切文学写作——儿童文学写作当然也不例外——的最后的竞争,都将是写作道德、艺术品格,亦即人的道德力量、人的品格的竞争。

这才是神圣的写作对每一个文学书写者的最后的考

验,也是每一个真正的文学写作者最终无法逃脱和回避的最大的、真正的难度。

写作难度的保持与加大，当然首先来自写作者自身对写作意义的认识，来自个人写作伦理底线、知识谱系、素养标准和独立精神的建立。同时，作为文化传播者和大众艺术水准的构筑者的编辑与出版人，也决不应该缺席，而必须在场！

出版者应该在读者之前，对写作者的优与劣、精致与粗鄙、崇高与浅陋、杰作与赝品做出是非分明的判断。对前者予以扶持和爱护，对后者予以排拒和抵制。出版者应保持和加大写作者的难度与高度，也应该具有经典意识。所谓经典意识，就是要瞄准星星，而不是瞄准树梢。否则，推动和提升大众的阅读水准、增强读者的审美智力等，就无从谈起。

还是诗人梵乐希的那句老话："谁写了一首不受人欢迎的十四行诗，谁就有了退休十年的资格。"

2001 年冬天,武昌

删繁就简三秋树

——关于古典名著改写的一点体会

无论是中国还是外国，都有许多因为改写名著而取得极大成功的范例。最有名的是英国著名散文家查尔斯·兰姆和他的姐姐查尔斯·玛丽一起改写的《莎士比亚戏剧故事集》。他们姐弟二人都很喜爱莎士比亚的戏剧，因为阅读和研究得比较深入了，他们就一起合作，把莎士比亚的戏剧原作改写成了一本文笔清丽优美、故事简练和流畅的《莎士比亚戏剧故事集》。玛丽有一次在写给朋友的信上，说到了他们一起改写这本书时的情景："我们姐弟俩就像《仲夏夜之梦》里的赫米亚和海丽娜那样，使用一张小桌子，不停地讨论啊，写啊，直到把一篇篇故事完成了。"如今，这本《莎士比亚戏剧故事集》已经成为全世界公认的文笔最优美的、青少年阅读莎士比亚经典戏剧的"入门书"和散文名著。一本改写经典名著的书，自身也成了一本经典名著。我国有萧乾的译本最受读者追捧。

意大利的大学者、小说家、童话家卡尔维诺，也亲自整理和改写过一部包括 200 多篇作品的《意大利童话》。这本书也成了一部公认的经典名著。卡尔维诺在为本书写的序言里就特意指出：专作儿童读物的民间故事显然存在，但作为一种独立的体裁，它遭受到大多数讲述人的怠慢和冷遇，只得以更为粗俗的形式在民间流传。这类故事往往具有以下特点：例如恐怖残忍的主题，诲淫猥亵的细节，诗与文相互穿插，而这些诗只不过是一些顺口溜。也就是说，并非每一篇故事都适合儿童来阅读，因此，卡尔维诺强调说："这种粗俗、残忍的特点与今天的儿童读物完全格格不入。"正是本着这样的原则，卡尔维诺对许多原始的故事做了认真的改写，去芜存菁，删繁就简，删除了一些粗鄙、野蛮、残忍和因果报应的东西，保留了那些最不落俗套和最富有地方色彩的故事，还添加了一些文学性很强的细节，作为供儿童阅读的篇什。这些原本是意大利民间的童话，经过大作家的改写，实际上已经成为一种新的"创作"。1980年这本书在美国翻译出版后，曾被《纽约时报》和《时代周刊》同时评为当年在美国出版的最佳文学类作品之一。卡尔维诺也因此拥有了如同安徒生之于丹麦、格林兄弟之于德国那样的大童话家的地位。

英国大文豪狄更斯的女儿把狄更斯的一些大部头名著改写成了适合少年儿童阅读的少年版，读来觉得比原著更能吸引我。比利时大戏剧家梅特林克的戏剧名著《青鸟》，经他本人同意，由他的夫人莱勃伦克改写成了一本优美的中篇童话，也成了一本与戏剧《青鸟》并存的童话名著。

在中国也有这样的例子。现代文学家冯雪峰先生改写的中国经典寓言集《郁离子》的故事，我觉得改写得十分优美。散文家黄裳先生改写的一本中国古典戏曲故事，取名《彩色的花雨》，也是一本文笔优美、故事简洁而细节丰盈的故事集，也应该是少年儿童进入中国经典戏剧的一门最好的"入门书"。我记得儿童文学作家鲁兵先生也改写过中国古典名著《水浒》故事,还改写过一些经典戏曲如《张生煮海》《包公赶驴》等,都改得十分优美耐读。出版家、作家叶至善先生,也改写过《愤怒的葡萄》等世界文学名著,改得十分漂亮。

中国少年儿童出版社推出的《中外名著故事汇》丛书,邀请了一大批作家参与改写和重述,也是希望能够通过作家之手,删繁就简,去芜存菁,交给小读者一套文笔优美清新、故事浅显单纯、意义健康明亮的经典名著读本。编辑甚至照顾到了不同年龄段孩子的阅读特点,又引进了一些分级阅读的元素和概念,把每一本改写本分别改成了小学高年级版、低年版和低幼版。每个版本对字数的多少、字词句的难易、故事情节的繁简,都提出了具体的要求。我觉得,这是一套改写得十分认真、周全,蕴含了作家们丰富创作智慧含量的名著改写本,是一套文心绵密而细致的优美的名著儿童读本。

我很荣幸,应邀加盟,改写了一本《镜花缘》。这是清代文学家李汝珍创作的一本讲述千奇百怪的奇幻国度和各种各样的历险故事的奇书,是我国近代意义上的"玄幻小说"和"传奇小说"。这本小说一共有100回。前50回讲的是一个失意的读书人、也就是小说的主人公唐敖,跟随着他的商人亲戚林之洋和一位年长的老舵手多九公,三人一起漂洋过海,在海外畅游各种神秘和奇怪的幻想国度的历险故事。这些奇幻国度真的是千奇百怪呢,如君子国、女儿国、大人国、劳民国、无肠国、两面国、智佳国、穿胸国……光看这些名字,就使人十分好奇、令人向往。当然,它们全都是来自作家的想象和虚构。小说里的三个主人公,驾驶着一艘商船,不断地穿越这些奇怪的国度,有时身陷绝境,命悬一线;有时又化险为夷,离奇逃生;甚至还会意外地遇见从遥远的故乡流落到这里的人,并且想尽办法救出他们……

在改写的时候,我时刻在提醒自己,我不是在缩写故事,而是在原故事的框架下,重述一篇幻想童话。因此,我一方面删除一些臃肿和散漫的情节,同时也写一些合理的细节,甚至还要照顾到小读者的阅读习惯。举几个例子来说。

为了使它有一个真正的儿童小说的开头,我避开了一般古典小说的套路:比如说,远处的大海上有座蓬莱山,蓬莱山上有个薄命岩,岩上有个红颜洞,洞里住着一位仙姑,那位仙姑,就是美丽的百花仙子……。我一开头就给它来一段对话,提前进入了故事情节:

"百花姐姐,昆仑山快到了吧?"

"不,还早着呢,百草妹妹。你看,现在我们的下面还是茫茫的大海,等我们飞过了这片大海,再越过中原的那些田野和村庄,就离昆仑山不远了。"

然后是:"今天是农历三月初三,传说是王母娘娘的生日……"故事就这样展开了。

再如写到主人公来到一个"女儿国",这个国度的特点就是所有的男人都穿戴成女人,女人则尽可能打扮成男人的样子。他们走进村时,看到一个"女人"正翘着纤细的兰花指,专心地在那里做着一双绣花鞋。那"女人"根本没有注意到,有两个陌生的外地人正在仔细地端详着自己。我是这样写这一段的:

……突然，唐敖忍不住"扑哧"一声笑出了声，把那专心致志的"女人"吓了一跳！原来，唐敖清楚地看见了，在这个"女人"细细的蛾眉下面，竟然是一脸茂盛的络腮胡子！不仅如此，这张长满了络腮胡子的脸上，还擦着一层厚厚的脂粉。

　　听到唐敖的笑声，那个做针线活儿的"女人"连忙抬起头来。

　　"喂！你笑什么？难道没有看见过美女吗？"那"女人"看见唐敖正在不怀好意地掩嘴而笑，就不免有点生气，没好口气地朝着唐敖说道，"难道你们那里的人，在女人面前都是这么没有礼貌吗？"

　　这样的对话，是我根据情节而虚构和添加的，主要是想照顾到现在的一种阅读趣味。

　　《镜花缘》的前50回，可以说是整个小说的精华部分。后50回，作者开始有点"炫技"了，用许多篇幅大写中国古代的一些游艺趣味和文字音韵方面的游戏，有点偏离了小说的主题，故事情节十分散漫，不再那么集中和吸引人了。可以说，这一部分一般的成年人也没有耐心去阅读，更不用说是少年儿童读者了。所以，在改写这部名著的时候，我在尽量保留全书的故事框架的同时，又侧重在前50回的故事情节和人物刻画上。通过改写这本名著，我得到的一个深切的体会：改写非易事。最好的改写，应该也像最好的原创一样去下功夫。

2010年5月18日
在《镜花缘》新书发布会上的发言

写作不仅仅是个职业问题

诗人但丁有言："一颗白松的种子，如果掉在英国的石头缝里，也许只会长成一棵很矮的小树；可是，如果它是被种在南方肥沃的土地里，它可能会长成一棵参天大树。"这几句话可以借来说明"生态环境"对于一个作家成长的重要性。忝列湖北省作协第五届主席团，我深感荣幸。我想，这个席位并不是给我个人的，而是给予我所代表的全省散文作家和从事儿童文学创作的儿童文学作家们的。这几年来因为相继参与了第五届湖北文学奖的初评，中国作家协会第七届全国优秀儿童文学奖的终评，还有冰心儿童图书奖的年度终评工作，得以集中阅读了省内外一些散文作家和儿童文学作家的作品，我颇为振奋。我对湖北的散文创作生态和全省儿童文学创作实力感到欣喜，并充满信心。像王芸、席星荃等散文作家，就是和国内最优秀的散文家站在一起也毫不逊色。湖北更是儿童文学的强省。一批年轻的、具有实力的作家，正在进入国内儿童文学创作的"一线作家"方阵。作为散文创作、儿童文学创作队伍中的一员，我想，除了努力去用自己的作品加入这个群体的大合唱，同时，我会尽自己所能，为一些更年轻的、需要帮助的朋友去做一点点力所能及的事情。

一位诗人说，要造就一片草原，只需要一株苜蓿和一只蜜蜂。一株苜蓿一只蜂，再加上你的想象就够了。这只蜜蜂，就代表着作家的思考和劳动。在刚刚读过的这些学习材料里，我想大家都已经注意到，中央在关于文化建设问题上的一些精神：要推动社会主义文化的大发展大繁荣；要弘扬中华文化，建设中华民族共有的精神家园；还有，要让人民共享文化发展成果。这些都是新形势下我们党对于全面推进社会主义事业做出的战略思考。毫无疑问，中华民族的伟大复兴，必然伴随着中华文化的繁荣兴盛。文化的重要性，在历史上早已得到证实。一种新型的经济制度，总是需要证明其存在的合理性。用什么来证明呢？我认为就是用文化。当一种文化价值得到社会的普遍认可，那么，体现这种价值取向的经济制度才比较容易建立起来，人们在维护这种经济制度时也就会不遗余力。相反，如果一种经济制度在人们的文化评价中失去了合理性，这种制度的推进往往也是艰难的。虽然已经有不少有识之士如冯骥才先生等，这些年来一直致力于"抢救"中华民间传统文化的东西，有关政府部门和民间机构，也在拯救传统文化遗产方面发挥作用，并且取得了一些成绩，但同中国经济对世界的影响相比，文化的影响仍然很弱。

前不久我在法兰克福参加国际书展，发现一个明显的例子：中国出版的输出与引进相比，仍然不成比例。《欧洲经济导报》转发了德通社的一则消息说：德通社特别提醒急于寻找商机、出售版权的西方出版商，目前最好做的生意对象是中国和巴西，因为这两个新兴的经济大国的出版市场，机会最多,尤其对于教材和文学读物的需求量,正在不断增长。但是中国文学的输出,实在是寥寥无几。因此,要提高中国文化的辐射和影响力,必须站在时代的高起点上,根据经济基础、政治制度、社会结构,推动文化内容形式、体制机制、传播手段创新,增强文化发展活力,满足群众对高水平文化的需求,这是繁荣文化的必由之路。

中央提出的文化战略决策,无疑对于作家们也提出了更高的要求。我觉得,目前文学家应该重新树起理想的大旗,作家要具有担当精神,要敢于承担时代使命,而不应自己就先把文学矮化、弱化甚至自我边缘化。要像俄罗斯作家一样,敢于成为思想家,敢于承担社会变革和文化变革的责任,甚至进入文化变革的中心。

布尔迪厄在他那本引起很大争议的小书《关于电视》中,曾提出过一个"电视人的道德主义"的命题,他引用文学家纪德的一句名言——"用美好的感情,却创造了糟糕的文学"——来比照一些电视人用美好的感情,制造的却是"收视率"。作为一个有良知的社会学家,他提醒人们要警惕电视受制于商业利益操纵后的"通俗化的力量"以及可能带来的"难以控制的后果"。无独有偶,著名媒体文化研究学者和批评家尼尔·波兹曼通过《娱乐至死》《童年的消逝》等著作,也将目光与焦点对准了"成长与媒体环境"这个焦点。在这里,只要把"电视人"和"收视率"置换为"写作者",那么,"写作者的道德主义",也实在是一个不可回避或无法视而不见的话题了。一方面是无所不在的纯粹为了商业利益的"炒作"以及媒体负面影响所带来的道德恐慌,另一方面,就是整个社会,当然包括媒体在内,对于"畅销书"和流行阅读或曰"浅阅读"的不合实际的鼓励与乐观。在这种情势下，反思一下"写作者的道德主义"，是有必要的。写作从来就不仅仅是个职业问题，更是一个"心灵问题"。

2013 年深秋

辑二 把阅读还给孩子

让全世界的每一个地方，都拥有一棵"树"。在它的浓荫之下，所有为孩子写作、和出版的人，相聚在一起：让一本本美丽的、明亮的阳光一样洒满世界，照耀着每一个孩子的成长；让全世界的每一个孩子都爱上阅读，都自己想要得到的好书……

把阅读还给孩子

——"中国童书联盟"倡议书

世界上还有比阅读更美好的事情吗？

世界上还有比拥有一个书香馥郁的童年更幸福的童年吗？

40 多前，国际青少年图书馆馆长、国际青少年读物联盟（IBBY）创始人叶拉·莱普曼夫人，向全世界的儿童文学作家、插画家发出了创立"世界儿童图书节"的倡议，立刻就得到了一致的响应，从此，世界上就拥有了一个美丽的节日：世界儿童图书节。而且大家一致通过，把这个节日选定在每年的 4 月 2 日，伟大的童话作家安徒生诞辰这一天。

莱普曼夫人在第一届儿童图书节上发表了一篇美丽的献辞：《长满书的大树》。她向世人表达了一个崇高、美好和伟大的愿望——

让全世界的每一个地方，都拥有"长满书的大树"。在它的浓荫之下，所有为孩子写作、插画、编辑和出版的人，相聚在一起；让一本本美丽的童书，像明亮的阳光一样洒满世界，照耀着每一个孩子的成长；让全世界的每一个孩子都爱上阅读，都能得到自己想要得到的好书……

这个美好而崇高的愿望，无疑也是我们这些为儿童写作、出版和工作的人，直到今天还在为之努力、渴望实现的一个梦想。

是的，世界上没有任何东西能像一本美好的书一样，帮助孩子们用生命、用心灵去感知和认识那些未知的事物。

书，是孩子们童年时代最好的伙伴。一本好书，会像一位最知心的朋友，帮助孩子们战胜寂寞、胆怯和孤独，给他们梦想、欢乐、信心和力量。

书，也是点燃孩子们童年的理想与信念的火焰，是在黑夜里为孩子们照亮通向远方的小路的明灯、星光和小小的萤火虫。

书，也是黎明时滋润着小草和花朵的露珠和细雨，是播撒在童心原野上的金色种子。

一个孩子，如果从小就爱上了书，爱上了阅读，那么，他长大后可能会更加热爱生活、热爱生命、热爱真理、热爱世界上一切美好的事物。

而一个孩子如果从小就错失了去阅读一些美好、有趣和珍贵的书的时机，那么，他会像被夺去了属于童年时代最可贵的财富一样，其损失将是不可弥补的。

很难设想，一个没有阅读、没有留下对于好书的记忆的童年，会是什么样子的。有一些书，一个人如果不在童年时读到它们，不曾在童年时代为它们动过真情、流过眼泪，那么这个人的个性以及日后的精神成长，可能会因此而有所欠缺。一本适时的好书，能够决定一个人的命运，或者成为他的指路明星，确定他终生的理想。

然而，环顾四周，我们不能不承认：有许多孩子，正在不知不觉中错失了阅读好书的机缘；有许多父母和老师，正在有意无意中忽略和遏止着孩子阅读的兴趣和渴望；有许多家庭、学校、社区、书店和图书馆，并没有给孩子们营造出一种健康、干净、温暖和快乐的阅读环境和阅读氛围。

于是，我们看到，一些好书，被遮蔽在更多平庸的和劣质的印刷垃圾之中，无法进入孩子们的视野，也无法到达孩子们身边；一些本来应该亲近好书的时间，被更多的作业、培训班、电玩游戏产品所抢占，使孩子们无法感受到好书的芬芳，无法领略到好书的魅力。

于是，我们看到，孩子们所面对的童年与成长环境是多么的纷纭嘈杂和光怪陆离。卡通、动漫、电玩游戏、网络世界……正凭着一种强大的通俗化、游戏化和粗率化的力量，在包围着我们的孩子。实际上我们都已感觉到了，一方面是无所不在的媒体负面影响所带来的道德恐慌，另一方面就是整个社会，当然包括书媒在内，对于"电子时代"的不合实际的鼓励与乐观……

于是，我们看到，孩子们没有了自己的阅读时间和阅读环境；孩子们失去了自己的阅读兴趣与阅读信心；孩子们也不知道该怎样去找到自己想要得到的好书……

正是有鉴于此，我们以"中国童书联盟"全体成员单位的名义，并借首届"中国童书嘉年华 2010 青岛站"系列活动即将拉开序幕之时，谨向全国所有从事童书创作、翻译、编辑、出版、发行以及报刊、电视、网络等童书传媒的同仁，向全国所有的家庭、学校、社区、书店、公共图书馆……发出殷切的倡议——把阅读还给孩子！

是的，爱孩子，就把阅读还给孩子；爱孩子，就把最好的书选择出来交给孩子;爱孩子,就先帮助孩子学会阅读,帮助孩子去热爱阅读;爱孩子,还要给孩子一个良好的阅读环境,一个健康、纯正、干净、温暖和光明的阅读环境;爱孩子,就让甜美的朗读声响彻在孩子们的童年时代……

《苏菲的世界》的作者、著名童书作家乔斯坦·贾德曾说:"最明智的父母,一旦给孩子吃饱穿暖之后,接下来最重要的事情,就应该去为孩子们选择出最好的书,带回家来,放进他们的卧室里。

"如果我有一个梦想,那就是将来有一天,阅读对于孩子们来说,就如他们每天要刷牙一样不可缺少。牙齿卫生很重要,但父母们更应该越来越对其子女的'经历卫生'担负起责任来。"

他认为,与那些"电子毒贩子"利用孩子们天赋的好奇心和喜欢玩耍的需要,让他们沉迷于仅仅能够获得感官刺激和一时快感的电子产品,从而剥夺了他们的想象力与自发的活跃性相比,父母们给孩子们精心选择出来的、值得阅读的好书,才是真正的"温暖之源"。

是的,把阅读还给孩子,就意味着,所有的家长和老师,所有为孩子们而工作的人,乃至整个社会……都应该像定时清扫孩子卧室里的卫生一样,为孩子们清理他们的"阅读环境",包括帮助他们剔除那些平庸、无益、粗率和不良的读物。

把阅读还给孩子,教会孩子们去渴望和热爱美好的阅读,远比让孩子去做作业、去培训、去上网,乃至去学会别的更为重要。

一切从童年开始。请相信诗人但丁的话:"一颗白松的种子,如果掉在英国的石头缝里,也许只会长成一棵很矮的小树;可是,如果它是被种在南方肥沃的土地里,它可能会长成一棵参天大树。"

2010 年夏天

附记:本文系由我执笔撰写、以中国出版工作者协会少儿读物工作委员会"中国童书联盟"名义发布的一份关于儿童阅读的倡议书。2010 年 6 月 4 日,在首届"中国童书嘉年华 2010 青岛站"开幕式上,由"中国童书联盟"形象大使、北京电视台著名主持人春妮宣读。

重新擦亮记忆深处的神灯

从一个小孩子长成大人甚至老人，是一个多么漫长和艰辛的过程。在我们记忆的长夜里，曾经有过许多明亮的童话的神灯，给过我们温暖、光明、幻想，还有智慧和力量。但是随着时间的推移和每个人精神世界的一次次蜕变，那些神灯的光芒也渐渐变得遥远和朦胧。有的甚至已经变成我们遥远和模糊的记忆的背景，而不再是记忆的内容本身。即使有些童话书中的故事和人物我们都还记得，但经过了这么多年之后再打开它，却发现那已经是另一本书，另一个故事了。时间和经验在我们不知不觉中已将它们颠覆或重新整合。因此，重新擦亮记忆深处的那一盏盏神灯，重新寻回我们阅读记忆中的密码和感觉，进而完成一种有别于童年时期的自我整合与精神确认，将是所有成年人后半生的任务之一。只有这样，所谓时光流转、记忆重现，甚至让一些可怕的终结变为新的开端，才会成为可能。

最近读到的这本《当公主遇见王子》，就是一本让时光流转、让记忆重现的书。孙晴峰、毕淑敏、林雪意、汤锐、夏祖丽和葛竞等六位来自中国大陆、中国台湾以及美国的华文女性作家和学者,动用了各自的阅读经验和文化谱系,对《白雪公主》《豌豆公主》《人鱼公主》和《青蛙王子》《快乐王子》《小王子》六个世界经典童话重新进行分析解读,使这些家喻户晓的故事不仅重现了它们原始的和永恒的光芒,而且对长久以来人们添加在这些故事中的误读与曲解的观念进行了清理与反驳,尤其对隐含在我们所熟知的这些故事和人物中的,几乎已经成为每个人成长中不可回避的然而却带有极大的蒙蔽性和偏差性的教条和信仰,重新质疑、批判乃至颠覆。跟着这六位作家和学者重新审视这些故事,我们将惊异地发现,神灯虽然还是童年时代的那一盏,但它照耀的已不是原来的眼睛;书上的文字未曾有所更改,而我们却都发生了变化。

就拿《白雪公主》的故事来讲,我们通常能够读出的也许只有后母嫉妒继女的美丽,公主遭难而幸得七个小矮人的友谊,最后获得王子的搭救……这样一串基本的故事和概念。然而,隐含在这个故事里的许多不利于健全人格的发展、不具备充分的道义感的因素,却难逃细心和锐利的女作家和女学者的"法眼"。果然,毕淑敏看到了其中血淋淋的暴力倾向;林雪意发现了在白雪公主的成长过程中,作为国王父亲的缺席;孙晴峰和夏祖丽则不约而同地为继母形象"翻案";汤锐看到了人性的致命弱点和人性悲剧的渊薮——例如嫉妒——对人的吞噬;葛竞则发现,"不自恃美丽"才是白雪公主的美丽之源,一个人是成为白雪公主还是邪恶皇后,有时只在一念之间。这样一些问题一旦浮出我们阅读感觉的水面,用毕淑敏的话说,"想也不想"可不行。

对于经典的准确和深度的理解,除了读者自身的阅读、思索与感悟能力,还有赖于准确、科学和深入的专家导读。在解读和阐释这些童话故事时,作家和学者们显然没有停留在纯个人的和感性化的阅读与想象的层面上——虽然她们在文字表述上极力地做到了感性化、形象化和散文化。为了科学和准确地解读文本,她们似乎是不约而同地从心理学、文化学、精神分析学、符号学、结构主义批评乃至女权主义批评那里,寻求来科学与方法的支持。如夏祖丽在《白雪公主》和《青蛙王子》这两个故事里,都看到了一种明显的男性主义中心与话语霸权。再如《青蛙王子》这个童话,通常我们只笼统地知道它在告诉我们要信守诺言,但在孙晴峰那里,她显然是颠覆了这个简单的含义,而从心理分析学家那里寻求了新的支持:"(美国的心理学家布诺·布特汉博士认为)小公主在池边玩耍的金球,象征着童稚混沌未开的完美。金球落入深井,有若潘多拉打开了盒子,生命便向她展示丑陋复杂的一面。小公主虽许下诺言,但是当青蛙含着金球一出现,她抢了球便跑,然而她的父亲强迫她履行诺言,便是要帮助她面对成人的责任。……"这样的阐释不仅为读者提供了新的阅读视角,而且帮助我们扩充了感受与思索的空间和容量。

2005 年

"我有一位读书给我听的妈妈"

格蕾丝出生在美国南方田纳西州一个书香馥郁的家庭里,少女时代曾在姨妈们开办的女子学校里接受过严格的教育, 纯美的心灵中早就播下了经典文学阅读的种子。1934年,梦想成为一名歌唱家的格蕾丝,跟随她的中国丈夫来到中国,一直生活到 1974 年才离开。爱丽诺·麦考利·库珀写的《格蕾丝——一个美国女人在中国(1934—1974)》这本书,讲述了格蕾丝在中国将近半个世纪的曲折的生活经历与命运遭际,其中的悲欢离合,真是令人唏嘘和叹惋。

但我在这里要谈论的, 并非格蕾丝和她的家人的命运遭际,而是他们在混乱的年代里,在坎坷的遭际中,一直保持着和维护着的那种文学阅读的高贵与尊严。书中有多处写到,无论生活怎样动乱不安和局促难堪,格蕾丝和她的子女们都从没放弃一起阅读的习惯。而且,格蕾丝坚持和孩子们一起朗读文学经典。这是她与孩子们亲近和交流的最美好的内容,同时也是最温馨的方式与过程。格蕾丝"甜美的读书声"伴随着孩子们成长,就像小时候在美国南方,姨妈们的读书声融入了她的记忆一样。

当孩子们年纪还小的时候,她给他们朗读;孩子们渐渐长大了,他们一起朗读。他们的读书声,盖过了外面的世界的疯狂喧嚣。孩子们在朗读声中,不仅获得了对声音的敏感和欣赏力,而且也渐渐形成了各自对人生、对生命的思考与理解。正如格蕾丝的儿子维汉所回忆的那样,一遍遍阅读和朗读那些经典文学作品,"不仅让我有了一种历史感,而且让我对人生经历的差异和共性有了更深刻的理解,帮助我把眼光放到了自身之外的广阔世界"。

维汉对妈妈朗读的回忆,正好印证了另一位美国人吉姆·崔利斯在他的关于儿童朗读研究著作《朗读手册》一书扉页上所引用的那几行诗:"你或许拥有无限的财富,一箱箱的珠宝与一柜柜的黄金。但你永远不会比我富有——我有一位读书给我听的妈妈。"

吉姆·崔利斯,美国著名的阅读学研究专家,毕业于马萨诸塞州大学,曾在《春田日报》(The Springfield Daily News)担任专栏撰稿和插画 20 多年。从 1983 年起,他在北美各地致力于儿童和家庭阅读教育,以及文学与电视传媒环境等主题的研究,面向家长、老师和专业团体演讲,推广文学朗读的普及工作。

《朗读手册》一书,即是一本他调查研究和巡回演讲内容的集大成的著作。本书初版于 1979 年,迄今做过五次增补和修订,被美国数十所教育院校选为教材,是一本关于儿童和家庭朗读,关于学校、家庭和社区公共图书馆的建立,以及如何对待儿童迷恋因特网和电视等问题的指导性的"教育经典"。正如尼尔·波兹曼所指斥的,泛滥的电视媒体对童年无限侵害,致使一代人的童年消逝一样,吉姆·崔利斯对此也怀有深深的同感。在做了大量具体、可信的个案访问和跟踪调查之后，他认为，世界愈来愈复杂，儿童阅读能力也越来越堪忧。而且这不仅是美国一个国家的现实状况，而是世界许多国家所必须面对且相当紧迫的一个问题。

在第一章"为什么要朗读"的开头，他引用了儿童文学作家格雷厄姆·格林的一段话："或许只有童年读的书，才会对人生产生深刻的影响。……孩提时，所有的书都是'预言书'，告诉我们有关未来的种种，就好像占卜师在纸牌中看到漫长的旅程或经由水见到死亡一样，这些书影响到未来。"可见，对孩子来说，有一些书，有一些故事，童年时读到了、听到了，也就是永远地读到了、听到了；相反，童年时错过了、省略了，也可能是永远地错过和省略了。它们可能会成为一个人终生的缺失和遗憾。

这也使我想到 1987 年国际安徒生文学奖获得者、苏联著名儿童文学家和教育家谢尔盖·米哈尔科夫在他那本关于儿童成长的散文名著《一切从童年开始》里，讲到的同样的一个问题。米哈尔科夫认为，无论孩子们的家庭生活和学校生活多么有趣，可是如果不去阅读一些美好、有趣和珍贵的书，就像被夺去了童年最可贵的财富一样，其损失将是不可弥补的。他说，有些书，一个人如果不在童年时读到它们，不曾在童年时代为它们动过真情、流过眼泪，那么这个人的本性和他整个的精神成长，就可能有所欠缺，甚至"将是愚昧和不文明的"。如果家长能经常为孩子朗读，或者做到亲子共读，不仅仅能使孩子在语言、智力方面得到更好的培育，更重要的是，能使孩子在情感和心理上得到健全发展。因为朗读可以增强孩子们的自信心，促进他们表达、交际以及对环境的适应等能力的培养。

《朗读手册》里举出了出生和生活在社会各个阶层、各类学校和家庭，甚至各种性格的孩子，因为朗读而使心理成长变得稳健，使人格和道德观念变得健康和美好的例子。在丰富的案例基础上，作者把这本书分为"为什么朗读""何时开始朗读""朗读的阶段""朗读的要领与禁忌""持续默读——朗读的最佳搭档"等若干具体、实用的，带有指导性和可操作性的章节。

然而作者一开始就强调说，这本书并非要教孩子"如何"去阅读，而是教孩子"渴望"去阅读的。因为，"我们教孩子去热爱与渴望，远比我们教孩子去做重要得多"。他认为，"每天朗读十五分钟是美国教育的秘诀"；如果能够把给孩子们朗读的问题解决好，能够把朗读普及开来，那么大到整个国家和社会，小至一个学校和家庭的问题，也将随之减少。

朗读是一件关乎孩子们一生的事情。因此，《朗读手册》这本书是为所有初为人父人母者、祖父祖母、老师、校长、图书馆管理员，甚至托儿所保育员——所有承担着儿童教育责任，承担着哺育孩子心灵、扶助孩子成长，也可能将影响孩子一生的选择与去向的责任者而写的。我想，这本书的读者，当然更应该包括中国的家长、老师和图书馆馆员们在内。因为，吉姆·崔利斯在书中所谈到的儿童阅读能力和阅读量不足、家庭阅读和朗读气氛不浓等问题，在中国更为普遍和严重，因此也更需要扭转和加以改变。

2006 年 9 月，武汉

爱孩子，就先教孩子学会阅读

　　已经有无数篇文章和举不胜举的专著，谈论过儿童早期阅读以及如何教孩子阅读这个问题了。毫无疑问，培养孩子浓厚的阅读兴趣和良好的读书习惯，教给孩子有效的阅读方法，对于帮助孩子全面而健康地成长，乃至成就孩子未来的理想，都是至关重要的一件事情。

　　1987年国际安徒生文学奖获得者、苏联著名儿童文学家和教育家谢尔盖·米哈尔科夫，写过一本关于儿童成长与素质教育问题的散文名著《一切从童年开始》。他在这本书的开篇就强调说：书是孩子们生活中最好的伴侣。他认为，无论孩子们的家庭生活和学校生活多么有趣，可是如果不去阅读一些美好、有趣和珍贵的书，就像被夺去了童年最可贵的财富一样，其损失将是不可弥补的。很难设想一个没有阅读、没有留下好书记忆的童年，会是什么样子。"一本适时的好书，能够决定一个人的命运，或者成为他的指路明星，确定他终生的理想。"他还在这本书中专门谈论过书与阅读对孩子成长的影响力量。他以自己在8岁时所记住的诗人涅克拉索夫的几行诗为例，它们出自《涅克拉索夫选集》："在我们这块低洼的沼泽地方,要不是总有人用网去捕,用绳索去套,各种野兽会比现在多五倍,兔子当然也一样,真让人心伤。"他说,过去了半个多世纪之后,这些诗句仍然没有失去当年迷人的魅力,它们仍然在不断地唤醒他的良知和爱心,像童年时一样。他小时候还读过一本文字优美的诗体小说《马扎依爷爷》,当他自己也成了一名作家后,他仍然要特地去看看当年马扎依爷爷搭救可怜的小兔子的地方。他举这些小例子只为了说明,有些书,一个人如果不在童年时读到它们,不曾在童年时代为它们动过真情、流过眼泪,那么这个人的本性和他整个的精神成长,就可能有所欠缺,甚至"将是愚昧和不文明的"。

《会阅读的孩子更成功》的作者南美英女士,出生于韩国一个小学教师家庭。由于她从小就喜欢阅读,不免常常受到家长的诸如"该念的书不念,每天只会看些故事书"之类的责骂。甚至于,自从看过一本描写小精灵会答应小孩子"三个愿望"的童话故事之后,她竟异想天开地幻想着小精灵将来能够赐给她一份"只要看有趣的书,也可以生活"的工作!不难想象,这是一个对阅读相当沉迷和投入的小孩。就是这样一个孩子,如今已经成为韩国一位著名的儿童文学作家、儿童阅读教育专家和文学博士,在从事儿童文学创作的同时,还担任韩国读书教育大学教授、韩国读书教育开发院院长、KREDL 教育机构的教育开发理事等职务。她认为,正是童年时代酷爱阅读,才成就了她的今日,是童年时的精灵满足了她的愿望,让她变成了一个快乐、幸福和精神上十分富有的人。

回顾自己的成长道路,反思自己的成长经验,她认为,有一点对每一个孩子来说都显得非常珍贵,那就是,面对一辈子也看不完、堆积如山且不断涌出来的众多书籍,培养孩子选择优良书籍的能力,以及有效的阅读方法,将是父母亲给予子女们的"最好的礼物"。而她倾尽自己的全部经验,依据自己多年来的研究所得而写出的这本《会阅读的孩子更成功》,就是为了帮助每一位年轻的父母来更好地完成这样一份"最好的礼物"。

当网络语言到处泛滥,那些被人称为"火星文"的网络用语也蔓延到了孩子的日常语言之中,满街都是只喜欢看卡通片和玩网络游戏,而对书籍的阅读越来越淡漠的孩子时,但凡还有些教育良知、责任感和成长关怀意识的家长与老师,都不能不有所忧虑和警惕了:那种纯正的文学阅读,正在离我们的孩子们越来越远;曾经在人类童年记忆的长夜里,给予过一代代孩子以温暖、光明、幻想以及智慧和力量的经典文学的神灯,它们的光芒正在被"电子时代"和"读图时代"的娱乐气氛所遮蔽,以致变得那么遥远和朦胧;孩子们所面对的"童年与媒体环境"是那么纷纭嘈杂,它们正凭着一种强大的通俗化和粗率化的力量,在包围着我们的孩子。实际上我们都已感觉到了,一方面是无所不在的媒体负面影响所带来的道德恐慌,另一方面就是整个社会,当然包括书媒在内,对于"电子时代"的不合实际的鼓励与乐观。因此,诸如媒体文化学者和批评家大卫·帕金翰发出的"童年之死",尼尔·波兹曼发出的"童年的消逝"等声音,就都是相当明智和迫切的了。

南美英女士的这本书,正是这种电子媒体环境与成长环境下的产物。这是写给那些有责任心、有爱心并且在对孩子的培养和引导上有耐心和细致之心的家长的一本极其实用的阅读指导用书。作者用一些具体的案例做示范,尽可能地从最细微的、可操作的层面入手,来解决一些儿童阅读引导中可能遇到的问题。她在仔细地解释了诸如为什么要阅读、什么样的书才是好书、阅读也需要技巧等基本的问题之后,再分成若干更为细致的章节,从"认知发达阶段的阅读""和妈妈一起阅读""和老师一起阅读"三个方面,提出了一些具体的方法和建议。例如在"和妈妈一起阅读"这个小单元里,她建议,一个细心的妈妈,不仅要做到经常选择一些优秀的童书念给孩子听,还要给孩子规划和建立起一个内容比较丰富的"小图书室"或小图书架,要亲自带孩子逛书店,和孩子一起去挑选图书。要学会"亲子阅读",例如和孩子一起讨论书籍内容,一起制作阅读记录卡,甚至一起举办"阅读派对"等。

作为一位长年的研究儿童阅读的教育专家,南美英在本书中专辟一章"用阅读医治内心里的病",给那些有心理问题的孩子和家长以温暖的建议。这些建议都来自孩子成长过程中经常遇到的问题,包括:担心外表不出众时看的书,担心头脑笨拙时看的书,开始有点讨厌父母亲时看的书,与朋友吵架后想要一个人静一静时看的书,心情郁闷想生气时看的书,甚至讨厌学校想要逃课时看的书,被人取笑胆小而愤怒时看的书,等等。她针对孩子不同心理状态所建议和推荐的这些书,有的是世界名著名篇,有的则在她的书中引录部分的段落中,供细心的家长比照着去选择相应的书籍。这种母亲般的细致与周到,体现了作者在童年阅读指引里所贯穿的周全的成长关怀意识和温暖的人文情怀。

南美英女士的这本书，可与美国儿童阅读专家吉姆·崔利斯写的《朗读手册》相媲美。《朗读手册》的扉页上有几行诗："你或许拥有无限的财富，一箱箱的珠宝与一柜柜的黄金。但你永远不会比我富有——我有一位读书给我听的妈妈。"这几行文字也完全可以印在南美英女士这本著作的扉页上。

2007 年春天，武昌东湖之畔

播下诗意的种子

仿佛 24 番花信风轮流吹过,一年一度的"楚天少儿诗词朗诵大赛",不知不觉已经举办了 13 届。前不久,适逢中国农历 24 节气中的"白露",楚天 181 文化创意产业园的秀场内童声朗朗,12 名小选手登上流光溢彩的舞台,吟诵着各自心目中最美的诗篇,为刚刚进入爽朗秋季的人们,献上了一席经典诗词的飨宴。

我曾有幸担任过好几届大赛的评委。身临现场,欣赏过不同年龄段的小朋友们声情并茂的朗诵之后,我想得最多的一个问题就是,我们美丽的母语,在那些古代诗词名篇里,表现出了何其丰富、优美和神奇的魅力!那些或豪放、或婉约,或澄净、或幽深的词汇和诗句,时而音韵铿锵,时而余音袅袅,时而柔情婉转,时而慷慨激越……向我们呈现了一种多么灿烂多姿的"中华诗意"!然而在今天,在我们的家庭和校园里,诗和诗人,究竟在多大程度上介入到了教育之中?中国几千年"诗教"传统的光芒,在今天的校园里和孩子们的童年时代里,是否还有些许微弱的反光?所谓"素质教育"概念中,到底有多少足以担当培育少儿们对"诗性"与"诗意"的感悟与理解的成分？这恐怕仍然是一个让人牵念的问题。

因此，"楚天少儿诗词朗诵大赛"能孜孜坚持这么多年，也就格外值得我们欣慰和敬重。这样的朗诵大赛，已经不仅是一次朗诵比赛，也不单是提供给少年们展示才艺的一个平台，而实在是一种默默的"文化启蒙"和"经典启蒙"，是一种为了彰显汉语的美丽、为了保护汉语的未来而从事的"播种"与"耕耘"的功德事业。每一场朗诵，都会让那些看上去与诗无缘的孩子，仿佛在一夜间绽露了他们的想象、诗心与才华，也唤醒了童心中那些沉睡的诗意，引起了孩子们对真善美的向往与共鸣。诗人惠特曼曾说："有了伟大的读者，才有可能造就伟大的诗人。"说的不也是这个道理吗？

卢梭在他的儿童教育小说《爱弥儿》里说过："植物通过耕耘获得改善，人类则通过教养获得进步。"无论孩子们的家庭生活和学校生活多么富足，可是如果不去阅读一些优美的诗歌，不去接受一些诗意的陶冶，他们就像被夺去了童年最宝贵的财富一样，其损失将是不可弥补的。在他们成长中所获得的所有"教养"之中，灵秀和典雅这两种最重要的素质，将会有所欠缺。

孩子们用他们的天真表达出来的对诗歌的这份"相信"和"信念"，是这个舞台最大的价值。这种价值，不仅仅属于孩子，也是对所有成年人的一种教育。我十分赞同这届大赛邀请的决赛主评委、于丹教授在点评中说到的这个观点。请我们的成年人也相信吧：未来，物质与品牌，都无法成为中国人的标志，但古典的诗歌，也许足以构成中国人的"文化基因"。

2013 年

为什么要读《弟子规》

　　《论语》"季氏篇"里有一节，讲到了中国教育先哲和祖师孔子的一个故事：一天，孔子一个人站在庭院里思考问题，他的儿子伯鱼正好经过那里，孔子就叫住他问道："你是否在读《诗经》啊？"儿子恭恭敬敬地如实回答："还没有呢。"孔子不禁感慨道："不学诗，无以言。"意思是说：一个人如果不好好读一点《诗经》，长大后恐怕连话都不会说啊！

　　在这里，固然可以理解为孔子所强调的是学习《诗经》的实用价值，正如他在另一些场合所强调的，《诗经》"皆雅言"，通过学习《诗经》，可以"多识草木鸟兽之名"。但是，孔子这段话更深远的意义，却是和我们今天常说的"读诗使人灵秀"是一致的。

　　今天，我们也不妨把孔子所说的"诗"，理解成一个更宽泛意义上的概念，那就是包括《诗经》在内的中华民族智慧和优美的古代经典篇章，也就是我们常说的智慧和美丽的"国学"经典。"国学"经典宝库之中，当然也包括历经数代蒙童诵读、研习、传承而流传下来的那些蒙学读本，如《三字经》《弟子规》《百家姓》《千字文》《增广贤文》《声律启蒙》《幼学琼林》《龙文鞭影》《四字鉴略》等等。《弟子规》是其中篇幅简约(共 360 句、1080 字)、文辞优美、蕴含丰富,诵读起来又朗朗上口(每两句押一韵)的一册蒙学读本。

前不久,应邀担任本省一个有中小学生、大学生参加的作文赛事的"命题专家"。在征集上来作为备选的"话题作文"里,就有一个关于《弟子规》的话题。可是正是这个话题,引起了在场专家不小的争论,出现了截然相反的意见。其中持反对意见的专家认为,《弟子规》中有些"规矩",暗含着对后辈、对未成年人的人格上的不平等因素,并不适宜今天的青少年再去遵循了。我是赞成重新读一读《弟子规》的。为什么要学《弟子规》呢? 这需要我们对《弟子规》重新打量一番。

《弟子规》原名《训蒙文》,是清朝初期的一位老秀才,也是当时颇为知名的学者和教育家李毓秀撰写的。他以《论语》"学而篇"第六条"弟子入则孝,出则悌,谨而信,泛爱众,而亲仁。行有余力,则以学文"和朱熹的《小学》中的文义为"母本",以三字一句、两句一韵的形式编纂、演绎成篇,详细列述了每一个"弟子"(即每一个小孩、学童)应该怎样"视听言动",包括在家、出外、待人、接物和学习上应该遵循和恪守的良好的行为规范。这些训蒙韵语,也是这位老秀才毕生从事蒙童教学实践的"经验之谈"。据说,当时方圆四周赶来听他讲课的弟子很多,每当下雨和下雪天,门外满是脚印。人们尊称他为"李夫子"。《训蒙文》后来又经过清朝的另一位文人贾存仁的修订和加工,并改名为《弟子规》,一直流传到了今天。

《弟子规》所涉及的内容,虽然都是如同"户开亦开,户阖亦阖"一样的日常生活礼仪细节,但这些礼仪细节的每一句话背后，都有古人的作为和口口相传的典故做支撑。因此，《弟子规》所承载的礼仪传统，应是中华传统文化的一部分。

30年前我供职过的一所中学里的一批活跃在中学教学和科研第一线的年轻的教育工作者，他们怀着"以圣贤为师，向经典致敬"的良好意愿，经过几年努力，在今天的校园里创建和形成了"知孝、明理、诚信、勤学"的优雅校风。我想，这与他们一直孜孜不倦地在师生间倡导"国学教育"，让中华传统文化的明月清风在校园里朗照吹拂，是大有关系的。他们费了不少心力，编写了一本《新编〈弟子规〉读本》。这是我所接触过的诸多此类读本中最有注疏特色、也最清新可喜的一种。可以说，这是一册充满温暖的人文情怀的少年励志读本，也是一册春风化雨、润物无声的校园国学读本。除了通常可见的对原文的讲述、注释和白话翻译之外，这一册读本在不同的行为篇章里，还设置了"明理""导读故事""感悟""导行"和"活动平台"这样的小版块。其中的"导读故事"删繁就简、去芜存菁，选取古今一些精彩感人的传统美德典型故事，清新可读；"导行"和"活动平台"又结合本校校训、校风和班级活动实际，从点滴行为细节入手，循循善诱，切实可行。

一本好书，就是能够点燃少年读者理想与信念的火焰，是在黑夜里为孩子们照亮道路的星光和月光，是黎明时滋润着小草和花朵的露珠，也是吹拂在心灵原野上的春风、播洒在心灵原野上的春雨。可不要小看这样一册小小的国学校园读本。要知道，它是和孝顺、仁爱、诚信、典雅、睿智、亲情、修身、美德这样一些字眼紧紧连在一起的。所有这些素质，都将直接决定着这一代孩子的心灵成长、人格建构和我们这个世界明天的道德准则和社会风气的高尚、优雅、文明。"腹有诗书气自华",意思是说,那些饱读诗书、心灵里充满诗意的人,会很自然地具备一些不凡的气度。一代人早期的举止、谈吐的养成,不仅关乎个人成年后的气质与教养,而且直接影响着一个国家、一个民族、一个社会未来的整体精神面貌和道德水准。

这些年来,面对社会上道德失范、价值观混乱、传统美德和人伦天理遭到戕害的种种乱象,我们不是常常在发问:这个世界最终能够变好吗?读过这册《新编〈弟子规〉读本》之后,我愿意相信,我们这个世界,还是能够变好一点点的。前提是,我们必须一起来努力,就像《弟子规》里所要求的那样,从最基本的做人、做事的点滴细节入手,从自己做起,或者,就从真诚、用心地去诵读一册小小的朴素的《弟子规》开始。我相信,美丽的国学经典,不仅是播洒在心灵的原野上、润物无声的春雨,而且是照耀着品格养成的阳光,还应该是真与美的呼唤、善与爱的传承、心灵与生命的激荡。愿莘莘学子朗朗的诵读声,盖过物欲世界的功利、浮躁与喧嚣。

白居易诗云:"千花百草凋零尽,留向纷纷雪里看。"中华数千年井然有序的文化传统和懿风美德,虽还不至于千花凋零,但是隔膜和消逝的危机,也已然摆在了我们每个人面前。重新读一读、学一学《弟子规》,也权当是"秋阴不散霜飞晚,留得枯荷听雨声"吧。

2014 年仲春,修改旧稿于武昌

少年如何读《史记》

　　鲁迅先生说《史记》乃"史家之绝唱，无韵之离骚"，可谓千秋美誉。文化学者余秋雨评价司马迁是"中国首席历史学家，又是中国叙事文学第一巨匠"，无疑也是超越时空的知音之言。当代另一位历史小说家、茅盾文学奖获得者熊召政，与北京人民艺术剧院合作，潜心创作了大型话剧剧本《司马迁》，向这位"中国首席历史学家"致敬，并且为陕西韩城司马迁祠写过一副联语："春秋笔纵虎，风雨夜屠龙。"也是对司马迁秉笔直书的史学胆识、文化情怀和崇高的历史担当精神最形象的评价与赞美。《史记》不仅是一部为后世人呈现了中华历史之美、文学之美的文史经典，而且是一部关于中华传统精神、中华道德风骨的长篇史诗，蕴含着中华文化中独特的"诗与真"。

　　对于这样一部经典的、用文言文写成的、文本和故事皆为繁复的文史巨著，如何让今天的少年儿童更好地去领略和接受它的精髓，同时又不失它的原典风貌和文史之美地予以"普及化"，使之变成文字简约、故事生动、深浅适度的"少年读本"，这对任何一位重述者都是一种不小的考验。这项工作不仅需要举重若轻的史学修养、采铜铸鼎的重述能力、删繁就简的文学功底，而且，对于中华精神与风骨的认识与理解，对于中国传统道义、人格魅力的辨识与认同，对于古典文化精神与现代美学标准的把握，也是不可缺失的。简单的白话选译、故事改写、讲解，显然都还不足以向现代少年人重新呈现这部伟大的原典的魅力。

所幸的是，有如美丽的空谷足音一般，台湾著名学者、儿童文学作家张嘉骅博士为我们送来了一套令人耳目一新的《少年读史记》。这套《史记》少年读本，从原典文本中的"本纪""世家"和"列传"中精心挑选出从尧舜到汉武帝时期的 60 个杰出人物的事迹，包括帝王、将相、世家公子、思想家、教育家、军事家以及辩士、刺客等，用清新、明快、优美的儿童文学笔调，重述他们的言行和故事，向少年儿童们呈现了一部前所未有的、再现了中华文史之美的《史记》少年读本。

文心可雕龙，可雕虎，也可如王力先生所说，"龙虫并雕"。《少年读史记》里有一种贯穿始终的"文心"，就是再现司马迁在《史记》里所展现的道义和正气、史识与情怀。这是中华民族的一种可贵的风骨与品格，用张嘉骅自己的话说，是一种属于"大器"的东西，也是今天的少年人比较缺失，因而更需要去认识、认同、领略和拥有的东西。例如在《舜的故事》里，他写了这样一段：

"当一个人走投无路时，那就自己开路吧！"

不知为什么，舜的脑海中突然闪现出这句话。

这句话给了舜启示，让他振奋了起来。舜摸摸井壁,估量泥土的软硬度,然后拿起手上的铲子朝井壁挖去……他挖啊挖啊,连续挖了一整夜,未曾歇手。

我甚至觉得,这样的文笔,是深得鲁迅先生在《故事新编》里重述历史故事的精髓与神采的。我也很欣赏嘉骅的这段创作自述:"所谓的'大器',不是看你拥有多少的土地和财富,也不是看你说一句话能调动多少兵马,而是看你到底能不能处理好'两个人'之间的关系,并把这'两个人'之间的关系所产生的效益发挥到极致。读者阅读这些历史人物的故事,可以去思考一下这些历史人物是怎么处理事情的。想想过去,想想现在;想想别人,想想自己。所谓'以史为鉴',大概就是这个意思。"这正是他为少年读者重述《史记》、重新改写书中人物故事所秉持的崇高、开阔、明亮的"文心"。

一部优秀的历史故事书,一定是诗与真俱在、文与史并美。司马迁的《史记》原典是一部集中华文史美质之大成的著作,而《少年读史记》,站在巨人的肩膀上,又给少年读者带来了一些全新的东西。如果你仔细阅读和品味,就会发现,这其中有新的想象力的发挥,有光明和公正的道义感与健全的人格魅力的展现,有对坚忍的意志和信念的礼赞,有对于人类共通的担当精神与勇气的认同与歌颂,还有对于古典美和现代美的敏感与融合。用清新明快的儿童文学语言、现代的视角与视野,重述着一篇篇有温度的、生动活泼的故事;60篇故事,也尽显了张嘉骅先生举重若轻的史学修养、删繁就简的文学才能。《少年读史记》最初在台湾出版繁体字版时,荣登了著名的诚品书店畅销书榜,被阅读专家们誉为"史学、文学、哲学、国学一次到位”，可谓中肯之论，名不虚传。

张嘉骅是台湾嘉义人，台湾大学中文学士，“国立”中正大学中文硕士，北京师范大学儿童文学博士；曾出版过《梦中奇旅》《风岛飞起——童年的澎湖湾》《恐龙阿瓜和他的大尾巴》《怪怪书怪怪读》《海洋之书》等作品，荣获过中华儿童文学奖、“好书大家读”年度最佳少年儿童读物奖、“开卷”年度最佳青少年图书奖等二十余项大奖。张嘉骅和他的儿童文学作品，留给我最早的感受是，他能从最混沌、最狭小，甚至最暗黑的空间里，去找到和打开可以透进光亮的缝隙，然后发挥自己天才般的想象力，去搭建一个故事的舞台，让那些你可能从来没有看见过、也无从想象的、鲜为人知的人物、动物乃至怪物，去演绎他们各自的生命的故事，去讲述他们各自的生存的秘密。我曾在一篇书评里写道：“他用一支生花妙笔，把这些故事演绎和讲述得那么幽默、好玩，怪味连连，妙趣横生，简直令人有点匪夷所思了！”现在，在他的《少年读史记》系列里，我再次感知到了他天才般的讲述故事的能力。《少年读史记》是一套温暖、明亮和充满了正能量的少年历史读本，是一套用正能量的故事，给孩子们送去感动、温暖、启示和力量的书。

2015 年 5 月，武昌

辑三 | 中国情怀与中国故事

儿童文学写作从某种意义上来说，也与一切不可能的事情做斗争，创作者期待他们的幻想可能从来不曾成真。

「但有希望总是好的。」

作家在努力地去寻找……《阁楼精灵》的

《野葡萄》六十年

一、《野葡萄》的版本与基本篇目

葛翠琳的短篇童话名作《野葡萄》,最早发表在 1956 年 2 月号《人民文学》上。这篇童话既是她的"成名作",也成了她的童话代表作之一。《野葡萄》首次结集出版,是 1956 年 3 月由北京大众出版社(北京出版社前身)出版的一册薄薄的、不足两万字的 28 开本小书,仅收录了《野葡萄》《雪梨树》《"老枣树"和"小泥鳅"》三篇童话。到 2016 年,《野葡萄》问世已经 60 年了。60 年来,这部名著不断增补重版,包括英、法、德、俄、日等多种外文译本和各种连环画、绘本、美绘版等,已经超过 100 个版次,其中主要版本有:人民文学出版社 1980 年第 1 版、1989 年第 2 版、1992 年第 3 版;少年儿童出版社(上海)1982 年第 1 版;中国少年儿童出版社 2009 年第 1 版;湖北少年儿童出版社 2006 年第 1 版("百年百部"版)。这几个版本所收的同类题材和风格的篇目,也由最初的 3 篇,逐渐增加到近 20 篇。除了前面说到的那 3 篇,还包括:《采药女》《金花路》《巧媳妇》《秀才和鞋匠》《比孙子还年轻的爷爷》《王妈妈和燕女儿》《雪娘》《巧嘴儿》《种花老人》《泪潭》《少女与蛇郎》《聪明人》《片片红叶是凭证》《悲苦的钟声》《沉默的柏树》等。

《野葡萄》收录的是葛翠琳最早的一批童话作品，同时也代表着她创作生涯的第一个高峰期，是她的代表作，也是影响最为深远的一部作品。在第二次全国少年儿童文艺创作评奖（1954—1979年）中，《野葡萄》获得童话类一等奖，并被后来的文学史家和儿童文学研究者誉为"中国童话史上不可多得的艺术珍品"（见张永健主编《20世纪中国儿童文学史》）。

二、中国故事与中国情怀

《野葡萄》里的童话大都取材于中国北方的民间故事和传说，是童话家利用民间故事素材所做的创造性重述和再创作。《野葡萄》让我们看到了什么是真正的"中国故事"，也感受到了什么是"中国情怀"和中国传统的伦理道德与价值观。《野葡萄》60年来所呈现的鲜活的童话之美和强大的生命力，也源于此。

20世纪50年代里，从1949至1957年，新中国的儿童文学迎来了第一个繁荣兴旺期。之后便进入了一个漫长的、艰难曲折和遭受重创的时期，一直要到1978年进入新时期后，才得以逐渐修复和重生。50年代里，仅就童话创作来看，有一个难得的、可谓"前无古人、后无来者"的收获，有一大批带着浓郁的民族文化风格、蕴含着中国传统的伦理道德与价值观、故事文本上又具有鲜明的民间故事风味的童话作品，出现在了读者面前。可以说，这批作品创造了一个民族童话的小高峰。

时间已经证明，这批作品不仅是最典型的"中国故事"，而且具有最温暖的"中国情怀"，因此也成为不朽的童话经典之作。除了葛翠琳的《野葡萄》，读者们至今耳熟能详的篇目还有：张士杰的《渔童》《人参娃娃》，洪汛涛的《神笔马良》《宝斧》，肖甘牛的《一幅壮锦》，阮章竞的《金色的海螺》，任德耀的《马兰花》，老舍的《宝船》，张天翼的《大灰狼》，乔羽的《果园姐妹》，董均伦、江源的《葫芦娃》，陈玮君的《龙王公主》，韦其麟的《百鸟衣》，芦管的《剪云彩》，熊塞声的《马莲花》，田海燕的《九色鹿》等一大批取材于中国民间故事的童话、童话诗和童话剧。

这个时期，很多儿童文学作家都自觉地、心悦诚服地把自己的文学之根深扎到各个民族丰厚的民间文化土壤里，去汲取养分，去发掘故事，去淘洗出闪光的金子。那是真正的"深扎"，不是走马观花和浮光掠影，也不是因为一时的猎奇和体验，而是把自己的感情、泪水和心血融合在荒村僻壤和田间炕头。葛老师曾告诉我说，那时候她和作家们去深入生活、搜集民间故事，都是与村里的乡亲们同吃同住同劳动，是全身心地投入和融入。因为作家的精神和感情做到了"接地气"，所以创作的作品也才能"接地气"，才具有新鲜的泥土气息和生命力。

这个时期产生的这些优秀作品，不仅故事、人物、主题、情感诸方面都具有民间文学特色，而且在语言上，作家们也自觉地向民间文学靠拢，创造了一种质朴、鲜活、生动和准确的民间文学风格的儿童文学语言，几可"乱真"。以至于现在有许多选本，都把《渔童》《一幅壮锦》《神笔马良》等，当成了纯粹的民间故事对待，忽略了作家的再创作和署名，甚至造成了"侵权"。

现在回过头来重新打量这批作品，我们会发现，儿童文学前辈们其实早已用他们的生活道路和文学实绩，为后来者讲述了一些朴素的真理：越是民族的，越是世界的；真正优秀的作品，无论是童话、诗歌还是小说、戏剧，如果不是从一个国家或民族的土壤里直接生长出来，它的生命力就不会长久。

整个世界儿童文学史也是这样。安徒生与丹麦和北欧民间故事，格林兄弟与德国民间故事，卡尔维诺与意大利民间故事，普希金、托尔斯泰与俄罗斯民间故事，埃梅与法国民间故事，金斯利与英国民间故事，聂姆佐娃与捷克民间故事，新美南吉与日本民间故事……都有着密不可分的鱼水关系、血肉联系。

三、故事的重述与创新

卡尔维诺的许多经典童话是对意大利民间故事的整理和重述。我在阅读《长不大的牧羊人》这篇童话时有一个感觉：按照一般的民间故事的"套路"，这个故事的结尾，到"……很快，他长成了一个英俊的小伙子，娶了美女巴尔加利娜"就可以圆满地结束了。可是，在卡尔维诺笔下，结尾处却写了这样几句："他们举行了一场盛大的宴会，我正待在宴席的桌子下面，有人扔给我一块骨头，正好砸在我的鼻子上，从此就留在上面了。"

我推测，这样的结尾，可能正是出自卡尔维诺的添补和再创作。从实际效果来看，这样的收束显然是增添了读者的阅读情趣，尤其能让小孩子感到童话的有趣和好玩，并且相信所有的童话都是真的。

葛翠琳最早的一批作品像《野葡萄》《雪梨树》《采药姑娘》《少女与蛇郎》《雪娘》《泪潭》等，几乎都是对民间故事的重述和再创作。

　　《野葡萄》讲的是一个父母双亡、聪明美丽的牧鹅小姑娘，受到恶毒的婶娘的虐待，被弄瞎了双眼。原因是婶娘自己有一个盲姑娘，是阴暗的嫉妒心，使她伸出恶毒的手，残害了小姑娘那双葡萄般亮晶晶的眼睛。但是小姑娘有着一颗善良和坚强的心。在好心的白鹅的帮助下，她孤身走进深山，寻找传说中的能让盲人重获光明的野葡萄。在经历千辛万苦之后，她终于找到了神奇的野葡萄，不仅使自己重见了光明，还把能够治疗眼睛的野葡萄，带给了更多需要帮助的人。

　　《野葡萄》是民间故事里的"后母型"故事。童话家对民间故事里原有的因果报应的叙事予以了创新和改造。她并没有像一般民间故事那样，过多地去渲染小姑娘遭受婶娘虐待的悲惨命运，虽然那样也能触动读者的泪水，而是把展现小姑娘面对厄运顽强不屈，毅然踏上了寻找野葡萄的艰难之路的性格品质，作为故事的讲述重心。全篇故事最终带给人们的，不是悲苦和伤痛，而是温暖和光明，是一种凯特·迪卡米洛所说的"足以把我自己从黑暗中拯救出来，也把你从黑暗中拯救出来"的光明的力量。

　　《雪梨树》的主人公香姑，也是一位心地善良、富有同情心的姑娘，她的青梅竹马的伙伴石娃受到骄横的皇帝的蛊惑，而变成了皇帝残暴的帮凶。万分痛心的姑娘没有被困境吓倒，她勇敢地担负起了挽救石娃的责任，四处寻找治疗石娃的良方。一个强大的、美好的信念在香姑心中升腾：凭着我这颗心和这双手，不能开花的树，我也要让它开出花来；不能结果的花,也要让它结出果来!苍天不负苦心人,最后,她培植的神奇的雪梨树总算开花结果,救治了坠入罪恶深渊的亲人,让他重新找回了善良的人性。

这个故事的结尾是:"……直到他们死了,人们还传说着这个动人的故事。"写得真好,不枝不蔓,原汁原味,让读者领略到了中国故事的朴素与美丽。

《"老枣树"和"小泥鳅"》里也有"后母型"的故事元素,但童话作家重点写的是不同性格的兄弟俩,哥哥为人诚恳、勤劳和善良,得到了老鹰的帮助,过着幸福和快乐的日子;弟弟却因好逸恶劳、贪得无厌,最终走上了一条不归之路。故事的结尾是:

"'小泥鳅'只管拣宝石,也没见黑老鹰飞走,直到觉得身上热乎乎的,烤得难受。……他想往山坡上跑,又舍不得拣好的宝石和金块,急得他满山遍谷喊黑老鹰。但他喊了又喊,只有他自己的回声在宝谷里回应着。太阳越升越高,到后来那火焰一样的光,就把他晒成了炭块,掺在那宝谷的宝石堆里。"

在兄弟俩身上,读者显然能感受到两种截然不同的道德观与价值观。但是童话作家一句类似的议论也没有,只在讲述朴素的故事。只要故事剪裁和讲述得当,观点和议论,也就自然地融入了其中。这就是好故事的智慧与魅力了。

《雪娘》是一曲母爱的颂歌。故事里的雪娘,为了孩子的成长,宁愿承受着人生所有的艰辛和苦难,青春、美貌、聪明和才智,也都情愿放弃。雪娘说:"我所做的,只是一个母亲要做的事。"她的忘我和无私的情怀最终也感动了神娘。当雪娘的孩子长大成人,成了一个健壮的少年,眼里闪着智慧的光焰之时,雪娘拉着孩子的手说:"儿子,我怀抱着你走遍了大地,尝过了人间各种艰苦。你是我的未来和希望,去为人们创造幸福吧!让所有勤劳勇敢的人都生活得快乐!"童话作家在这个民间故事里注入了一种全新的情感,使读者看到的不再是民间故事里常见的"善有善报"的主题,而是人间母爱的强大力量和动人旋律。这是童话作家对"善有善报"母题的美好拓展。

四、中国童话的"金花路"在哪里

葛老师多次谈到女作家乔治·桑为孩子们写的那个带有法国民间故事风味的童话《玫瑰云》。"我像吃橄榄一样不断地咀嚼它,我逐渐理解了它更深的意义。它蕴含的哲理,不断在我心中回荡……"

故事里的老祖母把翻滚的云团抓在手中,放在纺车上纺着,竟然纺出了比丝还细的云线。即使狂风暴雨,山崩地裂,她仍然镇定自若,不惊慌、不抱怨、不叹气,耐心地纺呀纺,直到把厄运、灾难和痛苦纺成柔软的丝团。"她是在捻纺人生。"童话作家说。

葛老师在她的另一篇童话名作《金花路》里,写到了一个老木匠和一个小木匠的故事。老木匠临死前留下了几句话:一辈子手艺没法儿传……谁找到那条金花路,学得手艺用不完。后来,有个年轻木匠听说了老木匠的遭遇和故事,发誓要去找到这条"金花路"。他背上干粮,跋山涉水,踏上了艰辛的探寻之路。不知道历尽了多少日子,有一天,小木匠看见一座陡峭的山崖上,开放着几朵金光闪闪的小黄花。小黄花断断续续,点缀成了一条不显眼的小路,一直伸延到远方。

小木匠跟着星星点点的金花路一直向前,终于到达了一座人间没有过的"手艺宫"……这个年轻木匠后来就成了手艺惊人的巧木匠。他像从前的老木匠一样,不贪心,不爱财,只把自己的手艺贡献给人间。故事最后说:"伴随着对老木匠的热爱和怀念,一个动人的故事就流传了下来。"

这个故事也让我想到了今天的儿童文学作家们的童话之路。中华民族丰厚的传统文化和民间文化宝库,不就像星星点点的金花路尽头的那个"手艺宫"吗?只有像小木匠那样执着的、锲而不舍的人,才能到达。

葛老师在一篇创作谈里还写到过,一条开满金色花朵的小路,弯弯曲曲地通向远方,最后才会到达孩子的心里。她对童话的信念、对人生的信念,就是一条曲曲折折的"金花路":

"在那严酷的年代,身陷灾难中时,童话里那助善惩恶的美丽仙子,悄悄地闪现脑海里,给予我安慰和勇气。伤心绝望时,那许许多多弱者战胜暴君的童话情节,时时涌现在心中,给予我希望和力量。""通向孩子心灵的路,真诚是信使,爱是风雨无阻的车和船……"

由此我也想到,最近一二十年来,原本是极其丰厚和广阔的中华民族乡土地域文化和民间故事的"富矿",却不见新一代童话作家去挖掘、去"淘宝",很多年轻的童话作家的作品与真正的中国故事和中国情怀相去甚远,无论是题材、情感,还是写法、风格,都在简单地模仿欧美童话的皮毛,因此也就越来越单调,越来越狭窄和同质化,几乎是大同小异、千篇一律了。这不能不说是当下童话创作的悲哀和失败。因此我觉得,如何从民族气派、中国情怀、传统文化上去下功夫,去讲好当代童话里的"中国故事"，这是我们最应该向张天翼、葛翠琳、洪汛涛等前辈作家致敬和学习的地方。陈伯吹先生说得好，中国民间文化是一座宝库，"像地下资源一样的蕴藏丰富，对于善于发掘的人，有取之不尽、用之不竭的喜悦"。

60年来，《野葡萄》的每一篇童话故事，一直也在为我们指引着一条通往远方的"金花路"。

2016年初春，武昌东湖梨园

中国情怀与中国故事

——纪念《神笔马良》创作六十周年

现在我们都喜欢谈论和呼唤"正能量"这个词。优秀的儿童文学作品，总是会给一代代小读者提供一些"正能量"。但是，正能量也有大、中、小之分。正能量小的作品，那稀薄的一点能量很快就会被时间、被纷纭复杂的社会给稀释和覆盖掉了，因此这类作品的生存空间极其狭小，其生命力也极其微弱，凋谢得很快。中等能量的作品，其实也难敌社会上不断产生的巨大的负能量，例如人心的浮躁、阅读上的功利性、读者的趋时心理，加上浅阅读、轻阅读的流行，还有海量的信息……所有这些负能量，也使得一些中等的作品难以产生应有的影响力，只能是勉强存在而已。只有正能量巨大的作品，其自身的生命力才会非常巨大，它才能无论在任何不同的年代、任何文化背景下，都能释放自己的影响和魅力，立于永久的不败之地。这类作品，才是真正的杰作和经典。

毫无疑问，洪汛涛先生的《神笔马良》，就是一部具有强大的正能量的作品。所以，它虽然问世60年了，却仍然历久弥新，光彩熠熠。作为洪汛涛作品的一名读者，我觉得，对这位童话家最好的纪念，当然就是重新阅读他留下的作品。这是我们珍贵的文化遗产，也是中国现代童话少有的几座高峰之一。

重新阅读洪先生不同时期的童话作品，我感到他在创作风格和艺术追求上的开阔、包容、创新的姿态，在他们那一代作家中间，是并不多见的。他自己说过："一个童话作家，不能老写一种童话。要创新，创新，不断创新。"他认为童话作家要像魔术大师变戏法一样，不断给观众新的戏法。他甚至还说得十分具体：童话要向小说学习形象，向散文学习抒情，向诗歌学习精炼，向戏剧学习故事冲突，向电影学习剪裁，向民间文学学习民族气派和乡土风味，向寓言学习含蓄和哲理，还要向逻辑学学习有迹可循，向美术学习色调，向音乐学习节奏，乃至向说相声的学习幽默和"抖包袱"，向编笑话的学习诙谐……由此可见，作为一位童话大家，他的胸怀是多么宽广，他的美学趣味是多么丰富！

在实际的创作中，他确实也是在这么践行着他的童话美学观念。他通过对不同题材和文本的处理，试验了童话艺术的各种可能。例如他的童话《夹竹桃》，就带着抒情散文的风格，完全可以与高尔基的《早晨》《海燕》这样的散文体童话相媲美。另一个名篇《狼毫笔的来历》，就是小说风格的童话，从叙事笔法和对形象的塑造上来说，说是童话也可以，说是动物小说，我觉得也没有问题。还有他的《一张考卷》，充满了相声的效果；《慢慢来的故事》和《半半的半个童话》，又带着动画电影的蒙太奇镜头感，剪裁得十分有味道。至于那些带着典型的民族气派和中国情怀，传递着中国人古老和美好的道德观与价值观，富有民间故事风味的篇什，在洪先生的作品里就更多了。

奇怪的是,这一类本来最有可能打上"中国"标记的题材,对现在很多年轻的童话作家来说却很有点隔膜。民族传统、乡土文化、民间生活积累下来的这座"富矿",却不见新一代童话作家来挖掘、来"淘宝",致使当下的童话无论是题材、情怀,还是写法、风格上,都越来越单调、越来越狭窄和同质化,几乎有点大同小异、千篇一律了,这很难说是童话的进步。因此,我觉得,怎样从民族气派、中国情怀、传统文化上去下功夫,去讲好当代童话里的"中国故事",这是我们新一代童话作家最应该向洪汛涛先生学习的地方,也是这位童话家最值得我们去纪念、去尊崇、去效法的地方。

　　　　　　　　　　　　　　　　2014年春天,武昌

大树的怀抱与白雪的图画

60 年前,年轻的葛翠琳在喜气洋洋地参加了新中国开国大典的庆祝游行之后,也正式开始了自己的儿童文学创作生涯。直到今天,她把 60 多年的岁月都献给了祖国的儿童文学事业,献给了一代代孩子。她自己也从当年那位梳着长长的黑辫子的"童话姐姐",变成了白发苍苍的"童话奶奶"。现在葛老师已经 85 岁了,一支划过漫长岁月的笔,却仍然没有停下来。《雪画》(广东教育出版社出版)这本新书,就是她继那套带有总结性质的 18 卷本"葛翠琳儿童文学集"出版之后,近几年来为孩子们创作的童话和儿童小说新作的结集。

一棵历尽沧桑的老树,向孩子们敞开的怀抱,总是宽厚和温暖的;在一片历经了风霜雨雪和草木枯荣的秋野上,为孩子们耕耘和筑建的花园里,也永远是和风细雨、润物无声的。老作家在《雪画》这篇小童话里讲述了这样一个故事:无声的大树和干净的雪花,在冬天的大地上为小鸟们画出过一幅幅美丽的图画,太阳在落山之前,把雪地上的图画抹去了。但是,作家借喜鹊妈妈的口,对孩子们说道:

"美好的东西,常常转瞬即逝,所以特别值得珍惜。世上

105

没有永远不变的东西,只不过有的变化快,有的变化慢,但一切都在不断地变化中。……多么好啊!积雪融入了大地,渗入了树的枝干、草的根须,春天来时,树会更粗,草会碧绿,眼前会有另一幅美景。而你,会飞得更高更远。"

这种宽容、真挚和殷切的感情与感受,也许只有到了葛老师这个年龄,才能体会得更深,而付诸文字才更具分量吧。应是80多年沉重的岁月,才换来这一段像雪地上的图画一样明亮而朴素的浅语。

我的老师、诗人曾卓先生晚年时,有一次跟我谈到,他们这一代人活到了今天,可以说什么技巧都没有了,剩下的只是"人"本身。我读着葛老师这本《雪画》时,头脑里不时地涌现出这句话来。《雪画》里的每一篇作品,最感动人心的力量,都不是来自技巧,而是出自"人"本身——来自一位童话老奶奶的善良、爱心和宽容,来自她对一切小生命的百般呵护、疼爱与守望。这也正好验证了奈保尔的一个观点:"好的或有价值的写作,不是一种技巧,而是有赖于作家身上的某种道德完整。"

在《空鸟窝》这篇童话里,她写到了一个小孩子的恶作剧——用弹弓把泥丸射向了一只从鸟窝里探出小脑袋的小鸟。小鸟的生命夭折了,鸟爸爸鸟妈妈飞回来后,悲伤地凝望着自己的鸟窝,在鸟窝边守望了一天一夜,然后痛苦地飞走了,再也没有回来。从此,这个曾经那么温馨的鸟窝就空寂了下来……这篇童话的结尾是这样写的:

"美丽的空中小屋,风不忍心吹落它,雪不忍心压垮它,阳光照耀它,风儿抚摸它,雨水洗刷它,鸟窝的树枝和藤蔓冒出了嫩芽,伸出了细枝,牢牢地缠住了大树。鸟窝花枝上也长出了根须茎叶，开出了鲜艳的小花儿，鸟窝变成了悬挂在空中的花篮……"

童话家就像那棵看见过、也永远不会忘记这悲惨故事的大树一样，一边默默守望着这美丽的"空中小屋"，一边也在无声地提醒那些"打弹弓的孩子"：在鸟窝花篮前，会懊悔自己的过失吗？这个看似浅显的故事背后，是否也有沉痛的寓言意味呢？

在《幸福的小花》里，一朵开在狭窄的墙根下的小黄花，怀着感恩的心，向吹过的风儿、飞过的蜜蜂和小鸟们，分送了她真诚的问候和友谊，小鸟告诉她说："你善良的心比什么都珍贵。"不久，大雨打落了小花的花瓣，但是，小鸟的歌声却依然在小花朵的心中飘荡，即使小鸟已经飞去了天边……最后，童话家用这样一句话安慰着在凋谢中蕴含了新的种子的小花——其实也是在鼓励着那些有时会在凋谢和挫折面前感到自卑的弱小者：大自然中有高大长寿的老树，也有默默生长的小草小花，但是，"谁也不能代替谁。这，就是世界。"

童话家用一篇篇文字简约、浅淡的小童话，向小读者展示了生活中的温暖、光明与美好，用一些充满"正能量"的故事，向孩子们呈现了一个爱与美、亲与暖的世界，滋润着、激励着和守护着孩子们对这个世界最初的热爱之心。同时，她也决不向孩子们隐瞒这个世界的真相，也用一些能够使孩子们领悟和感受的故事，告诉他们什么是美的、好的，什么是不美的、不好的。

例如《瞬间》这组小童话，就写了三个"不好的"故事：一个在小溪中玩水的孩子，抓到了一条金色的小鱼，把它遗忘在太阳下的石板上，结果伤害了小鱼无辜的生命；来自一个顽皮孩子的塑料子弹,惊飞了在枸树上捉迷藏的鸟群,小鸟们毅然远飞而去,不再回来了;一个贪得无厌的过路人,为了摘取更多的梨子,结果踩断了梨树枝,给美丽的梨树造成了伤害……当然,童话家并没有停留在仅仅展示了这些"不好的"瞬间上。在每一个故事的结尾,她也给孩子们留下了感悟和思考的空间:离开了溪水的小鱼,久久仰望着天空,仿佛在问:为什么?失去了小鸟的枸树,伤心地抖动着枝叶,红色的果子落到地面,仿佛红色的泪珠。断裂的梨树枝裸露着伤痕,在风中依然朝小孩子点头微笑,那是梨花一样美的心愿。

从这本新作中,我们可以看到,这位已经耄耋之年的老人,还在殷切地关注着当下现实中孩子们成长过程中可能遇到的问题,尤其是那些身处生活底层的孩子的生存和成长环境。中篇儿童小说《难兄难弟》,短篇小说《成长》,都属于这类现实故事。《成长》写的就是进城务工人员的赤脚幼童酸枣儿、栗子和出生在城市的小女孩优优、柔柔之间的纯真友谊。酸枣儿的小叔是一位为城市高楼做清洁的"蜘蛛人",艰辛的生活将牵引着他们,从城市的这个社区走向另一个社区。他们的孩子,同样也是我们祖国未来的一代。"优优、柔柔、白胖胖的婴儿、光脚的酸枣儿、栗子,都会长大,各自走自己的路。30年后,他们又会是怎样的呢?……"关注一代代孩子的真实生活,用儿童文学之笔去保护、净化、改善孩子们的成长环境,给孩子们送去更多的呵护、温暖与牵挂,不也是自叶圣陶、冰心、黎锦晖、陈伯吹这一代早期开拓者以来,中国儿童文学就一直拥有的、美好和宝贵的精神传统吗?

儿童文学首先是"文学",但是儿童文学作家同时也应该是润物细无声的"儿童教育家"。我觉得,这一点在葛老师这一代儿童文学前辈这里,是处理得非常用心的。她的这些新作,就是最好的例子。据说,美国儿童文学界有句名言:"故事可以是旧的,但孩子是新的。"我们是否还可以再延展一下来理解:孩子可以是新的,但儿童文学的真谛、中华传统美德的传递,却是永恒的。

"您像您的信仰那样年轻,像您的疑虑那样衰老;像您的追求那样年轻,像您的恐惧那样衰老;像您的希望那样年轻,像您的绝望那样衰老。"这是 30 多年前,一位读者写给年老的巴金先生的英文书信中的一段。我愿借来这段文字,献给敬爱的葛老师:愿您像您最初的信仰那样年轻,也愿您像您一生的追求和希望那样年轻。

2015 年 2 月 8 日,武昌东湖梨园

小橘灯照耀下的中国故事

一个八九岁的孩子的纯真，也许无须特别为之惊讶和赞美，而那些八九十岁的老人的纯真，才是我们应该倍加珍惜和敬重的。俄罗斯女诗人、儿童文学作家吉皮乌斯有一句闪光的话语：当所有的人都能像孩子一样纯真的时候，这个世界才算是美好的。

未来的中国儿童文学史学家，也许应该为 2014 和 2015 这两个年头记上特别的一笔：有三位年寿都在 80 岁以上，甚至即将进入 90 岁的老作家，几乎是不约而同地为我们的小读者献上了各自的一部儿童文学新作集，那就是葛翠琳先生的《雪画》、任溶溶先生的《小哈哈斗哭精》、金波先生的《点亮小橘灯》。而且让我感到惊叹的是，这三本新作集在艺术质量上，都攀上了他们各自的儿童文学创作的新高峰，都称得上是"精品之作"。有道是最崇高、最庄严的工作，总是在默默的劳作中完成。这真是一个值得儿童文学界好好讨论一番的话题。对那些早已拒绝了"坐冷板凳"，而只习惯于喧嚣、热闹和追捧的儿童文学明星们来说，这三位老作家和他们默默捧出的新作，不无一些启示意义。

金波先生从事儿童文学创作 60 多年了,不仅在艺术上已经臻于炉火纯青,对中国神奇的方块汉字的运用,也已修炼到了采铜铸鼎、撒豆成兵的境界,更将儿童文学的母语之美发挥到了极致,而且,历经了 80 年风风雨雨的过往与遇见,一颗心早已重新返回了童年的初始起点,再也没有什么东西能够把他诱惑了。这部《点亮小橘灯——金波八十岁寄小读者》,"就是在这样回归童年的感受中写下了字字句句"。金波在后跋中说,"为孩子写作,是对自身的一种忘我的修炼","那是最真诚的交流,最纯朴的告白,最平等的探讨,最快乐的共享。……栖息在孩子的世界里,是有诗意的,是最纯粹的,是最安宁的"。我相信,没有作品背后那 80 年不倦的追求,是换不来这一番发自心底的告白的。正如我在阅读葛翠琳老师的《雪画》时的感受一样:应是 80 多年沉重的岁月,才换来那些像雪地上的图画一样明亮和干净的浅语作品。此即所谓"若要纸上寻佛法,笔尖蘸干洞庭湖"吧。我的老师、诗人曾卓先生晚年时有一次跟我谈道:他们这一代人活到了今天,可以说什么技巧都没有了,剩下的只是"人"本身。阅读《点亮小橘灯》的时候,我看见,在美丽而温暖的小橘灯的光芒里,照见和映射出的,也是金波先生删繁就简、洗尽铅华的"人"本身。

《点亮小橘灯》收录了短篇童话、散文诗、散文、儿童诗四辑作品,可以说每一篇都是精挑细选出来的。这四辑作品给我的第一个强烈感受,就是它们呈现出来的一种温暖的"家国情怀"。现在大家都在讲如何讲好"中国故事"、如何"记住乡愁"。金波先生的这些新作,就是在用最清浅、最优美的母语讲述中国故事、诉说美丽的乡愁,抒发对家国情怀、

111

对美好传统的眷念与怀想。

在《老鸹枕头》里，外祖母告诉"我"说："天傍黑的时候，你把'老鸹枕头'悄悄地放在屋外窗台上，等天黑了，老鸹就来叼了。"在《开满"兔儿伞"花的地方》里，还是这位慈善的外祖母，在给"我"讲"兔儿伞"花的故事："有一回，有一只小雪兔，举着'兔儿伞'花，一直跟在我身后走，一直跟到我家门口，我就请它进屋做客。那天正好是中秋节，我还请它吃了半块月饼哪！"仔细品味这样的细节，我感到了这里面温暖的中国智慧和中国情怀。这样的外祖母，这样的童话传说，也让我想到了安徒生听过的他的老祖母讲的丹麦民间故事，普希金童年时听到的他的乳娘讲述的俄罗斯民间传说。

我在俄罗斯访问时，去过普希金小时候跟着他的乳娘住过的扎哈罗沃乡村。普希金一家人避暑的木屋后面，有一株孤零零的老椴树，老得就像童话里的"树王"；少年普希金常常一个人坐在老椴树下看书或者幻想，有时候他也拉着乳娘或外祖母坐在一块林中空地上，听她们给他讲故事。在托尔斯泰的故乡，我走到了托尔斯泰小时候奔跑过的田野上，那是他们小兄弟几个寻找埋藏着传说中的、能给找到它的人带来幸福和好运的"小绿棍"的地方……可见，对美好的民族传统的守望与传递，对温暖的家国情怀的眷念与牵挂，是无论什么时候都不应该缺失的一种美丽和崇高的使命。金波先生的这本书中，处处呈现着这种情怀，散发着中华民族美好的亲情和文化传统的芬芳气息。诗人流沙河在《就是那一只蟋蟀》这首诗中写道，"中国人有中国人的心态，中国人有中国人的耳朵"，"凝成水，是露珠；燃成光，是萤火；变成鸟，是鹧鸪，啼叫在乡愁者的心窝"。《点亮小橘灯》里，就有这样的心态和耳朵,有这样的光和声音。

《点亮小橘灯》里也呈现了一种博大、宽阔的爱心与澄澈、明亮的大智慧,也就是我们现在所极力倡导的"正能量"。这当然也是作家历尽沧桑之后的生命感悟。在《老头儿老头儿你下来》这篇童话里,作家从他小时候不知道为什么总是把蒲公英叫作"老头儿",只要一看见蒲公英在天上飞,就会一齐唱着一首"老头儿,老头儿,你下来……"的童谣写起,只用了千把字,就写到了老年时的生命感悟:"现在,当我成了一个真正的老头儿的时候,我倒很想变成一朵蒲公英,跟着你们一起飞。"虽然篇幅简约、语言清浅,童话的意境却如十月的秋空一般爽朗、澄明而辽阔。还有《老槐树》里,那棵老槐树已经老得被风刮倒了,失去了生命,但是它还留下了一段刻着细密的年轮的老树桩,供过路的人小憩一会儿。这棵老槐树和希尔弗斯坦笔下的那棵"爱心树",真是异曲同工,都让人过目难忘。

记得特蕾莎修女在诺贝尔和平奖受奖演说里说过这样的话:"我们一定要为美好的生活而生活,不为大而爱,只为琐细而爱。从细微的小事中体现博大的爱。"她相信,一些细小的事情和事物,例如一个微笑,一次握手,一声问候,一口干净的水,一件温暖的衣服……是人人都可以做到和拿出的,她倡导"为最微小的那一个而做",哪怕让自己只成为一支小小的不显眼的铅笔。金波先生的这本作品里,无论是童话、散文还是散文诗、儿童诗里的形象,都是"最微小的那一个",小物件、小昆虫、小鸟、小树、小花朵,甚至小到在屋顶的瓦缝里默默生长的那些不被人注意的瓦松。他喜欢为这些微小的生命而歌。这些作品的篇幅,最短的甚至只有几百个字,然而,从一滴水中能看见海洋,从一片草叶上能想象出草原,从一粒沙子里也能映照出沙漠的影子。几乎从每一个"小"形象里,他都能别开生面,写出一种大情怀、大意境,也让读者感受到儿童文学的"大美"与"大爱",而不觉得是一种"小文学"和"小童年",这,应该就是金波先生作为一位优秀的儿童文学作家的大智慧了。

英国人有个说法:我拿出来一个莎士比亚,就抵得上你整个欧罗巴!我套用一下这句话说:我们收获了一本《点亮小橘灯》,已胜过成千上万册只能喧闹一时的平庸童书。

2015 年早春,武昌东湖梨园

故事好看才是真的好看

　　我们必须为阅读那些充满呼啸的想象力的童话而准备好自己的智力。因为，这一类童话对我们以往的阅读经验和习惯性思维，往往具有挑战性和颠覆意味。阅读这类童话，就意味着去接近某一些超出了我们的想象，但是又可能将会存在的东西。流火的《再见，水星小孩》就属于这一类作品。

　　我们来看这个童话的故事：小女孩卷卷突然发现自己不是地球人，而是一个来自水星的"外星人"，因为她觉得，自己与这个地球格格不入。这个发现不仅使她兴奋无比，而且还使她很快为自己找出了许多有力的证据——正如她在写给蓝老师的那封信上所罗列的：

　　她之所以总是改不了迟到的毛病，就是因为她是水星人。"地球上一昼夜是 24 小时，水星的一昼夜是 4224 小时，地球人每天睡 8 个小时就够了，而水星人需要睡 1414 个小时。作为一个在地球上生活的水星小孩，我每天都只能睡 12 个小时左右。严重的睡眠不足让我每天早上起床都特别困难。"此外，还有两个证据也足以证明她是水星人：一是她的头发是自来卷，这是因为水星离太阳非常近，温度高，水星人的头发都是卷的;二是她的夜视能力很强,这是因为水星无论白天夜晚天空都是漆黑的,水星人就进化出了很强的夜视能力。

当然,卷卷暂时还不想公开她的水星人身份。她希望蓝老师也能为她的身世"保密"。

前提一旦成立,整个故事就在一种完美的逻辑里层层推进,有若妙机其微,独鹤与飞;又如大风卷水,林木为摧。庸凡的现实在强大的幻想面前,反倒显得脆弱和可疑了。

接下来,卷卷的同学(童话之外的读者们也会如此)提出:既然卷卷的父母也不能理解和容忍卷卷的诸如总是睡不够这样的生活状态,那么,她的父母也是来自水星的吗?会不会存在"收养"的问题?纠结中的卷卷经过不动声色的"验证",得出了结论:不存在收养的问题,她的父母也是水星人,只因为地球上的生活条件比水星好,所以,父母们有了小孩就会来地球居住,一旦等小孩长大了,他们就会一起重返水星。

果然有一天,卷卷发现父母亲在打包家具、整理行李了。难道准备全家返回水星了吗?卷卷怀着一种恋恋不舍的心情和对新环境的期待,开始和同学们道别了,甚至还接受了好朋友的纪念礼物……

生活中的真实让位给了幻想。一切都是那么出人意料,一切又都在情理之中。当"幻想的果酱"涂抹在了一片片具体的"现实的面包"上,童话的真实的香味,就清晰地散发了出来。

故事在完美的想象的逻辑里继续。不久,卷卷发现,原来爸爸妈妈并非要带她返回水星,而仅仅是搬迁到附近的新居,而且自己也不用转学,更无须和同学们离别,唯一让卷卷有点不自在的是,当她再次面对同学们时,她多少会觉得有点尴尬和羞愧。

如果是一般的童话家,故事写到此也可以告一段落或宣告结束了。毕竟,整个故事里都没有露出丝毫的破绽和逻辑上的牵强和混乱,一切都还是比较完美的。

但是,我在前面已经说过,流火的童话是"充满呼啸的想象力"的,我们必须为阅读这类作品准备好自己的智力。

果然,就在故事可以宣告结束的时候,一个新的、石破天惊的消息爆出:卷卷的那个整天装得和地球小孩一样不声不响的同桌甜甜,才是一个真正的水星小孩!只因为有一次他们的飞船失事了,他跟着父母流落到了地球上。

我们从甜甜留给卷卷的信里可以得知,原来,甜甜很早就以为自己在地球上找到"水星老乡"了,因此一直暗暗地在心里高兴。可是他的父母亲却一再叮嘱他,不许暴露自己的身份,必须每天装得和地球小孩一样,不能让任何人看出他是水星小孩。现在,他之所以要突然离开地球,是因为他们的飞船已经修好了,而且他的父母也明确告诉了他:除了他,地球上没有其他水星小孩,卷卷也绝对不会是水星小孩,因为水星小孩不会有卷卷那样的生活习惯……

至此,这个故事再次可以宣告结束了吧? 但是还不呢。

当真相几乎已经大白,卷卷万分沮丧地回到家中,准备接受眼前的现实的时候,她的父母亲,却正色等在客厅里。她的爸爸郑重其事地告诉她说:"你已经长大了,有些事情也该告诉你了……"

原来,卷卷确实和周围的人不太一样,因为她确实不是纯正的地球生物。她爸爸不是,她妈妈也不是,他们一家来自遥远的太阳系之外的"拉尤纳斯星系"的某一个星球。

柳暗花明,峰回路转。一切都超出了我们的想象,也超出了我们已有的智力边界。本来已经降落到现实的地面上的幻想之鸟,再次起飞,把整个故事引向了一个山高水长的更广阔的境界。

不得不承认,《再见,水星小孩》这本童话,对我以往的想象力、智力和阅读经验,都是一次完美的挑战和无声的洗礼。

2013 年夏天,武昌东湖梨园

竹骨风筝和四片叶子的三叶草

——"后童话写作"的几种姿态

据说,倘若对某一类作品或某一种书写姿态难以界定,就不妨在与之相关的传统定义前面加上一个"后"字,其效果大致不谬。仿效此法,我想,也许可以把这套源自网络写作的原创童话个人作品集"e 蜘蛛丛书"归类为"后童话写作"。当这些作品集中呈现在世人面前时,我感到,一个"后童话写作时代"已然到来。

这是一个全新的童话创作群体,是童话写作世界里的"新新人类"。疾走考拉、流火、小碗、蒙蒙和小筱小筱……这些名字在网络童话界都拥有众多的"粉丝"以及相当大的知名度和影响力,其中如疾走考拉,甚至已被一些网站和论坛奉为"神话"级的人物。

他们生活在一个自由自在和自足的童话世界里。他们的写作有一个共同的出发点,那就是对于童话的热爱。他们在那里写作、阅读、交流,互相鼓励、赞赏和安抚。以文字慰藉正在成长的心,由文学抵达梦想的彼岸,在文学书写的历练和快感中,最终也获得对生命的爱与知。毫无疑问,他们各自童话书写技术的进步轨迹,也伴随着和呈现着他们各自对生活和生命的认真的态度和热爱的程度。小筱小筱的童话里有一篇《四片叶子的三叶草》，她已经明确地告诉我们，在这个世界上，四片叶子的三叶草是不存在的，所谓"第四片叶子"，其实就是每个人心目中的幸福感。在我看来，"e 蜘蛛丛书"的每一个写作者以及他们的写作本身，即是在寻找和发现那有着四片叶子的三叶草的过程。他们在寻找和发现中得到了生命与创造的幸福感。

"没有谁事先想到，会有那么多人喜欢这些故事。从他们的故事中，没有长大、正在长大、已经长大，还有不愿意长大的人们，找到了久违的心动。"编选这套书的姜若华小姐，对这些最初以"原创贴"的形式流传于网络上的童话的阅读，也许比一般读者更多了一些职业编辑的细心与识别上的冷静，但最终她也发现这些作品的某些共同特征：故事皆从心底涌出；童话在这里成了对成长记录和思索的方式；"童话"概念的使用也比较宽泛，甚至打破了小说、诗歌的界限；个别作者的书写方式中带有常见的网络语码符号；等等。所有这些特征，大致构成了"后童话写作时代"的种种姿态。"但是我相信，真正的、出色的童话作家，就是在这种真诚地热爱童话的新人中产生的。"正是这种信心，促使一个年轻的编辑，首次集合起这个童话写作的全新的群落，从而完成了一次带有开创意味的编辑作业。

和许多具有颠覆、解构、游戏，乃至"恶搞"风格的网络作品不同的是，这些新鲜的童话质地，大致都是由真、善、美、爱编织而成。人间亲情的丝丝缕缕，成长过程的点点滴滴，生命最深处的伤与痛，爱和友谊的甜与苦，还有梦想和渴望的得到与失去，就像那个网名为"南大小百合 sslily"对小碗的评说:"春天放竹骨风筝的时候,那个叫小碗的孩子,带来神奇的故事种子;于是在秋天的季节里,每个人都收获了属于自己的温暖、纯美和爱。"不仅仅是小碗的作品(例如她的《三月三的竹骨风筝》《衬衫里的画》以及《谁的心里藏着谁》等),其他几位作者也一样,都以纯美、空灵和带着淡淡的伤感意味的抒情风格见长。由此也可以猜想,他们的童话精神资源,或许更多的是来自王尔德、圣埃克絮佩里和安房直子等。

即便是如此,我想,也决不可以简单和粗浅地把这样一类童话作品视为对传统意义上的童话的补充和衍生。不,这些年轻和认真的写作者,大都有自己对于童话的比较独立和独特的理解与感觉。童话在他们这里也不仅仅是一种文学形式,而是一种生命和心灵的存在形式,是他们"对世界善意的幻想和记录"。

小碗说:"一颗真的充满爱的心要能做出一些事情来,一定要有力量。我现在正在努力让自己更有力量,这样才可以爱得更智慧,生活得也更好。"

疾走考拉说:"最初是无意识的,现在渐渐清晰,我想为我自己、为和我同龄的孩子样的大人,建筑一个我们能自由进入的童话世界。我要我的故事可以美上云端,但要有根,根在地下……我要描写的不是天边的浪漫、完美的世界,而是现世的带有缺憾的纯净和温暖……"

也因此,他们的童话写作里融合着博客日记、小说、诗、网络回帖等元素。他们的写作成果,证明着他们是正在走进传统童话创作者、阅读者和热爱者视界的一批创新者和贡献者。刚刚出版的"e蜘蛛丛书"第一辑,包括《入梦羊》(疾走考

121

拉)、《阿呜》(流火)、《谁的心里藏着谁》(小碗)、《想吃熊猫去兔子的饭店》(蒙蒙、小筱小筱)四册,中国福利会出版社出版。

2006 年早春时节,武昌东湖梨园

小孩子没有不喜欢阁楼的

　　凡是小孩子,没有谁不喜欢阁楼的。不要以为一间小小的阁楼仅仅是用来存放破旧和废弃杂物的地方,《阁楼精灵》里有一段话说,"阁楼就是小孩子闯了祸之后藏身的地方,是小孩子逃学时躲藏的地方,是小孩子存放秘密的地方……"我想,这个发现或许首先并不是童话作家汤素兰对后来的生活进行观察的结果,而是来自她个人童年的生活经验和对童年生活细节精确的感受与记忆。

　　她在这本童话的第 13 章"从乡下搬来的木头"里,让一个名叫木里的小男孩的妈妈——毫无疑问,那就是汤素兰自己——讲了一个她小时候翻阁楼的故事:那是贫穷和荒芜的年代,尤其是在寂寞的乡村,没有课外书看,没有更多的游戏可做,小孩子们天生的好奇心没法获得满足,于是,她们就相约着趁大人们出门上工的时候,在家里翻阁楼。她们幻想着从那些牵满了蛛网、落满了灰尘、堆满了破烂不堪的杂物的阁楼里,能够翻寻出一两本旧书来。有一两次,她们竟真的如获至宝,找到过几册旧书刊。这是一件充满了刺激和吸引力的事情,她们个个都像寻宝的孩子一样,满怀兴奋,满怀希望,当然,还带着几分冒险的恐惧,因为她们随时都有被大人抓住的危险;还有就是,黑咕隆咚的阁楼里,谁知道还会有别的什么呢?

"小时候的我,是一个胆小怕羞的姑娘,"作家写道,"长到 13 岁,还没有离开过村子,却翻遍了村子里家家户户的阁楼,真是不可思议。"这就是阁楼对于小孩子的魅力了。

我之所以要先把木里妈妈所讲的童年与阁楼的故事转述出来,一是想说明,善于挖掘个人童年的生活经验,唤醒和捕捉住童年生活细节中的感受与记忆,对于一位儿童文学作家来说有多么珍贵。

从某种意义上说,唯有儿童文学作家,才最具有能够充分尊重和拥有童年经验的心灵,才最有可能唤醒和认识童年的那个自我。他们将在每一个词语和每一个故事里,参与自己的又一次诞生。正如国际安徒生文学奖得主之一、美国儿童文学作家门德特·戴扬所说的,"就是这种主观性立即划清了创造性作家与雇佣文人的分野"。戴扬甚至说:"当我写书的时候,我不会而且也不必想到我的读者。我必须全然主观——只注意用儿童图书的有限形式之笼来罩住我的创作,在这笼子之中让我的创作压缩成形。……我不仅是情动于中,而且是为自己而写,只用我特有的艺术形式之笼赋予作品以必要的形态。"戴扬认为,面对儿童文学,"我要做的就是返回我的潜意识之井"。

另外,我想说的是,一个儿童文学作家,他还应该善于寻找和发现,那些隐秘的地方,甚至那些不为人知的角落,才是小孩子存放梦想和秘密的处所。古旧的塔楼,废弃的城堡,还有地下室、壁炉间、下水道、地板下……这些地方可能都是。事实上我们已经通过许多经典儿童文学作品而去过这样一些地方。

当然，还有牵满蜘蛛网的阁楼。这个地方也是绝对不应该被儿童文学作家，尤其是童话作家忽略和遗忘的。这是因为，阁楼除了可供闯了祸的小孩子藏身、逃学的小孩子躲藏、有了秘密的小孩子去存放之外，还有一个更大的可能就是阁楼也是精灵们出没的地方！

在人类所创造的童话世界里，生活着诸如小精灵、小仙女、小矮人，还有巨人、巫婆、魔法师、幽灵、吸血鬼……这样一些独特的个体和群体。《阁楼精灵》所讲述的就是一群生活在阁楼里的小精灵的故事。

简单地说，他们是这样一类小精灵：他们不是那种住在家中的地板下，喜欢收集人类掉落在地上的东西的地板小人；也不是住在花蕊里面，长着透明的翅膀，靠吮吸花粉和露珠为生的花仙子；当然也不是那种生活在茂密的竹林里，住在空空的竹节里面，能够在月光下吹出悦耳的笛声的小精灵。他们是一群阁楼精灵。

他们生活在乡下老房子里的那些用来堆放废弃的旧物的黑暗的阁楼里，长着毛茸茸的圆耳朵和黑色句点一样湿漉漉的圆鼻子，小脸上满是皱纹，个子比老鼠大不了多少，因此常常被人误当成小老鼠。他们的眼睛蓝莹莹、水汪汪的，像纯蓝的湖水，脚上长着六个脚趾，手上却只有四个指头。最重要的是，他们是一些诚实、善良和充满爱心的小精灵。正如幽灵是凭着自己邪恶的力量控制世界来获得永生，巫婆和魔法师靠着各种奇异的魔法和游戏而获得永生，阁楼精灵却是自古以来就是依靠自己对人类的关怀和爱而获得永生。

比如说，阁楼精灵们最喜欢做的事情就是照顾小孩子。在从前的乡下，只要谁家里有过古老的阁楼，谁家的孩子就肯定被阁楼精灵们照料过。当大人们不在家的时候，阁楼精灵就从自己藏身的地方跑出来，和小孩子一起玩耍，并且教给这些小孩子各种唱歌、跳舞的本领。不过，为了保守古老的秘密，精灵们在将一些本领教给那些小孩子后，总会对他们实施一种遗忘的法术，让他们完全忘记自己的本领是从哪儿学来的。

当然，凡是被精灵照料过的乡下孩子，长大后即使远离了故乡，但他对于故乡总会怀着一份深深的依恋。只是他并不知道，自己对故乡的依恋，其实就是对生命的源头和记忆深处的那些小精灵的依恋。

好了，就是这样一群善良友好、与世无争的小精灵，现在却面临着生存的危机了。这种危机显然是来自人类。当人类在自然的照料和精灵的关怀中逐渐强大的时候，他们不断地依靠自己的聪明才智改造着这个古老的世界。但他们在改造世界的过程中，更多的是考虑自己的利益，而根本就没有想到，他们的身边还有一些小精灵。当大树被砍伐，草原在消失，土地被蚕食，河流和水井变得干枯的时候，精灵们也被迫远离了人类，朝所有暂时被人类遗忘的地方迁徙。

阁楼精灵们也面临着这样的大迁徙。这是因为有一条新铁路即将动工，铁路所经过的古老村庄将被拆迁，带有阁楼的老房子将全部改建，阁楼从此将会从孩子们的记忆里消失。没有了阁楼，阁楼精灵们将去何处安身呢？于是，这些无助的小精灵不得不离开他们曾经居住过的乡村老房子的阁楼，长途迁徙，去寻找他们新的家园。

故事就在这场艰辛的长途迁徙中渐渐展开。童话作家从远逝的童年记忆与想象中创造出一个美丽的精灵世界,并把我们带入这个世界,直至源头并找到它的秘密。

在这里,为了让古老的精灵家族的生命得以延续,年老的精灵将献出自己的生命,去换取和拯救年幼的精灵的生命;一个必须吃掉精灵才能获得魔法的巫婆,却因为受到精灵们的善良和爱心的濡染而宁愿放弃获得魔法,自愿变成一只乌鸦,与小精灵们如影随形。

在这里,精灵们将同幽灵们斗智斗勇,进行正义与邪恶、友善与仇视、生存与死亡的较量;而在远离人类的地方,精灵们还将在对于人类的怀念与期待中,经受误解、失落和孤独的折磨。

在这里,阁楼的消失将同时造成小孩子的想象力的丧失,因为他们许久许久没有见过阁楼精灵了,甚至压根就不相信世界上还有精灵存在。当然,童话作家最终会派遣那只乌鸦去告诉那个幻想着“我的阁楼很快就能变成一个小精灵世界”的小孩子木里:“不是所有的希望都能实现,但有希望总是好的。”

在整个故事里,小精灵们的脚步所抵达之处,也留下了童话作家对于永恒童年的怀念与重新记忆。当精灵们到达了他们的新家——美丽的精灵谷之后,我注意到了这样一个细节:那只跟随着阁楼精灵一同迁徙而来的黑蜘蛛,和一只红嘴鹳鸟产生了友谊。30多年来天天都在重复着吐丝织网的黑蜘蛛听从了鹳鸟的建议,破天荒地用自己的丝织了一条漂亮的围巾,悄悄地送给了红嘴鹳鸟。有一天,当鹳鸟们离开精灵谷的时候,精灵们都站在湖边的沙滩上,一直望着天空,目送着鹳鸟们离去，直到完全看不见鹳鸟们了，他们还是久久地望着天空。"我会想念他的。"这时候黑蜘蛛坐在屋顶上说。

在这里，湖边、沙滩、飞翔的鹳鸟、对小伙伴的留恋……都在无声地唤醒我们童年的某些存在与记忆。童话的叙述也就成了对童年的梦想的叙述。

"现在，整个阁楼还笼罩在昏暗之中，透过屋顶上的天窗，他们看见蓝色苍穹里还闪烁着星星。"

"窗户是打开的。银白的月光，从窗口透进来……"

"夜里很黑，天上星星很少，半边娥眉月迟迟才升到槐树顶上。……"

除了追随那个完整和曲折的故事，去关注阁楼精灵们最终的命运之外，我们还会时时发现这样一些童年记忆、经验与梦想的细节在闪光。

"树上是鸟的巢，阁楼是我们的家。鸟是天空的翅膀，阁楼是童年的小摇车。谁能说清远山有多远，谁心中每天开出一朵花……"这与其说是小精灵们伤感的歌声，不如说是童话作家的怀旧与追忆。

儿童文学写作从某种意义上来说，也就是作家在与一切不可能的事情做斗争，创作者期待着通过故事讲述和文字刻画而使自己的幻想变为现实。虽然他们的幻想可能从来不曾成真。

"但有希望总是好的。"《阁楼精灵》的故事就是作家在努力地去寻找和复原这种幻想和希望的结果。精灵们所生活的世界就是我们童年时无数次想象过的世界。小小的阁楼也就是我们堆放童年记忆的杂货铺。只有在对童年记忆的重新整理与想象中，我们才有可能重返童年并对它有所发现，从而使我们的心灵更靠近本真。

2003 年早春, 武昌东湖梨园

看不见的黑宝石

　　著名动画电影《怪物史莱克》里,美丽的公主因为中了魔法,一到日落时分就会"变身"成很丑的模样。冰波的《月光下的肚肚狼》这部童话也巧妙地采用了中外童话里常见的"变身"元素——一只白天里总是在大街上行乞的乞丐狼,一到月圆之夜,就能变身为一个英俊的王子,向着世人唱着美妙动听的夜歌:"微风是我的头发,月亮是我的眼睛,带着我的歌,我要来看你,就像以往你一直在看我一样……"

　　刚开始时,善良的肚肚狼并不知道自己能够变身的秘密。只有他的亲密搭档"玉碎先生",一只名门出身的花背仓鼠,发现了肚肚狼身上的这个奇妙的秘密。他知道那个神奇的传说,说是有一种出身非常特别的狼,每当月圆之夜就会变身,而且变身的时间会不断延长。如果变身的时间能够延长到一整天,那个时候,狼就再也不会变回到原来的样子了,也就是说,今后他将会以王子的样子生活下去。于是,在玉碎先生的脑海里诞生了一个伟大的计划:他要把肚肚狼彻底变身为一个真正的王子! 而他也将和王子一起,重新找回自己家族往昔的辉煌。只是他暂时还没有找到揭开和掌握这个秘密的途径。

好在没过多久，玉碎先生和肚肚狼就发现了可以延长变身时间的秘密。他们找到了肚肚狼祖辈传下来的一只奇怪的扑满，这个扑满里面装的是一种代表着日月星辰的黑宝石。他们虽然看不见那些黑宝石，但他们知道，人们历来都把黑宝石看作是智慧和美德的象征，肚肚狼的祖辈积攒黑宝石，就是希望后代能够积攒智慧和美德……

至此，卡尔维诺所谓的童话作品里的"幻想的果酱"，就算调和好了。接下来的事，该是如何把这"幻想的果酱"涂抹到"现实的面包"上了。

于是，童话作家在接下来的故事情节里，就让本来是属于幻想国度里的主角肚肚狼，越过童话的藩篱，直接进入现实世界中，肚肚狼结识了一个喜欢穿着一双小红鞋的小女孩。肚肚狼叫她"小红鞋"。小红鞋就像是黑暗中的一束光，像寒冷天气里的一团小火苗，像一个美丽而善良的安慰小天使，给肚肚狼的生活和命运带来了光芒、温暖、信心和转机。肚肚狼在发现和感知着小红鞋那纯净、善良、温柔和坚强的心灵的同时，也渐渐发现和感知了一直沉睡在自己心灵中的良知与美德。他的心被一双柔软的小手轻轻地抚摸着。他沉睡的良知被一种无限信任的声音轻轻地唤醒了。

我们看到，肚肚狼身上本来就有许多可爱的、美德的潜质，比如他在假扮伤残去乞求人们的同情与施舍的时候，也从不忘记去捡起散落在地上的一个烟头或一张糖纸，然后把它们丢进附近的垃圾箱里。"保持工作环境的整洁是我的习惯。"他这么要求自己。当他发现自己行乞的附近有一个窨井盖被人偷走了，他便自觉地当起了行人们的"安全纠察"，把自己每天行乞的用语"行行好吧,可怜可怜肚肚狼"改成"小心啊!小心掉下去"!最终还想办法给那个地方重新加盖了一个窨井盖。尤其是当他得知富有同情心的小红鞋是把外婆给她吃早点的两元钱送给了自己,而她却在脸色苍白地忍受着饥饿时,肚肚狼顿时良心发现,狠狠地打了自己一拳说:"我真浑!"

童话作家用一个十分离奇却又非常合乎情理的故事,演绎着一个朴素的真理:只要有爱心,只要肯付出自己的善意和信任,一切就皆有可能。善良与信任的力量是巨大的。自从认识了小红鞋以后,肚肚狼简直就像重新发现了另一个自己。他想告诉小红鞋,他以前曾经撒过谎,他干过一些坏事,他还欺骗过路人以博取人们的同情……当然,他还想告诉小红鞋,他也做过一些好事,他想继续多做好事。当他有了这个念头之后,在他的内心深处,他比以前所有时候更希望那些看不见的黑宝石能越增越多。

就这样,随着故事情节的一步步推进,我们看到,肚肚狼的形象也渐渐地变得越来越可爱和可敬。特别是当他知道了小红鞋可怜的身世,又知道她得了白血病之后,肚肚狼的心理更是发生了巨大的变化。小红鞋纯净和美好的心,就像是一面镜子,让肚肚狼照见了自己天性中那勇毅、担当和侠义的一面。为了让小红鞋能早日康复,他甚至卖掉那些好不容易才积攒起来的、有一天可以改变自己的命运,使他变身为一个王子的黑宝石,来给小红鞋治病。"我以为世界上最数我最没用了,没想到,我也有帮助别人的一天……"他这么想着。在无私和向善的路上,他正一步步地向前迈进着,任何力量和挫折也阻止不了他!

故事最后,正是因为肚肚狼所变身的王子的歌声,让小红鞋和其他病人都重新获得了健康和快乐的生命。而肚肚狼却甘愿失去变身的机会,继续隐身在英俊的王子身后,做一只乞丐狼。——不,他是用自己善良无私的奉献,换取了一个崇高和不灭的灵魂。这样的灵魂,就像那些看不见的黑宝石一样珍贵,并且闪烁着夺目的光华。

冰波的童话风格,一向以清丽温婉、优美抒情和富有意境见长,即评论家高洪波所说的"一个江南文化浸泡过的才子式的作家"所特有的,一种"淡淡的忧郁和浓浓的诗意"。在这部童话里,无论是整体构思还是一些细节描写,都散发着浓郁的抒情气息。但是这部童话似乎也是冰波的"转型"作品之一,用高洪波的话说就是:"由悲剧转向喜剧,由压抑走向快活,诗意的笔触固然没有舍弃,但冰波式的幽默取代了先前的优雅……"

我们来看一个细节。肚肚狼化装出去行乞,结果当然是非常挫败,可是回来后他还对他的搭档吹牛:"……人们向我拥来,争着往我的帽子里丢钱……除了丢钱,他们找不到别的方式来表达他们的感情……有人想给我一张100元的,结果他身上正好没有,最后很不好意思地给了我一张10元的……当然也有转身走了没给钱的,我想他们大概是去给我买鲜花了……"

这就是冰波童话"转型"之后所添加的幽默元素了。这样的幽默与游戏的笔墨,在这部童话里不时可以见到,有如耀目的珠串,处处闪眼。当然,更多的还是一部纯正的文学童话所必然具有的语言之美。我们来看肚肚狼变身为王子而"闪亮登场"的那一瞬间的描写:"……就在王子的周围,一切都那么亮,就好像从太空中射来一束特别美丽的光,照耀着他一样。现在,他站在这片草地上,礼服上的金扣子闪闪发亮。他身边的每一株草、每一棵树,都比平时更加翠绿,地上的小花也比平时更加鲜艳。"

在童话的结尾,重新恢复了健康的小红鞋,伴随着肚肚狼的歌声,一起在月光下歌唱。而花背仓鼠玉碎先生——我们不妨把他看作是智慧的童话家的化身——望着美丽的星空,喃喃地说:"生活是重新开始了呢,还是会照旧继续下去呢……"这是一个意味深长的结尾。它让我想到了坎宁安在《时时刻刻》的结尾假借克拉丽莎发出的感叹:"我们呕心沥血地写作,虽然我们献出才华,付出精力,同时也满怀着最高尚的愿望,然而,我们的书最终却无法改变这个世界。……不过,我们还是那么珍爱这个世界的每一天、每一个早晨,并且对未来依然充满极大的希冀。只有上苍知道,我们是如何热爱这个世界!"

2008 年夏天,武昌

让流浪的橡树回到自己的森林

再使用一次卡尔维诺谈到幻想类作品时的那个极其形象的说法：要产生出"创造性"，非得有一定的平淡的"坚实性"不可；"幻想"就好似是果酱，你得把它抹到一片片具体的面包上，要不然它就跟果酱一样，一直没有形状，因此也休想用它创造出任何东西出来。

拨开《木偶的森林》中那些细节的枝丫，我们可以找到那个被遮盖得很深的故事源头。那就是在故事的第三章才显现出来的故事主干：很久很久以前，在一片安静、和谐的森林里，生长着一棵橡树。橡树枝叶茂盛，树根深深地扎进土壤里。有一天，一只黑色的白头翁落在橡树浓密的树冠上，把自己的家安在了橡树的顶上……这样的故事环境、童话主角和情节构成，显然符合卡尔维诺所谓的"一定的平淡的坚实性"的准则。接下去，那种可以称之为"幻想"的果酱也出现了：

这只黑色的白头翁，原来是一只会魔法的灵鸟。谁也不知道她来自何方。她对橡树说了这样一番话："作为一棵树，你应该有自己的想法，比如，喜欢怎样的鸟儿在你的树杈上做窝，喜欢把枝丫伸到南方，还是东方？……如果你不喜欢有小的灌木生长在你的周围，你的根须就必须把灌木挤走。当然，你还要有自己的名字……"显然，这只白头翁是一种"智慧"或"思考力"的象征。正是白头翁的一番话，唤醒了橡树懵懂和沉睡的心灵。他开始学会了思考。"当一棵树学会思考的时候，他就不再是一棵普通的树了。"他还给自己取名为罗里。"我思故我在。"从此，罗里觉得自己就是整个森林里最快乐、最幸福的树了。他的心中怀有许多美好的梦想……

再接下去，整个故事的发展，也都是童话作家把幻想的果酱抹到一片片具体的面包上的过程，从而使幻想的果酱有了具体的、创造性的"形状"：

有一天，森林里来了一群伐木工人。其中有一位是个木匠。他端详着橡树的树干说："我要好好利用这棵树做点儿什么。"橡树罗里请求他说"我是一棵有名字的树，别砍我！"但是最终木匠还是用锯子把树和树墩分开了。被伐倒的橡树沿着森林里的河流离开了森林。木匠把他带回城市的家里，用他做成了一个木偶人。因为无辜的心灵受到了伤害，而且被迫离开了自己所眷恋的大森林，所以，在木偶罗里身上，渐渐有了一颗冰冷的和对世界充满敌意的心。"罗里的心里充满了悲伤，但是他并没有流泪，因为他的心早就被冰冻住了。"在木匠去世之后，木偶独自开始了生活，并且产生了一个疯狂的想法：他想报复砍伐了森林、毁了他的快乐生活的人类。于是，他在这个充满各种欲望和机会的城市里，招募了许多流浪的、像他一样失去了家园也失去了幸福与安全感的动物，成立了一个马戏团，企图占领整个城市，最后将人类赶出城市……

整个故事前半部分的发展顺序就是这样的。但作者并没有采用惯常的那种平铺直叙的叙事方式,而是先从故事的"中游"切入,即从那些同样失去了家园的动物,如何进入城市,加入马戏团写起,然后层层拨开那些旁逸斜出的枝丫,溯流而上,追寻到故事源头之后,再回过头来顺流直下,直达下游和终点,再宣告故事的结束。这样的结构和叙事方式,未必能够为喜欢简单叙事的孩子们所欣赏,却也显示了作者在架构复杂情节时的冒险精神,以及在童话叙事形式上所做的智力投入。

像所有美好的故事一样,《木偶的森林》也有一个开心的和理想化的结尾:木偶人罗里在朋友们的帮助下,终于重新回到了森林,回到了自己思念已久的家园,并且找到了自己当年的树墩——他的生命和灵魂的根。他会在这里过一辈子,和他的树墩在一起。更重要的是,他那颗曾经变得那么冰冷和对世界充满敌意的心,重新获得温暖,心上的冰霜在来自朋友的宽容和关爱中消融了,他的良心得到发现,他将去帮助更多的动物恢复以前的记忆,帮助他们找到和返回自己的家园。虽然那个家园可能会十分遥远。

《木偶的森林》里涉及的主题和足以引起小读者深思的话题,是多方面的,如诚信、感恩、友善、相聚与离别等。其中最主要的,也是童话作家所倾力呈现的主题,就是如何尊重和保护这个世界上人与动物所共有的那种"生态文明",如何尊重和保护那种人与人、人与大自然、人与动物之间的生命的和谐境界。这也使我们再次想到美国伟大的生态学家、环境保护主义的先驱、"土地伦理"的首倡者奥尔多·利奥波德所提出的那个"土地伦理"的观念。他认为,"土地伦理"的行为准则其实十分朴素和简单:任何有利于保护生态环境的事都是对的,反之,就是错的。他希望人类都能够"像山林一样思考",并且把自身放到和土壤、水、植物和动物一样平等的位置上,因为,所有这一切都是一个"共同体"。真正的文明就是把人类在这个共同体中喜欢以"征服者"的面目出现的角色,变成这个共同体中的平等的一员。只有这样,人类才有可能尊重每个成员,并且对这个共同体本身有所尊重。否则,一切征服者最终都将祸及自身。这其实也是《木偶的森林》的作者所要表达的一个观念。

2007 年早春

微童话的宝石

　　每一条小溪里，都会有江河的力量。每一颗石子里，都会有沙漠的影子。所以诗人狄金森说：要造就一片草原，只需一株苜蓿和一只蜜蜂，再加上一个白日梦。或许只有一个白日梦也就够了，如果找不到苜蓿和蜜蜂。

　　在读到童话作家冰波和王一梅惠赠的"中国第一套微童话绘本"《水晶靴子》《住在树上的猫》的一瞬间，我想到了狄金森的这几句诗。我看到，冰波先生在扉页写着这样的题赠："微童话是我的梦想。"一梅的题赠则是："微童话写进了我对生活的理解……"由此可见，他们都是在用心创造与呵护着"微童话"这个新生的宁馨儿。他们在各自删繁就简、惜墨如金的文字世界里，创造了一种完全不同于以往的形式和意境的童话新文体。

　　《水晶靴子》和《住在树上的猫》每本书都收入了优美、精致的微童话 18 篇。通常只有一个童话故事容量的绘本里，竟然承载了 18 篇童话。如果仅从"经济价值"上看，这无疑是最具"性价比"的童书了。最感到幸福的当然是小读者了。我们不妨在此先欣赏几篇。好在微童话篇幅短小，为窥全豹，全篇照录：

> 小乌龟背了一棵苹果树，给它远方的爷爷送去。
>
> 爬呀爬呀，苹果树开花了；
>
> 爬呀爬呀，结出苹果了；
>
> 爬呀爬呀，苹果成熟了。
>
> 到了爷爷家，小乌龟和爷爷一块儿吃苹果。
>
> （冰波《小乌龟的苹果树》）

> 豇豆兵坐着它们的豇豆船，要去蚕豆国打仗。
>
> 上了岸，豇豆兵看见了眉毛黑黑的蚕豆兵，它们的个儿好大呀，它们的船好大啊。
>
> 蚕豆兵队长对豇豆兵队长说："你们这么小的船，小心翻船。你们要到哪里去？我用蚕豆大船送你们。"豇豆兵队长轻声地说："算了，队伍解散，大家回家种菜去……"
>
> （冰波《豆豆兵去打仗》）

这是一个真正的"小世界"，小到每一篇童话都只有一百个字左右。但这分明又是一个"大世界"，可谓以一当十，撒豆成兵；滴水观海，一雨成秋。故事、形象、幻想，还有意境、细节、情趣，样样都不缺少。

冰波有言："一片叶在湖面上悄悄打转，我看到的是轻盈；一滴水在荷叶上咕咕滚动，我看到的是丰满；一段文字在微博上飞扬流转，我看到的是故事、想象和意境。这就使我注定要爱她，因为，她是微童话。"淡然的文心，细腻而丰盈。

再来欣赏两篇王一梅的作品：

夏天，我遇见一只羊，它已经年迈，我把花环戴在它的脖子上。风吹着它长长的胡子，它给我讲羊儿流浪的故事，直到月亮升起。

我陪它一起数星星，一颗星，两颗星，三颗星……

数着数着，羊数错了，数成了一只羊，两只羊，三只羊……

然后，羊睡了。我为羊搭起帐篷，悄悄地离开。

（王一梅《遇见羊》）

蚯蚓有一个地下迷宫，如果去拜访它，请带着萤火虫；蜘蛛有一个网的迷宫，如果去拜访它，请穿防粘靴子；田鼠有一个油菜花迷宫，如果去拜访它，请带蓝蝴蝶；猎人有一个森林迷宫，如果去拜访它，请带一条狗；我有一个草地迷宫，如果要拜访我，只要轻轻走路，不踩坏小草，那就请进来。

（王一梅《迷宫》）

相信每一位读者都能感受到，这样的作品，不仅是简练而完美的微童话，而且是充满抒情意味和润泽可感的散文诗。每一篇作品也没有因为篇幅的简短和浓缩而变成抽象的、缺少水分的干花。冰波和王一梅，原本都是抒情童话和唯美童话的创作圣手。当童话的情节和语言得到了最大限度的剪裁，抒情的意境和趣味得到了最大限度的"提纯"之后，他们献出的是钻石般的诗与真的光芒，是情感饱满的爱与美的果实。

对此,王一梅也有一番文心独白:"那一刻,听北极浮冰上企鹅在合唱,看渴望羽化的毛虫在半透明的茧里微笑,田鼠的家黑暗得像迷宫一样神秘,蝙蝠倒挂的世界颠倒又充满思考……猛然间,奔放,沉默,思绪游离。那一刻,微童话流淌在字里行间。"

这种对自己所钟爱的文体极端用心、全身心投入的态度,是值得肯定和效仿的。创作者对于他的职业的强烈的爱,才是无论是在主动还是被动的状态下创作最关紧要的东西。不论我们所做的是什么,重要的是,都能带着一种强烈的感情去做。

我相信,世界上没有真正的"渺小的文体",而只有渺小的作家。最优秀的作家,就像契诃夫,你哪怕给他一个小小的空墨水瓶,他也能给你写出一部完整的小说出来。写过《自然纪事》和《胡萝卜须》的法国作家列那尔,也曾举过一个例子:有那么一个时刻,桃子熟了。稍早一点,稍晚一点,桃子都不那么好吃。趣味完美的作家,只喜欢熟得恰好的桃子和好的文笔。列那尔被誉为"小文体作家里的第一名",他对于文笔,挑剔到几乎成了一种"洁癖"。他在作品里拒绝一切拖泥带水、矫揉造作和缠绵悱恻的长句,追求的是精致、凝练,再精致、再凝练。他甚至宣称:"我明天的句子,将只有主语、动词和谓语。"他有一篇不足300字的散文《小树林》,他在给朋友的信上说道:"这25行文字,代表着一个星期的工作和十几张用废的纸。"天知道,为了每一个词、每一句话的提炼和选择,他是下了多大的功夫。

冰波和王一梅的微童话,无疑就是那"熟得恰好"和液汁饱满的"桃子"。而完美的桃子背后,却是列那尔《小树林》式的艰辛的提炼、剪裁、挑剔和选择。

2012 年岁末,武昌东湖梨园

寻找那朵蓝色玫瑰

在我们记忆的长夜里，有许多闪闪发亮的经典童话的神灯，给过我们温暖、光明和幻想，还有智慧、信念和力量。其中有一些童话的神灯，是由一些神奇的老奶奶或老外婆的手点亮的。这样的童话奶奶和童话外婆是可以列出一长串的。她们已经成为童话史上的经典奶奶和经典外婆。她们还将伴随着一代又一代的小孩子，去度过他们无数个童年的夜晚。那是他们渴望听故事、喜欢不停地幻想和不断地追问的美好时光。

吕丽娜的长篇童话《丁香小镇的菊奶奶》，又给我们的童话形象画廊里增添了一位新的"童话奶奶"的形象。这位老奶奶个子矮矮的，穿着一件雪白的袍子和一双透明的、带滑轮的水晶鞋，平时手上总拿着一个蓝花手提袋。可她是一位善良、细致、充满爱心，也不乏幽默与风趣的"魔法奶奶"。她的神奇之处在于她似乎能听到所有人藏在心里、不好意思说出的话，然后尽力去满足大家的愿望，帮助他们去实现梦想。谁也没有想到去问问这位老奶奶是从哪里来的，又为什么会来到丁香小镇，只是大家有一个共同的感觉，"好像菊奶奶是他们认识了很久的朋友，只不过她过去一直都在外面旅行，现在回到了自己的老家而已"。

而实际上，自从这位老奶奶来到小镇之后，原本平淡无奇的日子，一下子就变得不一样了！就像她手里藏有一块奇妙的橡皮似的，她不仅能够悄无声息地擦去丁香小镇这幅风景画上的所有的"污点"，还能够擦去每个人心头的忧愁、孤独、苦恼和自卑等不好的情绪，甚至擦去那些偶尔在心里出现的坏念头。谁也不知道她是怎么做到的。例如有一个强盗来到了小镇。这个强盗有一支象牙色的笛子，能吹奏出梦歌。只要人们听到他吹奏的梦歌，就会做白日梦，等他们从梦中醒来时，强盗早就带着他偷到的东西走远了。可是当他碰到菊奶奶后，他的梦歌却失灵了。他的梦歌不仅没有迷倒菊奶奶，他自己反而被菊奶奶的善心和美好的建议所感动。菊奶奶建议他说："世界上有许多伤心的人，有许多失眠的人，他们都需要你的梦歌。"最后，这个强盗带着老奶奶的期望和祝福离开了丁香小镇，成为一名令人尊敬的医生——带着他的象牙色的笛子流浪世界，把甜美、宁静的梦歌送给所有需要它的人。

童话家用"吹笛子的强盗"这样的情节告诉了小读者一个道理：生活在这个世界上，人与人之间只要真诚相待、相互关心和尊重，就是再冷酷、再坚硬的心，也会变得友善和柔软，就像原本很冷酷的强盗，他在发现和感受到菊奶奶最真诚的关怀的同时，也发现和唤醒了自己心中沉睡的友善与良知。

正是因为这位菊奶奶拥有太多的善心和爱心，因为她愿意无私地帮助所有需要帮助的人，而且无怨无悔、乐此不疲,所以,老奶奶身上的"魔力"真是变幻无穷,几乎能够"心想事成"。她让小葵花喝下了一小瓶有魔力的药水,小葵花的发梢上就会结出一些红色小浆果,那是由心中多余的快乐凝结而成的"快乐果",小葵花把这些小果子摘下来分送给小镇上的朋友,整个小镇都分享了她的快乐;当小葵花生病了,菊奶奶还可以把朋友们送来的问候收集起来,煎成一种甜甜的"心愿汤",小葵花喝了这种甜汤,病很快就好了起来。

童话作家是在用这样的童话故事提醒所有的小读者:永远都不要放弃自己的幻想和美梦。只要你还喜欢幻想,只要你的心中还有期待,那么,一切就皆有可能发生,同时你也永远不会失去童年的快乐和梦想,这时候,童话般的奇迹也可能出现在你身边。

还有一次,菊奶奶把一粒淡绿色的、亮闪闪的、像种子又像是星星碎片的东西交到面包房的铃兰小姐手里,让她揉进了小圆面包里。全镇的人吃了香喷喷、金灿灿的烤面包后,神奇的事情发生了:所有的人见了面后都会微笑着向对方打着招呼:"你真可爱,我好喜欢你!"就是从来不认识的陌生人也不例外。原来,菊奶奶交给铃兰小姐揉进小圆面包里的,正是这句温暖的话。因为这句温暖的话,丁香小镇的居民们的脸上全都阳光灿烂。

"我好喜欢你"这句话传达出的是一种澄澈的信任和友爱。这也是世界上最好听的声音了。请相信,也许,仅仅凭着"我好喜欢你"这几个字所发出的声音、所闪耀的光芒,你就可以把握和照亮整个世界,而依靠别的,却肯定不能。这个童话情节不仅富有哲理,而且充满优美的想象。暖暖的、香甜的、金灿灿的烤面包所散发的香味,还有通篇所洋溢着的信任与被信任的幸福感与快乐的气氛,使这一篇美丽的童话散发着一种暖透人心的温情。

吕丽娜的童话风格一向都是以温暖、清丽、明快和抒情性见长的。这部长篇童话同样散发着这些魅力。弥漫在全篇中的温暖、淡雅和美丽,实际上是诸如善良、关爱、尊重、接纳、谦让、分享、奉献、信任、互助、感恩……这些美德所散发出来的。这些闪光的美德,不仅仅在菊奶奶身上,就是在书中其他那些人物身上,也可以找到。当世界上处处充满着美德的温暖与光芒时,我们的生活也就像童话作家所营造的这个美丽的丁香小镇一样,人情怡怡,团结祥和,令人留恋了。要相信,美德潜藏在每一个人的身上,你闪出一丝光芒,世界就多了一丝光芒;你献出一份温暖,世界就多了一份温暖。从这个意义上讲,《丁香小镇的菊奶奶》又是一部温暖的和优美的、具有浓郁的纯文学风格的"爱的童话"和"美育童话"。

这些美德都是小孩子在成长过程中所不应回避和绕过的,而且,正在成长中的幼小者,也是特别需要这样一些温暖的"德育故事"和"美育故事"的滋育的。当然,童话作家首先是把它们作为美丽的童话故事来讲述的。她讲得那么单纯、亲切和有趣,每一篇故事都不太长,却充分地显示出了优秀的儿童文学所特有的一种"浅语艺术",一种使孩子们乐于接受、也容易感受到的亲和力与感染力的力量。童话里始终流淌着一种爱心和友善的暖流。那是童话作家献给所有弱小、善良和美丽的小生命的无限的呵护与关爱。它们就像菊奶奶摇来的那只可以把人们托载着送回到童年去的小红船,在阳光下流淌的、明亮的丁香小河里划呀划,给人带来幸福、光明和温暖的回忆。

在这部童话里，作家借菊奶奶的口，对另一个童话人物芭蕉先生说过这样一句话："你有爱幻想的头脑，还有一颗充满诗意的心，你的心里原本就生长着一朵童话玫瑰，我只不过帮助你找到了它。"我愿把这句话看作是童话作家想对所有小读者所讲的话，看作是童话作家心中所尊崇的那种伟大的"童话精神"。是的，人人心里都生长着一朵蓝色的童话玫瑰，只有相信童话，相信童话作家，相信所有童话都是真的，你才有可能找到它。

2008 年深秋，武昌

向铁丝网下的小花默默致敬

夕阳就要落下去了，玫瑰色的暮色，笼罩着古老的小镇，笼罩着每一条清冷的小巷。随着一阵阵秋风吹过，此起彼伏的乌鸦鸣叫声，"哇哦、哇哦"地响彻了整个小镇。这时候，有一对贫穷的乡村小孩，派柴克和阿宁库兄妹俩，还怀着小小的希求和期盼，流连在这个冷清的小镇上，不肯回到自己的小村里去。因为他们的妈妈病得不轻，他们特意来到这个小镇上，想为可怜的妈妈弄到一点新鲜的牛奶。村里的那位好心的医生马兹特普老爷爷告诉他们说，只有新鲜的牛奶能够救治妈妈。可是，这对身无分文的小兄妹，在小镇上奔波和折腾一天了，也没有弄到一点牛奶。他们的心中灌满了悲凉和失望，但是，他们仍然不肯放弃心中的愿望。在渐渐暗淡的暮色里，在一片鸦鸣声中，在他们小小的心里，已经做出了一个执拗的决定：不给妈妈弄到牛奶，我们就决不离开小镇……

《布伦迪巴》这个中篇童话，写的就是很久很久以前，发生在波西米亚的一个小镇上和一个小村里的故事。这是一个带有"国际范儿"的童话。书名、故事、人物、地点，包括整个故事的叙述方式和插图风格，都是带着"波西米亚风味"的。

如果不是封面和版权页上明明白白地印着"刘耀辉著"的字样，我相信，一般读者都会误以为这是一本欧洲童话译作，几乎到了"乱真"的地步。此为本书之一奇也。还有一奇的是，这本印制精美的小书，除了这个数万字的童话故事外，还包括一篇名为《囚笼里的自由之花》的"创作手记"，也可以称为研究论文。这篇文章涉及的作品上百种，全部是有关"二战"时期的大屠杀和集中营对弱小的童年之花的摧残与戕害的主题。那是一朵朵开放和凋零在铁丝网下的小花。全文勾勒出了人类反法西斯战争胜利 70 周年以来，全世界范围内诞生的此类题材的文学、电影和儿童绘画小史。因此可以说，这本题材独特、视角全新的小书，在全世界人民庆祝反法西斯胜利 70 周年、中国人民庆祝伟大的抗日战争胜利 70 周年之际问世，也是一位中国儿童文学作家在这个特殊的纪念年份里所发出的一个独特的声音、所做出的一份特别的贡献。

作者刘耀辉毕业于北京大学考古学专业，曾在一家有名的古籍出版社做过数年编辑，如今又在做儿童图书和数字动漫专业的出版，近些年开始为孩子们创作文学作品，出版了数部小说和童话。作者专业背景上的"跨越感"，又算是一奇吧。

童话里的小兄妹俩，最终得到了另一个善良的穷孩子希姆尔，还有大黄狗、白猫、麻雀等小动物的帮助，还包括金色的大钟先生、蓝色的拱窗小姐等正义之士的默默的帮助，大家齐心协力，勇敢奋起，终于战胜了那个横蛮、粗暴、野心勃勃、妄图独霸天下的恶人布伦迪巴。当孩子们胜利的合唱声响起的时候，我们也一下子明白了童话作家创作这个故事的朴素的希求和良善的寓意："记住吧孩子们，当坏蛋欺负你的时候,请一定要勇敢、大声告诉他你不怕,同时喊朋友们来帮忙。大家都会来帮你的,你会看到坏蛋很快就会垮台,永远从我们的眼前消失,再也无法回来!"

《布伦迪巴》是一支善良、勇敢和正义之歌,也是一阕守护、慰藉和励志之曲。当贫穷的小兄妹俩在黑夜的小镇上疲惫地睡着的时候,那些满怀正义的、好心的动物朋友,一起守护着两个孩子,轻轻地唱起了摇篮曲:"月光是多么温柔啊,愿它点亮孩子们的梦。愿他们的梦像小姜饼一样甜,愿他们梦到亲爱的妈妈,正躺在病床上高兴地喝牛奶。……安心地睡吧,睡吧,黎明即将到来。好孩子啊,我们守护着你,赶走心中的悲伤吧,我们守护着你。"这支摇篮曲让我想到了贝多芬作于 1801 年的钢琴曲《月光》和作于 1810 年的钢琴曲《致爱丽丝》。最温暖的儿童文学,一定会像最伟大的音乐一样,用一颗善良、仁慈、柔和的心,向一切幼小的赤脚孩童献上最大的关怀与挚爱,用最温暖的手指,安慰着寒冷、贫困和哭泣中的人们。

从那篇《囚笼里的自由之花》的创作手记里可以看到,刘耀辉创作《布伦迪巴》这本童话的灵感,来自曾经在"二战"时期纳粹设在捷克的特莱津集中营中上演过 55 场的一部同名童话剧的故事。当年参加这部童话剧演出的孩子,都是集中营里的犹太小难友,他们中的绝大多数人,最后都被移送到臭名昭著的奥斯维辛集中营惨遭屠杀了。因此,这个童话是向那些曾经在高高的铁丝网下哭泣的小花默默致哀和致敬之作,同时也是向那部童话剧的作者、犹太音乐家汉斯·克拉萨致敬的作品。

我在为 90 多岁的英国儿童文学作家朱迪斯·克尔创作

的、一部以纳粹时期儿童生活与命运为题材的儿童小说《希特勒偷走了粉红兔》写的一篇书评里，引用过安徒生文学奖获得者、以色列儿童文学作家尤里·奥列的一句话：儿童文学作家应该去帮助和拯救那些"如履薄冰的孩子"，因为，血腥的大屠杀曾经是、在某些地区依然是他们童年生活的一部分。我注意到了，刘耀辉在他的创作手记里也谈到了这本"粉红兔"的故事，并且转述了我援引的尤里·奥列的振聋发聩的话语（见《布伦迪巴》第 174 页）。尤里的话，也并非耸人听闻。在《布伦迪巴》的故事结尾，我们分明听到了夹着尾巴逃走的布伦迪巴还在恶狠狠地挑战这个世界的良知和未来："我们会再见的，我亲爱的小孩。虽然我走了，但是我不会走得太远。我一定会回来的！"

今天大家都熟知德国哲学家阿多诺的那句名言："奥斯维辛之后，写诗是野蛮的。"我从耀辉的书中也看到了另一句既是反阿多诺之意、又带有向阿多诺致敬的句子，它出自2002 年诺贝尔文学奖获得者、匈牙利犹太作家凯尔泰斯之口："奥斯维辛之后，只能写奥斯维辛的诗。"在我看来，《布伦迪巴》这篇带有寓言色彩和象征意味的童话，以及这篇《囚笼里的自由之花》的创作手记，就是奥斯维辛之后的"奥斯维辛的诗"。

2015 年初夏，武昌

152

花开鸟啾虫鸣，万物有灵且美

在世界儿童文学的形象画廊里，既然有著名的老鼠记者、大熊博士、猩猩画家和各种各样的动物音乐家，那么再出现一位著名的"兔子作家"，也就没有什么可奇怪的了。我期待着张炜先生创造的这个兔子作家的形象，能够走出国门、走向世界，获得更多读者的认同，真正立于世界儿童文学经典形象画廊之林。

那么，《兔子作家》是一套什么书呢？作家创作这套书，"文心"何在？

首先，这是一些给读者带来了开阔的大气象、美妙的大智慧和真切的感动力量的童话故事。全套书写了30个童话故事，每一个故事都散发着辽阔、清新和澄澈的自然之美与文学之美。

阅读这些童话故事时，我不时地想到英国作家汤姆·波尔和澳大利亚插画家罗伯·英潘合作的那本《世界为谁存在》。波尔47岁那年，站在非洲大地上，举目所见全是那些在草原上奔驰、在林间跃动、在水中栖息的，与人类一样有着鲜活的生命气息的狮子、斑马、鸟禽、昆虫和鱼儿。这让他情不自禁地发出了这样的感叹："世界为谁存在？"波尔借助故事里的狮子爸爸之口告诉小狮子说："这个世界有那么多绿油油的草原，让你奔跑跳跃；每一只斑马、羚羊和大象，帮助你苗壮成长；每一块耸立和平滑的岩石，让你享受阳光。你应该相信，世界为你存在！"张炜笔下的这些童话故事里，也充满了这样的智慧之光与诗意和哲理的芬芳。

例如在《马兰花开》这个故事里，兔子作家和青蛙坐在草木葱茏的池塘边，坐在繁星闪耀的夜色里，静静地凝视着紫蓝色的马兰花盛开时，作家写道："他感受着这个美妙的过程，仿佛看到有无数的小星星在体内闪烁和流动，轻轻触碰自己的心，痒痒的。他用了好大力气才忍住了，一动不动。他知道这是美好的春天的气息，正在深入自己体内。啊，真正能够享受春天的人，必须是一个虚心等待的人！……"而在此后的日子里，兔子作家一边阅读着自己心爱的书，一边静静地等待着夏天、秋天和冬天的来临，用一颗安静和真挚的心，真切感受到了每一个季节的神奇与美好。这样的故事，不仅让小读者看到了一种明亮、流动、和谐的文字与意境，而且足以引起小读者对人世间与大自然的美好与光明的神往。

其次，这套书在讲述一个个美丽的童话故事的同时，又呈现了蓬勃丰盈的自然之美，具有自然科普书的特点。作家对大自然情有独钟，而且知识储备丰富，30个故事里写到的各种花草植物、大动物、小昆虫有上百种之多。可以说，《兔子作家》就像一套"自然小百科"，让小读者看到了万物有灵且美、大地上的每一个生命之间亲密无间的相互依存关系。

例如在《荒岛探险》这个故事里，兔子作家来到一座荒凉得就像火星一般的孤岛上，却意外地发现，发生在银色的月光下的一个美丽的生命奇观：一只母海龟，缓慢地爬行到沙滩上，轻轻地扒出一个大沙坑，然后静静地产下一堆海龟蛋，当海龟妈妈返回大海的时候，又停在前边几尺远的地方，回头朝着自己未来的孩子们张望了许久……于是，在空旷、静谧的星空下，兔子作家真切地感受到，月光下的荒岛是多么美丽！"这时，从大海里传来一阵阵细碎的低语，就像有人在那里交谈似的。兔子想这里面一定会有那只海龟，她在说着自己未来的一群孩子呢。"

张炜笔下的这些故事，就像法国女作家黎达·迪尔迪科娃为"海狸爸爸编辑部"创作的那些动物生活故事，不仅描写了动植物的生活习性、生命特征，而且揭示了它们生活和生命里的许多鲜为人知的秘密。当然，作家最想让小读者感受到的，是一种来自大自然的生命之美和智慧之美，就像梭罗所说的那样：理解力所栽培的东西，季节会让它成熟、结果。自然界不会变，我们在变。即使我们整天像蜘蛛一样待在顶楼的角落，只要人类能够思想，世界仍然天高地阔，一如既往。

此外，作家既然把这只"眼镜兔"塑造成了一位作家，那么，这只兔子的言谈举止、所思所想，都要符合作家的身份和作家这个职业的特点。因此，这套书，还隐含着一种"作家生活指南""作家写作经验谈"的功能。

例如《心里的甜蜜》这个故事里就写道，兔子作家经常会伏在窗前仰望星空。"这些星星啊，虽然暂时还没有让他想到什么，比如关于星空的一些故事、一些深邃的奥秘，可是这样的遥望让他一阵阵神往，好像心胸一下子变得开阔了。一个人有开阔的心胸，这大概比什么都重要吧！"这无疑就是作家的经验之谈。同样是在这个故事里，作家又借兔子作家的身份写道:"人们都说灵感会让一个作家笔下生花,灵感简直无所不能,比如它能让一个笨人变得聪明起来,让一个迟钝的人变得格外敏感。反正它对于一个作家来说真的是太重要了。"在这个故事的最后,作者还写到了作家与读者的关系,作为作家,兔子很愿意为喇叭花(读者)大声地朗读自己的作品,"为你朗读我的作品,是我最幸福的事情";喇叭花则说:"我要永远做你的第一读者……"在《小木筏奇遇》里,作者又借兔子之口告诉小读者,"作家跟一般人还是很不同的。作家好奇心重,总想看个新鲜";还有,当作家需要有一种冒险精神,比如要写航海,就应该亲自去经历海上的风暴,"这真是作家应该有的见识"。在《荒岛探险》里,兔子作家还告诉他的朋友金龟子说:作家这种职业,应该多多地去看、记、想,"把一些事和一些道理告诉给更多的人,特别是那些不在场的人";还有,"观察是十分重要的,干我们这行的,最重视观察了"。

张炜是一位有着丰富的创作经验和辉煌的创作成果的作家。他在写这些故事时,有意无意地就会把自己的一些创作心得和文学秘密,转移到"兔子作家"的日常举止和言谈之中,因此,读完这套故事书,小读者对"什么是作家""作家是怎样写作的""当作家需要具备哪些素质""怎样去创作完成一篇作品"等问题,都会找到自己的答案。从这个意义上讲,《兔子作家》又是一套颇有实用价值的"作家创作指南"的故事书,小读者在阅读童话故事的同时,也许还大致懂得了,作家是怎样生活、观察、想象和写作的。

2016 年 6 月 10 日,武昌东湖梨园

辑四

发现童年的光亮与灿烂

基本精神。

对于生命和成长的悲悯情怀，应该是心仪的一位诺贝尔文学奖获奖作家奈保尔的文学追求，其实也正体现了殷健灵的文学追求，其实也正是作观：

好的或有价值的写作，一定不仅仅是些单纯的美学技巧，而是有赖于作家身上的德完整。而且我还认为，一个优秀的儿童文学作家之所以……

献给童年时光的挽歌

陆梅的长篇小说《格子的时光书》出版有些时日了,我才有机会读到它。这让我想到她曾在一篇文章里写过的一句话:书需要"捂",等捂过一段日子再拿出来看,才会有所"悟"。或许,这本《格子的时光书》的书名,原本就隐含着几分预见与暗示意味?

十几年前,我曾为伊丽莎白·恩赖特的经典儿童小说《银顶针的夏天》写过一篇书评,其中有言:"女作家表面上讲述的是一个'得到'的故事,而回荡在作品背后的,却是一曲'失去'的挽歌。银顶针带来的是一个美好的夏天,是一种使人心醉和眷眷难舍的时光。然而,玫瑰一年可以两度盛开,而童年却不会在一生中出现两次。所谓最好的时光,其实是指一种不再回返的'幸福之感'。并非因为它美好无匹从而使我们眷念不休,而是倒过来,正因为它是永恒的失落,它才成为无限的美好。"

现在,读着《格子的时光书》,这种温暖和怅然的感受又重临心头。套用一种简单和省事的类比法,我觉得,《格子的时光书》实在就是一本"中国版的《银顶针的夏天》"。

两位生活在不同年代、相异的文化背景下的女作家，隔着一个世纪，用各自的小说在向童年致敬，向童年时光献上了一曲美丽的挽歌。

这是一个安静而祥和的、名为芦荻的江南小镇。散落在小镇窄小的街市两旁的，是各种小店铺：阿农烟杂店、米家豆腐、虞美人布庄、镜中天照相馆、五味子药店，还有镇政府、影剧院、邮电所、卫生院、米粮店、铁匠铺、恩养堂尼姑庵……在这个时间流淌缓慢的小镇上，有一所名为三里桥的小学校，这是小说的主人公、12岁的女孩格子上学的地方。青砖红瓦，木门木窗。老树成荫的小操场，懒洋洋的初夏的午后。被太阳晒热的静静的小河，刚刚结籽的油菜地。正在成长和渴望远游的少女，安静又带点甜美忧伤的童年生活……作者说："我着力要刻画的，就是这个叫格子的少女，面对一个复杂世界的所有感触、哀愁和心灵的激荡。"

格子出生后就一直生活在这个安静的小镇上。她的小伙伴们有老梅、瘦猴、小胖，还有从外地来这里过暑假的大姐姐荷花，恩养堂尼姑庵里的小尼姑静莲。这些青梅竹马的同伴，每天都在小镇上的角角落落里游荡着，享受着和消磨着各自散漫的童年时光。除了游荡，还是游荡。因为在格子和她的同伴们所处的这个年代，没有电视，没有电脑，甚至也没有书。小镇上没有图书馆，也找不到一家像样的小书店。但是，生活在小镇上的孩子们，在寂寞和贫穷中却能听见来自竹林和油菜地的风声。长长的小街上和各种各样的小店铺门前，游荡着他们恣肆和漫长的小童年。

作者这样描写着："格子放任自己，在童年夏天酷热的小街上游荡——竹林，山冈，废弃仓库，清水河，尼姑庵，梦魇般漫长的午后,烫得难以下脚的水泥马路……当然少不了老梅、瘦猴,还有疯女子梅香、尼姑庵里的老住持和小尼姑、来了又走的大女孩荷花、安静忧伤的小胖……"

小镇是这么的小,一家的来客几乎就是公共的来客,一家的忧乐,几乎也是全镇的忧乐。漫长的小童年里充满了等待、希冀、懵懂、迷惑、寂寞、忧伤、渴望。大表哥参军后杳无音讯,老梅的二姐梅香为心爱的人而精神失常,瘦猴的妈妈突然失踪,小小少年孤身寻母,恩养堂里的小尼姑静莲不幸的身世……所有这些酸甜苦辣,都是"成长"的滋味,都沉淀为童年的基石。

小镇上的忧乐故事,让初涉尘世的少女时常生出"连自己也不可知的迷惑"。像所有生活在安静的小镇上的少年人一样,格子也时常会有逃离小镇、逃离沉闷的家、飞到远方去的渴望,就像她想象中的妈妈,"可能是养蜂人的女儿,石匠的女儿,说书人的女儿,船家的女儿……杂要也行,起码都四海为家,走街串巷,只要是远方,是一个个的陌生之地,她都无限渴望"。

小镇上的每一天都是沉闷、缓慢和按部就班的。但是,作者在努力地去一点一点地寻觅和发现那些隐藏在"庸常生活里的亮光"。这些"亮光",有的来自暂时还未被现代工业蚕食的淳朴的农业生态,有的来自人情怡怡的邻里关系,有的来自小说里写到的那些人物本身,例如,从外地来到小镇上的阳光般的青春少女荷花,恩养堂里的慈善的老住持和小尼姑静莲……

"格子喜欢蹲在竹林里听风,竹林里的风可比别处有趣多了! 叶子和竹子,叶子和金龟子、黄粉蝶、知了、青头蟋蟀、天牛、蜜蜂、豆娘、黄鹂、布谷鸟……你能想到的乡村生灵,这儿准有! 它们在微风里或耳语或高歌,此起彼伏,铺天盖地,分明就是一场盛大的林间交响乐!

"若是太阳好,点点碎光泼洒在一簇簇的叶片儿上、小叶杜鹃和伏地柏构成的灌木丛上、羊齿植物和野草莓藤蔓上……那种感觉,就好像身体里长出了翅膀! 格子喜欢极了竹林里的青苔。长得茂盛可爱的青苔,双脚踩在上面,说不出的松软酥痒。"

如此细微、真切、精确的感受与描写,与其说是作家对生活进行观察的结果,不如说是直接来自她个人童年的生活经验、记忆与回味。由此也可证明,对于一位儿童文学作家来说,童年的体验与记忆是多么珍贵。

少女荷花,是照亮了格子童年时代的最美的一束"亮光",也是作者心目中的一个理想人物。作者在"后记"里透露,她原本要写的结局是生活中实有其事的"荷花溺水"。但是写着写着,她不忍心这么写了。实际上,作者也深深喜欢上了这个偶然出现在小镇上的少女。在荷花和格子分别的时候,作者情不自禁地写下了这样一段光明、澄澈的"宣叙调":

"现在,又轮到荷花走了。这个活泼的大女孩,突然闯进了格子的心,格子满心欢喜地照单全收! 她混沌懵懂、百无聊赖的心门突然地被这个大女孩撞开! 格子看到一个大世界,这个世界草木葱茏、清明美好——即便是忧伤,也是好的,就像顶着晨露而开的鸭跖草,美得令人心疼。和荷花在一起的日子,格子全身上下每一个毛孔都舒张着、惊醒着……她就像是一只贪婪的小蜜蜂,钻在花丛里使劲地吸呀吸、闻呀闻……"

"对格子,荷花是可触摸的远方。"因此,作者让原本的结局变得异常明亮,荷花最终考取了中医药大学,神采奕奕地同格子告别。菌子被采摘走了,但是菌子芬芳的气息,将永远留在青翠的草地上。

小说里还写到了许多江南小镇的风习,那也是格子童年记忆里的一部分。例如农历六月初六这天,家家会在太阳底下晒出花团锦簇的锦缎背面。这是小镇上的晒霉天。在飘飘荡荡的竹竿与竹竿之间,我们看到了一种已经变得遥远的童年风情。又如老梅的姐姐梅花出嫁那天,人头攒拥的迎亲队伍以及"过桥""子孙桶"的风俗,还有香云纱、晚饭花、鸭跖草、枇杷树、中药铺、糯米饺、炒螺蛳……这些江南小镇上必不可少的生活细节,无疑也都是保存在作家心灵中的童年记忆。

在某种意义上,所谓儿童文学作家,就是能够永远"留住童年"和"返回童年"的那类人。陆梅在小说里也这么写过:许多年后,长大了的格子也很为自己能够完好地保存着童年时候的某些细微的感受和记忆而庆幸,作者借格子之口感慨地说,那曾经以为的已经丢失了的、不会再来的童年,"始终是存在着的"。

作者也用了不少篇幅,一再写到格子做过的不同的梦境,甚至让荷花帮助她解析那些梦境、灵魂的意义。作者还让这些孩子不时地出入恩养堂尼姑庵,听老住持给他们讲述何为信念与信仰,生命的意义究竟在哪里。我体会到,这正是陆梅在作品中所做的有意识的尝试和探索。这部小说就像她的"成长自传",格子这个人物在很大程度上也许就是作家自己的化身。这也使我想到国际安徒生奖得主、美国儿童文学作家门德特·戴扬的一个创作主张："当我写书的时候，我不会而且也不必想到我的读者。我必须全然主观——只注意用儿童文学的有限形式之笼来罩住我的创作，在这笼子之中让我的创作压缩成形。……我不仅是情动于中，而且是为自己而写。"戴扬认为，面对儿童文学，"我要做的就是返回我的潜意识之井"。

这一点，陆梅在"后记"里其实已经表述得很清晰了："时间和空间，故乡和他乡，童年'梦中的真'和'真中的梦'，乐土不再的喟叹……以及一个游子所有的乡愁……"这些都是她在作品中所要表达的东西。当然，她不免也会有所顾虑："但愿读者能够理解我的'一厢情愿'。"其实，这种顾虑也隐含着儿童文学写作的某种"宿命"：儿童文学，有时就是作家在与一切不可能的事情做斗争，创作者期待着通过故事讲述和文字刻画而使自己的幻想变为现实，虽然他们的幻想可能从来不曾成真。

维尔斯特曾如此感叹童年的转瞬即逝："我们从此离开了最安全的地方，再也回不去了。"他说，"因此我们很留恋那个黄金时代，那个一去不复返的时代。当我们叹息日薄西山、夏日消逝、爱情迷途时，当我们吟诵描写有关'失去'的诗歌时，我们也是在不知不觉地哀悼一种更为严重的终止：对童年的放弃。"

陆梅在小说里也不断地探讨过"童年的消逝"和"长大意味着什么"这些主题。例如写到这些小镇孩子在经历了各自的家庭变故之后，有一个黄昏，格子和老梅从恩养堂里出来，宁静的暮色让两个少年人心有所动。这时候她写道："格子感受到她和老梅之间再也回不到过去——那种全无心计、只知道疯玩的快乐时光。这个夏天，一些事在改变着什么。改变着什么呢？到底又空茫。……长大意味着什么呢？快乐少一点，忧思多一点？还是因为知晓了更多秘密，而变得心事重重？知道得更多，而自己又无能为力的迷茫？格子在三里桥畔驻足，她模糊地感到，那无忧、自由的童年欢乐已成了遥远的过去。"

小说最后写到了长大后的老梅也重返芦荻镇的一幕。当年的小伙伴都长大了、离开了，伯劳飞燕，天各一方。旧时的小镇也完全改变了模样，没有了从前那种人情怡怡的邻里关系，有的只是一张张陌生的、漠然的脸。这时候，老梅的耳边呼啸着一声声痛苦的追问：

"小镇啊，你的街道永远寂静！没有一个人能够再回来说：你为何人去巷空一片荒寂？"

这一句追问里，真有着万般沉痛和无奈，传达着一种无比深沉的乡愁。罗兰·巴特有言：童年所在，才是故乡。现在，童年已经远去，故乡已经变得模糊难辨、无迹可寻。这是作者陆梅心中的伤逝，又何尝不是留在无数中国小镇的记忆里，留在那一代从淳朴、安静的江南小镇走出去的孩子心上永远的疼痛？

2014 年春天，武昌东湖梨园

星星的孩子闪耀着金黄的光芒

诗人沃尔科特曾善意地提醒读者们："我们必须为阅读那些伟大的现代诗人的作品而准备好自己的智力。"

阅读陆梅的小说，也需要准备好自己的智力。

这是因为，她的小说并非仅仅在讲述故事。或者说，故事压根儿就不是她的"文心"所在，她也无意在故事情节上去多花功夫。

她所注重的是"诗与思"。

就像弗洛伊德创作的《少女杜拉的故事》那样的精神分析小说，又如乔斯坦·贾德创作的《苏菲的世界》《橘色女孩》这样的探讨人类哲学和生命哲理的小说，陆梅的小说新作《像蝴蝶一样自由》，也是一部有关生命的哲学和哲理小说。

这些年来，我们已经见过不少从欧美引进的"哲学绘本"，但是像《苏菲的世界》《橙色少女》这样适合少年儿童阅读的"哲学小说"，却寥若晨星，更不用说是中国作家自己的原创作品了。

就在松鼠快要失去牙齿的时候，陆梅却为我们送来了核桃。

思想有多远,才能保障文学能走多远。圣埃克苏佩里在《人类的大地》里写过这样一句话:"只有让智慧吹拂泥胎,才能创造伟大的作家。"我的老师徐迟先生在世时也多次跟我讲过一句话:只有到达了思想的顶峰,才可能欣赏到最美的文学风光。现在,读完陆梅的小说,我又想到老师的这句话。

陆梅志存高远,用这部篇幅不长的作品,把少年小说直接送到了"诗与思"的绝顶上。

小说的主角是两个少女。一个是生活在当下的、有着一位作家妈妈的小女孩"老圣恩";一个是生活在 70 多年前,而且早已离开了这个世界的、著名的《密室日记》的作者安妮·弗兰克。

两个人以"爱丽丝梦游奇境"的方式,穿越时空的天堑,互相认识了,并且在一起度过了一段愉快的、倾心交谈的时光。

整个小说不是以故事情节取胜,却也让人不由自主地想要追寻着两个女孩的交流与对话,去看个究竟。

作者鼓荡着智慧之风,举重若轻,删繁就简,似乎是有意摆脱了冗长的故事情节的纠缠,仅仅依靠大量的对话,就完成了整个小说故事的推进,并且把对于生命、生存、自由、人性、心灵、信仰、光明、黑暗、梦想、真理、善恶,甚至天国、地狱……这些带有终极意义的问题的探讨与反思,以清丽、明亮的散文笔调和诗性表达,融入了小说情境。

与其说,这是一部"小说",不如说,更像是一部"话剧"。剧中人物,除了两个少女主角,还有老圣恩的爸爸妈妈;还有安妮的那些死难的朋友:特莱津集中营里的青年艺术家和孩子们。

舞台场景也十分清晰。现实中的有杨树浦水厂、霍山公园、"二战"期间犹太难民聚会的摩西会堂旧址,当然,还有老圣恩家的客厅、作家妈妈的书房。虚拟中的有天堂街、金房子、安妮的居室,当然,走廊、楼梯、厨房、卧室,还有走廊后面的花园,都必不可少。

所有扣人心弦的对话,都在现实和虚拟中的两个大背景里进行。而从现实场景往虚拟场景中的转换,只需要灯光的瞬间切换就能完成。

在这里,背景、光影、声音,也都不仅仅是形式的东西,而是故事内容的构成部分。因为小说里有一个不断在强调的主题就是:"你要用光明来定义黑暗,用黑暗来定义光明。"

我在前面说过,阅读这本小说,需要准备好自己的"智力"。一方面是指,在小说里,"诗与思"的光影无处不在,作家对生与死、爱与恨、善与恶、正义与非正义、信仰与怀疑……诸如此类的思索与感悟,在两位少女的对话里如影随形,所以阅读起来并不那么简单和轻松;另一方面是指,作家的行文风格虽然清丽明亮,但全书读来,有如在山阴道中行走,典故密布,应接不暇,仅靠走马观花式的阅读经验也是不够的。

"没有一只蝴蝶愿意住在集中营……"

"所有住在集中营的孩子和巴维尔一样,都渴望成为那只蝴蝶……大人也一样。"

"飞出囚笼,哪怕死也要变成一只蝴蝶?"

"是啊,宁可向死而生,生于自由,像清风一样自由,像野草一样自由,像蝴蝶和飞鸟一样自由……"

作家把心中最沉痛的一支挽歌,献给了曾经躲藏在黑暗的密室里梦想过自由的安妮,也献给了趴在铁丝网下期盼过自由的特莱津的孩子们——那些"星星的孩子",同时,我们看到,小女孩老圣恩也一直沉浸在蝴蝶飞扬的那一刻。"老圣恩眯起眼睛,感受着此前从未有过的奇异的充满遐想的气息。眼前的一切,恍惚又遥远。"

这不仅是自由的力量,而且是文学的力量。老圣恩感受着这股神奇的力量,眼前仿佛飞过无数只萤火虫。

作家用沉痛的文字再现了由无数纯洁的小生命凝聚成的那束光,而让今天的小女孩从心底感受到了安妮曾经的梦想:"风吹过我的发梢,心自由得就像天上的行云……"

圣埃克苏佩里借小王子之口说:"沙漠之所以美,是因为在某个地方藏着一口水井。"最伟大的书,一定也像《小王子》一样,先让孩子们懂得口渴的感觉,然后再为他们画出一条通往水井和清泉的道路。毫无疑问,老圣恩在和安妮的交流与对话中,渐渐懂得了口渴的感觉。

"她和安妮被一轮红日吸引了——透过庭院西边几棵橡树、栗树的树梢,两个女孩看到一颗滚圆的大太阳从天边滑落,倏地掉进云层,瞬间,云层绽放出万道光芒!起先是耀眼的金,继而是金色的红,再慢慢匀成粉亮粉亮的霞光,那粉和亮的颜色镶嵌在碧蓝的天幕上,美得叫人不可思议!老圣恩像是被美魔住了,小身子趴在扶手上一动不动。"而当老圣恩听到安妮讲述星星草的来历,然后和安妮一起仰望夜空,看到月亮遁隐、天幕高悬,唯有遥远的、微弱的星星在一闪一闪的时候,安妮告诉她说:"你知道吗? 植物也是有灵魂的,你去亲近一棵树,它会感知你,呼应你。植物和人一样也会交流,如果你足够虚心和安静,你会听到花开的声音、叶子的低语……"

安妮还告诉过她：

"这些老树上的每一片叶子，都是不一样的灵魂，都有自己的故事。如果你的心足够静，就能听到它们的声音……"

"很多时候我们只听得到那些无用的大声，只有心静的人才听得到细微美好的小声。"

这不就是作家在帮助她寻找和为她画出的通往水井和清泉的道路吗？

当然，在一部以儿童为主角的小说里，通过两个少女的对话去讨论与生命、生存有关的终极主题，并非轻而易举的。这需要作家有一种从容不迫的心态，一种高度自信和大定力。

关于这一点，两个少女竟然也不失时机地讨论过。

"你该为你妈妈感到骄傲！"安妮依据自己在黑暗的密室里还能坚持写日记的经验，告诉老圣恩说，"别在意你妈妈写得慢。要说写作这件事，还真不是以快和慢来评判的……没有耐心等待，只想着种子撒下去快快收成——天知道，没有好好施肥照料，土壤就不会肥沃，贫瘠的土壤开不出芳香的玫瑰……"

当然，更重要的讨论还不是关于写作的快与慢，而是写作对于生命与心灵、人类的记忆、命运和历史的意义。

作家用了不少篇幅，让两个少女对此进行了相当透彻的讨论。

安妮说："我说过，我希望我死后，仍能继续活着……"

老圣恩说："你还说过，'我想活下去，即使在我死后。'"

这时候，安妮告诉老圣恩："这样我就慢慢丢掉了恐惧。我一直记着巷道里的那个声音，那个声音说，'学会在命运中保持尊严的方法，就是记住他人的灾难。'我就在想，无论如何，我不该放弃写。很多事情，如果我们不记录下来，10年、20年、50年后，我们很快会遗忘。当然总有人会写，总有人在写。可是你知道，每个人写下的，都是他自己的记忆，是他对这个世界的看法和理解。历史也有重叠，并没有唯一的真相……"

世界在改变，孩子们在成长，"星星的孩子"闪耀着金黄的光芒。孩子们的生命是无限的，它意味着一切。谁能看透孩子的世界，也就像看透了密集的星云。而整个人类，也在自己无尽的命运的旅途上挣扎与前行。在这部小说的最后，小女孩老圣恩迎来了自己11岁的生日，她挂在圣诞树上的小卡片里，写着自己秘密的心愿：希望再次梦见安妮和金房子……

作家写道："一直以来，她所祈望的，是拥有一颗自由不屈、洁净安宁的心。而这颗心，在它还是种子的时候，就已经寻找适宜的气候和土壤了。这一点，身为作家的妈妈再清楚不过。"

《像蝴蝶一样自由》是为生命的种子铺下的土壤，也是为心灵成长画出的水井和清泉的方向。正是有了这样高远的目标设置，才使我们看到了一种几乎是前所未有的、风格奇崛的"哲学小说"。

这样的小说，对创作者来说是一种"高空弄险"，对阅读者来说又何尝不是。

2016年6月10日，武昌东湖梨园

乡土之爱永恒

大地飞歌,生命欢舞,乡土之爱永恒。——这是我读完"弄泥的童年风景"中的《花一样的村谣》之后,顺手写在一张小纸条的一句话。

"弄泥的童年风景"是一套散发着浓郁的南方水田稻花气息、彰显着客家人乡土文化魅力的儿童小说,包括《巴澎的城》《和风说话的青苔》《弄泥木瓦》《花一样的村谣》四册。这些散文化的小说所呈现的乡土风物之美和地域文化气息,让我想到了沈从文和他笔下的湘西乡土,也想到了散文家苇岸所说的"乡村永恒"以及屠格涅夫一再说到过的"只有在乡村中才能写好"的合理性。

把自己的童年生活,以及自己出生和成长的那个名叫大车的客家小山村,作为这套书真正的"主人公"来描写和讲述,这对于王勇英来说,真是一次了不起的"心灵回归"和"写作回归"。乔治·桑返回自己犁过的田间,站在一株胡桃树下,曾经这样由衷地感叹过:"生为乡下人,还是觉得家乡的泥土最美啊!"我想,王勇英写完这套书之后,没准也曾这样感叹过吧。

且以《花一样的村谣》为例。那些像花一样美丽的村谣，是这个名叫大车的小山村里一代代人的珍宝，是祖先们播撒在这里的智慧之花，是一代代乡亲的心灵原稿。在这里，所有淳朴的乡土风俗，例如嫁娶、婴孩出生和满月、丧葬、坟场、屋居、风水，还有耕种、收获、节气等农事，都可以用村谣的方式表达出来、记录下来。

　　小说里有一段描写布包老师在田野间且行且听他所毕生热爱的这些村谣的情景："每当他穿着木屐，行走田野间，看着那些恬静的泥墙瓦屋，那从山里伸出来的小路，那潺潺的流水，那月挂西山、飞鸟隐没于树的风景，那踏着铃声归来的牛群，还有那带着狗儿奔跑的村童，他就好像听到了那一首首动听的村谣，那些村谣在他的心底绽放成花，让他享受到无穷尽的幸福感。"这其实也是王勇英自己的乡土幸福感。小说里处处都在抒写着一种深挚和朴素的乡土之爱。

　　《花一样的村谣》是一种完全意义上的"乡土文学"和"童年文学"。作品里细节密集，生活气息浓郁而芬芳。青青的山谷，清亮的水田；春阳之下白鹭横飞，星月之夜萤火欢舞。尚未被现代工业蚕食和污染的淳朴的农业生态，散发着艾草、稻花和杨梅花的清香。还有痴心热爱自己乡土的乡村教师、人情怡怡的邻里关系、热闹祥和的小乡村生活，以及正在成长和渴望远游的新一代客家孩子，恣意、快乐而又带点甜美的忧伤的童年生活……这一切都如林中滴水一样纯净和明亮，折射着田野四季的色彩和光芒，洋溢着纯净的大自然的气息。

　　"秋初，成群的大雁从天空飞过，北雁南飞；冬末，成群的大雁从天空飞过，南雁北归。不管大雁是南来还是北归，弄泥、沙蛭、天骨、三妞、凤尾、亚蛇、阿叨、乳渣、朱天琴这些孩子都很喜欢它们。每当有雁群出现,他们就会欢呼着齐声朝着天喊,好像雁群能带上他们一起远飞,一直飞到远远的不知晓的地方。"

大凡在乡村长大的孩子们,谁不曾有过这样美好的童年记忆呢?小说里也一再写到弄泥、天骨、沙蛭、三妞、阿叨、亚蛇、乳渣(这是一些多么具有乡土气息和客家乡村童趣的名字!),他们带着狗在田野间游荡,把大把大把的童年时光撒播在玩耍的田野上。

"大人们认为,孩子们满山奔跑才有更好的胃口吃下更多米饭,这样才能长得壮实。他们越是玩得野,大人们心里就越欢喜,大人们觉得只有这样,孩子们长大了才会有更大的力气耕田种地,将来粮仓就不会落空。"

这样的童年,才是真正意义上的恣意、自由、快乐和健康的童年。就像约翰娜·斯佩丽的小说《小海蒂》里那位住在阿尔卑斯山上的"阿尔穆爷爷",当山下的牧师劝他把小海蒂送去上学时,他却固执地说:"不!我并不打算送她去上学。"他朴素的"教育观"是,小海蒂是和山上的小羊、小鸟一起长大的,与它们相伴是一件幸福的事,况且山羊和小鸟是不会教她做坏事儿的。在大车这个地方,大多数家长也是这样的"教育观"。他们宁愿孩子们有更多的时间在田野里奔跑和游荡。只有当暮色降临、星星闪亮、炊烟飘起的时候,他们才会想起呼唤孩子们回家,这时,村里就响起大人们喊孩子回家的声音……这样的童年时光多么让人怀念!

有时候即使是黑夜里,孩子们也不愿意回家呢!有月光的晚上,孩子们会带着自己的狗,一起大声地唱着《月亮姑娘》《月光光》《萤火虫》等村谣，在田埂上追赶着大群大群的、在夜色里画着美丽的金线和银线的漫天飞舞的萤火虫。"弄泥他们一边哼着歌儿追着萤火虫渐行渐远，一不小心就跑进山窝最深处。在那里他们惊讶地发现了成千上万的萤火虫。星星点点的萤火虫围绕在弄泥他们身边飞来飞去，让他们感觉好像置身在奇幻的梦境，要多美就有多美。"

再来看布包老师给孩子们扎纸鸢准备骨架而动手"破竹"的一段描写："竹子斩回来了，布包老师把它放到河水中泡三天，捞起来晾两天，晒一天，随后才开始破竹。……他先用锄头挖一个斜口土坑，在坑里放一块生铁，再把竹头顶在铁块上，然后用破竹刀把竹尾破开个口，再把一根短木棍夹进去。这样，就可以用竹刀敲击棍子两边，竹子受力就一点点裂开。"

当纸鸢扎好、升起的时候，"'哇——'所有孩子发出惊叫声。纸鸢在一片惊叫声中渐渐飘远，最后消失在远处……那飞去的不仅仅是纸鸢，还有布包老师的梦想……"。如果没有真切的乡村童年生活感受和记忆，哪里会有如此鲜活、准确和美丽的细节描写。

这部小说的文学之美，正是来自作家对童年乡村生活的真实、准确和生动的细节的发掘与重现。读着这本小说，我想到了作家都德说过的他对自己童年的感受："小时候的我，简直是一架灵敏的感觉机器……就像我身上到处开着洞，以利于外面的东西可以进去。"这种灵敏和鲜活，同样也发生在王勇英的身上。

在清新、优美的文学性之外，这部作品里还融合了丰富和准确的有关地方志、民俗、气象、农艺、物候、动植物等方面的知识性与趣味性。这里面有臭草花、三月波花、稔花、暴牙朗花、扫把花、杨梅花、李花等花卉；有三月泡、酸藤果、暴牙朗、地稔、稔果、火纸炭、桑葚、板栗等野果。至于那些像花朵一样的村谣，更是俯拾即是，如同天籁，充满童趣和想象。

例如这首《月亮姑娘》："月亮姑娘月亮凉，请你下来照屋场。照得屋场风水好，年年爬起割大禾。"多么质朴和单纯。还有这首《菱角子》："菱角子，角弯弯，大姊嫁在菱角山。老弟骑牛等大姊，大姊割禾做社无得闲。放撒禾镰拜两拜，目汁两行流落田。"美在有意无意之间。

正是这些美丽的村谣，成了一代代客家孩子童年时代最早所接触的"纯诗"和最美的"乡土教材"。小说里的乡村教师布包，把这些像花一样美丽的村谣，像播撒幸福的种子一样播撒在每一个孩子的心田里。小说的主人公之一、乡村少女弄泥，正是在布包老师的影响和引导下，渐渐地认识和理解了自己的乡土的美丽、艰辛与哀愁，认识到了自己家乡的文化的宝贵和美好。春天的田野上的那种湿润的水汽，让她感到了自然的生命的涌动，感觉自己也像那埋在湿润的泥土下的一粒顽强的种子，只等春风吹来的时候，就会从泥土下冒出来。渐渐地，她也像布包老师一样，开始用爱与知的目光，来打量自己山村的一切了。真挚的乡土之爱得到了美丽的承续。

善良的守山人、忠诚的白头英、热爱家乡的布包老师……他们的生命最终都归入了这片土地。"……住着住着，他恍惚之中感觉自己就是这山中的一棵松、一株草、一朵花、一粒沙、一滴水、一尾鱼、一只鸟，甚至是山中的一缕风。"这写的是那个守山人的感受，其实也是写的弄泥——不，是王勇英自己的感受。

布包老师去世之后，弄泥终于明白了，布包老师，还有其四老师、光方老师，都是那么殷切地期待着她早早长大，长大后能成为一名作家，这样就可以把布包老师毕生所热爱的那些像花一样美丽的村谣都写进书中去。也就是在那个时候，当作家的梦就如一粒神奇的种子，悄悄地种在了少女弄泥的心中，只待来日慢慢地发芽、生长……

小说看到这里，我们也终于明白了，弄泥的童年，就是作者王勇英的童年；弄泥所有的故事，也就是王勇英童年的故事。弄泥长大后，终于成为一名作家。那些像花一样美丽的村谣，还有她的小学老师们，还有天骨、沙蛭、三姐、阿叨、亚蛇、乳渣……这些童年伙伴，也都写进了她的书中。

我们应该感谢养育了少女弄泥的那片淳朴的乡土。她的家乡博白和大车也应该庆幸，少女弄泥终于成了作家，让这片乡土的美丽、艰辛与哀愁得到了文学上的呈现：家乡和童年时代的一草一木、一牲一畜和雨丝风片，竟然都在她的记忆里保存得清清楚楚、鲜活如初。我们儿童文学界也应该庆幸，我们从那片偏僻的客家人的乡土上，收获到了这么生动、美丽的儿童文学。

大地飞歌，生命欢舞，乡土之爱永恒。

2011 年夏天，武昌

177

独立人格的成长史

　　成长是艰辛的,长大不容易。对于生长在经济条件比较落后、思想观念陈旧落伍、现代文明意识也较为薄弱的中国某些乡村的少年来说,尤其如此。凸凹的长篇小说《双簧》虽然写的是一个普通的乡村少年门强的成长过程:一些琐琐碎碎的童年故事;一个乡村孩子在家庭、在学校、在社会上的所见所闻,以及在成长过程中无法回避的艰辛与烦恼、间或遭遇的人与事、瞬间尝过的苦和甜……但同时还有另一双不同的眼睛在打量、在审视,有另一颗满怀忧愁和疑虑的心在思索、在追问。这当然就是小说文本之后的作家的良知与立场。与其说,这是一部献给童年和童心的赞美诗,不如说是一部关于中国当代乡村教育和未成年人保护问题的忧思录。

　　回望童年和少年时代,作者发现,有微小的一部分是美好的和值得留恋和怀念的,而那庞大的部分,却是残缺的和畸形的,是被一些貌似温情的东西——例如亲情,例如升学竞争等遮蔽着、挤压着和掠夺而去了。"舞台上的双簧是一种趣味,而生活中的双簧则是一种残酷——它意味着儿童人格的缺失,一个独立的生命,变成另一个生命的附属。虽然家长

178

以关爱者的面目出现,似乎一切都是为了儿童有一个美好的明天,但实际上,家长是在潜隐中推行着极端自私的个人意图——他要儿童去圆他自己未曾圆的梦,达到他自己未曾达到的境界。"作者在本书后记里写下的这段话,既是对书名"双簧"的解释,也是关于这部小说的创作主旨的传达。

　　一种沉重和痛切的忧思,决定了这部小说的尖锐的批判意识。作家出于一种道德良知,出于一种真切的儿童关爱情怀,首先对那种"美化和鼓励因袭、指斥和压制独创、麻醉和束缚儿童的自我意志"的所谓脉脉亲情提出了质疑,让他笔下的主人公门强一再做出反抗父亲的举动,并且从心底里否定和颠覆了他父亲的一些貌似有理而实际上极其自私的想法。门强对父亲的反抗是随着自己年龄的增长和心智的成熟逐渐升级的,而且无处不在。我们且看下面这些句子:

　　"他白了他爹一眼,心里说,我挑(水)就是了,你废什么话!"(第三章)

　　"门强感到很丧气,对他爹说:'我懒得理你。'"(第三章)

　　"进了家门,看到了他爹幸灾乐祸的笑,他(门强)实在抑制不住满腔的屈辱,说:'爹,你真他娘的可恶啊!'"(第四章)

　　"……他父亲在他心目中的尊严,像岌岌可危的一座泥墙,在这一刻,轰的一声,坍塌了。"(第四章)

　　"门强的笔尖用力地戳到纸面上,戳出了好几个洞。他为什么是我爹呢?他要是日本鬼子,我就会把这锋利的笔尖戳到他的狗眼里去了。然而他却不是日本鬼子,所以自己明明被憋屈着,反而还要忍受这种难耐的憋屈!他尝到了亲情的伤害。他感到绝望。"(第七章)

"这人可真可恶啊，人家都躺在病床上了，他还节节进逼！他哪是人啊！他觉得他爹不是人。……情急之下，他说了一句莫名其妙的话：'你真渺小！'"（第七章）

"门强愣了。他觉得他的爹真是不可理喻——'就凭这个，你永远是个拉煤的，永远也成不了大人物！'"（第七章）

"'说来说去是你太自私了，你实现不了的，就非得让你的儿子替你去实现；你就不想想，你儿子也有你儿子的独立人格，也有自己的人生愿望；逼着他去做不愿意做的事情，你说他痛苦不痛苦?！……'门强激愤地说着，伴以突涌而出的眼泪。"（第八章）

"你不会让我屈服的！少年的自尊空前地强烈起来。"（第八章）

自然，这里每一段话的前后都有一个反抗的起因和结果。主人公门强很喜欢高尔基的《童年》和《在人间》，他像谢廖沙一样，也是在不断地反抗自己的父亲以及周围艰苦的环境中成长起来的。而且，生活和成长环境越是困难，他就觉得自己越发坚强，一颗少年的心渐渐变得像钢铁一样坚硬。到故事结尾（第八章），当门强按照自己的理想，而不是听凭父亲的意志，毅然选择在中考志愿上填报了一所县级师范学校时，"他的心才真正变得平静了"。他在心里说：

"老爸呀，咱爷儿俩就像一对说双簧的，不过，不管是你在前边表演，我在后边说唱，还是我在前边表演，你在后边说唱，总是配不到一对儿。这能怨谁呢？我算是铁了心了，我自己的路就该我自己走，就算是错了，我会自己负责！"

这个少年已经下定决心，要把说唱和表演的行当一人承担起来。

在小说里,这个少年的父亲门简,是一个自私狭隘、因循守旧、目光短浅和粗暴无知的家长形象。他一直认为,儿子服从老子是天经地义的事,从没想到儿子还有个人的独立人格、个人意志与尊严以及对人生方向的选择权利。他对儿子的全部教育观和价值观,都来自当下这个超级势利、庸俗和短视的社会。体现在他身上的所谓脉脉亲情,实际上是极端自私、残酷和具有欺骗性的。因此,随着儿子的渐渐觉醒,他所遭遇的反抗与背叛是极其自然的。小说的第八章里有儿子的一大段内心自白,其中说道:"一个自私的父亲,怎么能够赢得他的儿子的尊重?不但不会赢得尊重,反而只会得到必然的反抗。"从这个可以说是彻底失败了的父亲身上,我们自然会联想到鲁迅先生在上个世纪初叶就提出过的、而今仍然需要重新思考的那个课题:我们究竟应该怎样去做父亲?

除了扭曲的亲情,还有另外一些因素,显然也在妨碍着少年健康自由地成长,损害着少年正常和健全的人格结构的建构与确立。例如,乡村孩子艰辛沉重的生活和求学条件;乡村里普遍落后的,甚至根本就是缺失的文化意识;乡村教育的捉襟见肘与散漫状态;还有某些老师因循守旧和简单粗暴的教学方式……这一切都像沉重的磐石压在乡村少年的心上,使他过早地尝到了孤独和痛苦的滋味,真切地感受到了命运的冷酷和不公,也使他的脸上过早地失去了本应拥有的笑容。"怎么什么好事都不是那么完美呢?"面对那些奇怪和沉重的"人生第一课",他一次次地这样诘问过。他的敏感、好胜、自尊、坚韧以及敢于挑战和报复的性格,也在这样恶劣和畸形的生长环境里,一天天形成了。

乡村少年门强的形象，对于大多数在中国乡村里长大的人来说，应该是十分熟悉，并且容易从精神上获得认同的。这是一个具有典型意义的少年形象，也是作家凸凹对少年成长小说人物形象画廊里的一个贡献。或许，在这个人物形象身上，还有着作家少年自传的成分。至少，作家对乡村生活、乡村少年的求学经历、乡村教育等，是有着切身的体验、痛苦的感受和深重的反思与忧虑的。

2005 年春天

呼伦贝尔草原上的奔马蹄音

——在黑鹤动物文学研讨会上的发言

感谢接力出版社，邀请我来到呼伦贝尔草原上，参加"草原文化与动物文学——黑鹤动物文学研讨会"。2013 年夏天，我曾陪同著名历史小说作家熊召政先生，从哈尔滨阿城区的金上京博物馆出发，经阿荣旗、阿尔山林区，一路向西，在这片草原上行走了半个月，最后到了山西榆次，去看了无定河和镇北台，然后进入毛乌素沙漠。召政是为他的长篇历史小说《大金王朝》做实地考察；我也有写一本关于草原题材的散文集的打算，就像普里什文写大自然那么写，用 50 来篇散文组成一本书，所以，沿途也收集了不少素材。去年来的时候，我还特意找人要了黑鹤先生的电话，心想说不定有机会见到他的。但是没有机会相见。没想到的是，仅仅一年之后，又有了一次来呼伦贝尔大草原的机缘。

算起来，我和格日勒其木格·黑鹤这位蒙古族兄弟的文缘，作为他的忠实读者的时间，已有十多年了。我读到的他的第一本书，是台湾民生报出版的《老班兄弟》，当时他的作品还没有在大陆出版。《老班兄弟》的序言是朱自强教授写的。从这本书开始，我就深深地喜欢上了黑鹤的作品。

黑鹤先生是一位优秀的和杰出的大自然文学作家。他的文学还不仅仅是"动物文学"，因为他写植物，写草原、森林、河流，写草原四季的物候，也写得很好，所以称为"大自然文学"比较准确。程虹女士翻译的那套"美国大自然文学丛书"里，其中也有动物文学作家，如鸟类学家巴勒斯，但他们都被称为"自然文学作家"。这可能是一个世界通用的概念。黑鹤笔下的北方草原的辽阔与博大，现代文明背景下的深沉乡愁，来自呼伦贝尔大草原和大兴安岭大森林里的自然气息和动物生活，还有作家全身心致力于维护和重建的，那种正在消逝的游牧民族的草原文明……都给我们带来了一种新的文学气象。

　　我第一次见到黑鹤是在德国，当时我正在书商学院做一个短期进修，在一个会场上，突然看见一个高大的、长发披肩的英俊青年，我老眼昏花，还以为是一位外国青年，仔细一看竟是黑鹤！真有"他乡遇故知"的惊喜。我曾为黑鹤的书写过好几篇文章，最早的一篇是关于《黑焰》的，接着是关于《黑狗哈拉诺亥》的，还有一篇是关于他的短篇小说《甘珠尔猛犬》的。我对黑鹤小说的一些理解和感受，基本都写在这几篇文章里了，再谈也谈不出什么新意了。可是，接力出版社的编辑们都深受他们的总编辑白冰先生影响，非常敬业，做事锲而不舍。他们希望我换一个角度，例如从黑鹤的书对青少年成长的影响这样的角度来打量他的作品。这样的角度，我想，可能未必是黑鹤写作之初会去考虑的。但是，作为一本书的编辑出版人，他们能够如此周到和精心地去善待一位作家的作品，这种专业精神和敬业态度使我感动。

　　那么，黑鹤的作品能够给青少年带来什么呢？简要说来，我以为至少有下面几点：

首先，黑鹤就像 100 多年前的青年杰克·伦敦，仿佛一只来自荒原的苍狼，带着他狂放不羁的激情，冲进了当时被公认为"没有创造力，没有想象力，没有工作哲学，也没有真知灼见"，所有的只是一种用在甜甜蜜蜜的传奇故事上的公式化和娱乐化状态的美国文坛一样，既给富有的中产阶级带来了"荒野的呼唤"——那是他向大自然、向弱肉强食的社会发出的挑战和呐喊，也给那些弱势群体送来了"强者的秘密"和"适者生存"的故事——那是艰辛、苦难和平庸的生活所教给他的最深刻的生命哲学。

杰克·伦敦让自己心目中的强者在广漠的雪原上任意驰骋，让那软弱的生命在血光中听见自己悲哀的呜咽，其目的是为了唤醒人们对于生命的尊崇和对生存信念的爱戴。黑鹤的作品也是如此，几乎每一篇、每一部都充满了对不屈不挠的抗争意志和追求自由的精神的礼赞。以《黑焰》里的那只藏獒格桑为例吧。格桑很小的时候，厄运就一次次降临在它身上。它被收养，又被卖掉；它冲破了牢笼，获得了自由，却又必须去面对来自自然界其他动物族群的挑衅以及野蛮的人类的禁锢与压迫。它的生命历程，也是在印证这样一个真理：任何一个崇高和纯净的生命的获得，都须在烈火里烧三次，在沸水里煮三次，在血水里洗三次，然后它才能成为一只真正的藏獒：在火光中竖起雄狮般的披鬃，黑亮的眸子里闪动着生命的焰火，高昂的头颅在倾听远方旷野和祖先的召唤，永远为生命的尊严而战，在任何厄运面前，可以血流如注，但誓不低头。

这种贯穿在杰克·伦敦、海明威作品里的强者精神，或者说是男子汉精神,是当下的中国男孩尤为缺少的。我们更多的是花样男生,有的甚至是"安能辨我是雌雄"。所以,黑鹤的书首先给我们带来的是一种永不低头、百折不挠的男孩精神,是一种可以毁灭我、但不能打败我的海明威精神,一种高贵的王者风范。

　　其次,我们从黑鹤的小说里,能真切地体味到他对人类的自私、偏见和生存霸权的抗议与批判,对人类欲望社会和所谓物质文明给动物们的生存空间带来的挤压和伤害的抗议与反思。说黑鹤的作品能帮助青少年们去更好地热爱自然、向往自然、敬畏自然,给青少年带来一种环境保护意识,这是不错的,但还不够。他的小说里流贯着一种博大的"自然伦理"和"大地道德",有一种广阔的生命敬畏、自然敬畏和生命关怀。这种情怀和意识,在当下中国的青少年一代身上也是比较缺失和稀薄的。黑鹤在书中引用过美国的那位著名的印第安酋长西雅图说过的一段话:"失去野兽,人类会怎样?如果世界上所有的野生动物不复存在,人类也将从这无尽的精神孤寂中死亡,因为发生在野兽身上的故事很快也会发生在人类身上。"

　　说到这里,我不禁又想起前不久,一位学习汉语的外国小朋友,对中国一些字典里有关动物名称的释义发出的质疑和迷惑不解。例如,这些字典在解释猪、牛、狗、马等动物的时候,几乎都有诸如"肉可食,皮可做皮革"以及"可以用来耕地"之类的字义。这位小朋友和他的父母认为,这些字典的释义,完全没有把动物当作一种活的生命来尊重,更没有把动物们的生命放到与人类生命平等的地位上来看待。这样的解释,无疑是对孩子幼小心灵的伤害和误导。而我们的几代孩子，都是在这种观念下成长起来的。从这一点来看，我们对动物生命的认识和理解，我们对大自然的真正敬畏和理解，还有很远的路要走。因此，我们的孩子也就特别应该多去阅读黑鹤这样的作家的作品。

再次，黑鹤是一位森林和草原作家，长期生活在这片草原上，他比别的作家更熟知，也更热爱自己的乡土和家园。所以他的书，也是北方草原、森林和动物世界的"小百科全书"。也就是说，他的作品里，有丰富的关于大自然的知识。这也是俄罗斯、美国大自然文学作家的一种美好的传统。我们读他们的作品，除了文字带给我们的感动，还有对大自然的科学认识上的享受。因为他们写出了大自然的美丽、神奇与丰富。这个，换了别的作家是写不了的。我们说黑鹤是一位有生命根基、有精神家园的作家，原因也正在这里。

有一位朋友跟我说过，说黑鹤的有些小说里，一条注释有好几页，简直受不了。我一听就笑了。我知道，这不是黑鹤在故意"炫技"，在卖弄自己懂得多，这也许就是一种"情不自禁"。这些大自然的秘密，其实就是他的大自然文学的组成部分。就像一个完整的生命，一定有灵魂、有骨骼、有血肉，还有皮毛，缺一样都不完美。

黑鹤作品里这种知识性的小细节很多，说明他对生活、对草原和森林、对动物的生态认识得细致、准确，了如指掌。举两个小例子吧。在普里什文等俄罗斯作家的作品里，时常看到一种属于北方草原的、发生在冬末春初的气候现象，有的翻译家译为"潮雪天气"或"潮雪时节"，对此我一直不得要领。在黑鹤的小说里，我也看到了他对这种独特物候的描写："天空中落着湿雪，已经开始降温了。……当时草原正在酝酿着春日里的最后一场雪,空气中的水分凝结成雪,需要释放出热量。此时,绵软的雪片正在飘落,而气温又没达到冰点,雪在迅速地融化。"这里的"湿雪",比"潮雪"要好理解一些,大概就是一种"雨夹雪"的天气。但是因为黑鹤是熟谙北方草原的天气变化、物候特征、物种繁衍秘密的,所以,他对每一个细节的表述更为准确,也更为传神。还有,许多人都见过草原上的落日,但也许都无法像黑鹤这样写得如此准确和美丽。他写草原黄昏的景色:"黄昏的阳光如同熔化的铜液一般流淌在草原上……"他写旷野上大狗的吠叫:"它偶尔的吠叫声如同夏季天边的滚雷,那不是叫声,是一种迸发自胸腔深处的咆哮,宽阔的胸廓拥有浑厚的膛音,近听并不感觉刺耳,却传得很远,回荡在草场上的每个角落,甚至直达远方地平线的山麓。"描写的也是十分准确而独特。他的书中有他对于狗、狼、熊、鹿、狍、獐等各种动物的爱与知,使我感到,他在写作的时候,应该根本就不会想到什么观念和形式,而是自然而然地从经验里、从灵魂里涌了出来,确实是一种情不自禁。

黑鹤也写过诗,是一位草原和游牧民族的青年诗人。我注意到,他在写到荡气回肠的时候,他的文字的分行,会情不自禁地变得频繁起来,像在写抒情诗一样,字里行间气韵流荡,充满了生命的鲜活、流动和蓬勃。

最后,更重要的一点,我觉得,黑鹤的作品里充满了他的"民族性"。他是蒙古族人民的儿子。他在自己的名字里冠以"格日勒其木格",这是他母亲的名字。"格日勒其木格"在蒙语里的意思是"阳光中的花蕊"。他的作品里流淌着他对来自母亲的温暖阳光的挚爱与感恩。普里什文曾经说,在他一生的奋斗中使他显得突出的,是他的"民族性",是他对祖国母亲的语言和对乡土的感情。他说:"我像草一样,从大地上出生,像草一样开花,人们把我割下来,马吃掉我,而春天一到,我又一片青葱,夏天,快到彼得节的时候,我又开花了。"黑鹤也像呼伦贝尔大草原茂盛的青草,他的根系、草叶和花朵,都是属于草原、马群、牧人和猛犬的,是属于草原母亲格日勒其木格的。

2014 年 7 月 9 日,呼伦贝尔

金色的稻菽

——殷健灵作品阅读记

一

我最初读到的殷健灵的作品,是她的诗歌。那时候她还是一名刚刚入学的大学生吧,经常在上海《少年文艺》上发表诗歌作品。经由《少年文艺》诗歌编辑、诗人朱效文的介绍,还有当时《语文学习》杂志的青年编辑王为松兄的牵线搭桥,我和殷健灵认识了。她是"70后"一代儿童文学作家里出道最早的一位。我第一次见到她时,她还不到20岁,人长得漂亮、水灵,文字也清丽、水灵;心地单纯、善良,作品的基调亦如是。这是她留给我的最初印象。当时我也刚刚从鄂南山区调到武汉工作,在出版社里当编辑,平时写诗、写散文、投稿,与从未谋面的远方的文友鱼雁往来,乐此不疲。现在回想起来,真有点不敢相信,仿佛是倏忽之间,20多年的光阴就消逝不见了。夜雨春韭,晨露秋霜;人生不相见,动如参与商。我的头发早已经变灰,昔日旧友也都天各一方。20多年来,我读着殷健灵的作品,也享受着她给予我的温暖的友谊,就像叶芝的诗歌里写到的那样,一边在友谊的火炉旁打盹,一边慢慢变老了。想起来怎能不让人生出"今夕复何夕,共此灯烛光"的感叹？

健灵的第一本诗集《盛开的心情》出版时,我曾写过几段阅读札记,现在从尘封的笔记本里抄出来,留作纪念。

塞林格《麦田里的守望者》这个书名,来自小说的主人公霍尔顿·考尔菲德——一位生活在城市里的中学生的一个东方式的白日梦:"有那么一群小孩子,在一大块麦田里做游戏。……我的职务是在那里守望,要是有哪个孩子往悬崖边奔走,我就把他捉住——我是说孩子们都在狂奔,而且也不知道自己是在往哪儿跑,我得从什么地方出来,把他们捉住。我整天就干这样的事。我只想当个麦田里的守望者。"殷健灵也是这样一个"麦田里的守望者"。从中学到大学,直到今天,她在守望自己的童年,守望她那颗不愿匆匆长大的心。在她的并不十分丰富的经验里,却有着一个固执的信念:只有童年,只有孩提时代的心灵,才是最安全的、最美丽的地方;只有它们,才能使她从一次又一次的失望里,得到新的欢乐和希望。而一旦放弃这种守望,那就意味着,把最后的幻想兑换成现实,把那扇向阳的窗从此关上;那就意味着,终止童年,辞别绿荫,走出站台,而步入阴雨的季节和是非的人间;而且还意味着要失去麦田,远离春天,从此进入一团紫色的雾中,戴上脸谱,竖起栅栏和屏障,自己成为自己的对手……殷健灵的诗歌首先触动我的,是一种对于已经逝去的童年的无可奈何的眷念。

是的,我们大多数人都是糊里糊涂地、过早地放弃了对童年的守望,一颗颗心渐渐被煎熬成了"煮硬的蛋"。结果,当我们叹息日薄西山、夏日结束、爱情迷途时,当我们吟诵描写失去的童年和光阴的诗歌时,"我们其实是在不知不觉地

哀悼一种严重得多的终止：对童年的放弃。"（维尔斯特语）
"少年末班车已当当驶过，风中有一个瘦瘦小小的人儿，正在
远去……"这个远去的孩子，就是童年时代的你、我、他，是童
话家林格伦所说的"唯一能够给我们以灵感、欢乐和最美好
的回忆"的那个孩子。而接踵而至的，便是殷健灵诗歌中所咏
唱的"长大以后"的故事了。是啊，长大以后。面对庸凡的人
世，面对善恶和真假，每个人都得做出自己的选择与回答。对
此，殷健灵一直在苦苦地寻找那把"真理的钥匙"，因为她担
心，"岁月的秋风 / 吹皱童年的绿叶 / 失却了真诚和坦然 / 就
像失却了春天 / 最宝贵的绿色"。她憧憬着，自己的心中能够
拥有一个圆满的梦，"总想呵把双手 / 从过去伸向未来 / 让理
想的星辰升起"。当然，她也明白，这个世界并不是处处都是
纯净和美丽的童话。"稠密的雨会淋湿我的鞋，沉闷的雷会惊
起树梢的鸟"，甚至还有可能出现"雨雾之后的漫漫长夜"与
"冰雪覆盖的世纪"。但既然来到这样一个复杂而多艰的世界
上，谁也不能躲开和逃避那未知的命运。她这样期许自己：
"带着困顿与思索 / 带着勇气和自信 / 在沉重而明朗的希冀
中 / 你要找到你自己"，而这个人，无论经过多久的岁月，无
论承受了怎样的命运，最终能够成为"一个独立的人 / 一个
自尊的人 / 一个高尚的人"；这个人将会遵守童年的诺言，任
凭时光流转而永不涤去那一瓣心香，一颗孩子般透明的心，
能够永远在岁月的风中自由地、骄傲地歌唱。——如果我的
理解不错的话，那么，这就是殷健灵的《盛开的心情》这部诗
集的主旋律了：是唱给童年的恋歌，也是呈献给未来的梦幻
曲。

　　殷健灵以少女诗人的身份步入文坛。虽然在最近的十

来年里，她不再以诗歌作为自己主要的创作文体，但是诗歌从来也没有离开过她。2012年她又出版过一册诗集《和夏天约会》。在最近出版的"温暖你"小说系列里，每一本卷首也都收录了一首诗歌，有的诗歌显然就是她的新作。写在《哭泣精灵》卷首的那首《我是精灵》里，有这样一段："我在你的心里亮一盏灯／然后我悄悄离去／我躲在远处打量／那朵纯真而朴素的花／真不愿它枯萎和黯淡啊／而它只属于童年时候的你。"我觉得，这朵纯真而朴素的花，也象征着20世纪90年代里她那段青葱、美好的诗歌年华。

二

进入新世纪之后，殷健灵写了大量的散文，尤其是叙事性的散文。现在看来，那似乎是她在为后来的小说创作做准备。她有不少散文描写少女的隐秘心理和少女成长中最细微的生命与生理变化，可谓独辟蹊径。这些散文包括《纯真季节》《临界情感》和《青春密码》等。2004年我还为她编辑过一本《记得那年花下》。这是一个少女的秘密之花，表达的是一些独特的生命体验。对生命的礼赞，对亲情的依恋与感恩，关于爱与被爱的故事，等等，是她那时的散文常见的主题。她的散文语言清丽、平和，如明亮的溪流潺潺流淌，不夸张，也不炫技，在平静、晓畅的叙述中透出淡淡的抒情意味。

健灵的散文写得最多的那个时期，大约也是她作为职业记者，接触、采访和了解了生活在不同阶层的各类人物，掌握了大量真实而鲜活的人生故事，也是她写下了大量纪实文学的时期。这些纪实故事，有的可能就是她后来创作的长篇小说的雏形。这也使我想到了狄更斯的文学轨迹。狄更斯在青年时代有机会接触了伦敦各个阶层的生活现实,尤其是社会底层的现实生活。他二十来岁的时候,用"波兹"的笔名创作了大量反映伦敦底层生活的纪实故事,有些故事类似街头sketch(速写)。他的《波兹特写集》为他日后创作反映伦敦生活题材的长篇小说打下了坚实的基础。正是这些来自现实生活的故事,再加上异于常人的勤奋与努力,使得狄更斯在创作道路上越走越开阔,写出了一部又一部杰出的现实主义小说。殷健灵的叙事散文和纪实作品,不仅为她准备下了丰富多样的人物和故事,而且全方位地锻炼了她不同风格的叙事能力和架构复杂故事的能力。

因此,当绚烂的夏花开过之后,当她告别了短暂的抒情时期,携带着自己的一部部小说作品出现在读者面前时,那情景一如她在《像你这样一个女孩儿》这本小说的卷首诗里写到的,"仿佛身披绚烂的霞彩 / 在一片明媚的光影里羽化成蝶 / 你轻盈地飞翔 / 循生命的音符攀援而上…… / 你生命的触须 / 伸向青春的太阳 / 那里有金色的稻菽"。

三

稻谷低垂的时候,一切都饱满了。编选在"温暖你"系列里的这些长篇和中篇小说,就是她所收获的金色的、饱满的稻菽。

《像你这样一个女孩儿》写了两个生长在不同的家庭环境里的女孩邓先子和骆驼的故事。少女邓先子就像是在苦根上开出的一朵金色的小花,家境的贫寒、亲情的残缺、生活的艰辛,几乎是与生俱来、如影相随。这个孩子的童年经历就像《安琪拉的灰烬》的作者弗兰克·迈考特的童年,小小年纪所经受的人间艰辛，所品尝到的世态炎凉，锤炼了她自强、坚韧和不屈的性格。像小弗兰克一样，她也拥有一位乐观豁达的母亲。如果说，小弗兰克的生命是在母亲安琪拉的美德的照耀下，在对周围环境不断地反抗中，一天天坚强地成长起来的，那么，邓先子的生命也是在妈妈自尊、隐忍、坚毅的性格的影响下，一天天走向坚实和坚强的。妈妈的一个朴素的成长观就是，自己跌倒的，就应该自己爬起来；风雨的日子里，也不要指望自己的妈妈或者别的人能给你送去雨伞，人生不可能总是有遮风避雨的地方。这位妈妈常说的一句话就是："我相信我的女儿。"少女骆驼的经历和性格，却是另一番样子。她小小年纪也经受了家庭的畸变、父母的离异、亲情的缺失。她的妈妈把自己的生活弄得一塌糊涂，也使得女儿的性格一直处在纠结、敏感、脆弱、一触即发的极端状态。骆驼对自己的家是那么的伤心和失望，以致她最大的心愿就是离开这个家，走得远远的，再也不要回来。两个少女的两种性格、两种成长道路，在殷健灵的这本篇幅不长的小说里，都得到了清晰的展现。值得庆幸的是，即便是骆驼这样的性格极端的女孩儿，最终也是积极地去面对了而不是逃避自己的冷酷的命运。再苦再难的生活里，也还是有明天、有将来的。就像小说的结尾，"我"对骆驼也对自己说的那样："我们——都有——将来。"还有"我"对邓先子说的："一颗心，往往比外在的世界更大。像你这样一个女孩儿，从来都不是生活的过客。无论走到哪里，你都会拥有你的无限宽广的世界。"

《像你这样一个女孩儿》这样的小说，我觉得能够代表殷健灵"温暖你"小说系列的整体文心和基调：是一种温暖的成长关怀小说，也是一种温暖的人间情怀的抒发；是一种清澈明亮的少年励志小说,也是一种清澈明亮的文学理想的张扬。这样的小说,一定会给那些生活在艰辛的生活底层的孩子送去成长的温暖、勇气和光明。

《轮子上的麦小麦》是殷健灵的另一本小说名作,也是一本充满暖意的成长关怀小说。在小说的主人公麦小麦、麦小叶姐妹俩身上,隐藏着一个巨大的身世之谜,小姐妹俩当然无从知道。而在她们的爸爸妈妈那里,多年来一直有一个影子和他们紧紧相随。为了躲避这个影子——其实是为了保护孩子们平静、安宁的童年生活,这一对夫妻只好放弃了井然有序和安定顺当的生活,不停地搬家,从一个刚刚熟悉起来的地方,搬到一个个陌生的地方去……整个故事悬念迭起,故事情节像潺潺流淌的小溪一样,不停地向前流动。小说写到最后,两个小女孩的身份突然发生了逆转。原本是为了一个孩子的幸福而隐瞒了多年的悲伤的身世,现在却需要两个孩子一起来面对和承担。这使我想到英国诗人约翰·多恩的那首家喻户晓的诗篇:"没有谁能像一座孤岛,在大海里独居。每个人都像一块小小的泥土……任何人的灾难都会使我蒙受损失,因为我包含在人类之中。"这本小说讲述的不仅是一个亲情和成长的故事,而且是一本有关生命关怀和感恩的小说。小说最后,小女孩麦小麦在经历了一场晴天霹雳式的痛苦之后,擦干眼泪,勇敢地去接纳了命运的挑战,去迎接了一种陌生的生活对她的考验。在她跟着亲生妈妈踏入车门的那一瞬间,我感到的不仅是一种亲情母爱的回归,而且隐隐感到,这里面还有小说作家所期望于少年们的,对一种最真实和最坚定的成长道路的回归,就像脚步迈得踏实、种子必须落地一样。读完这本小说,我甚至还想到了海伦·凯勒说过的一段话:"人们经常发现,那些生活在死亡阴影里的人,或者曾经在死亡的阴影里生活过的人,对他们所从事的每一项事业,无不感到甜蜜,然而,我们大多数人却把生命看得太平淡了。"

四

不停地走向远方的人,才会拥有新的故事。殷健灵是我的朋友中最为勤奋的一位,她在自己的文学道路上越走越远,我所看到的只是她留下的一串串脚印和她坚定的背影。除了选入"温暖你"系列里的另外几个小说名篇,如《纸人》《米兰公寓》《哭泣精灵》《月亮茶馆里的童年》《安安》等,她这些年来还为读者捧出了《风中之樱》《千万个明天》《1937·少年夏之秋》《爱——外婆和我》《致未来的你——给女孩的十五封信》《天上的船》等长篇力作。这些作品有的是取材于当下的现实生活的小说,有的属于幻想文学,有的是非虚构文本,还有的是遥远的历史题材。她已经是一位相当成熟和老练的、能够自如地掌控和驾驭各种题材的儿童文学作家了。使我感到惊讶和敬佩的,还不仅仅是她在取材上已经走向开阔、丰富和坚实,更重要的是,她是一位富有道义感、悲悯情怀和担当精神的作家。

身在繁华的大都市,她却一直在追求一种植根生活的"接地气"的文学。她呈现给读者的,都是真正的"中国故事"和"中国情怀"。她在《月亮茶馆里的童年》里已经写到了童年的乡愁,写出了那种带着泥腥气息和稻花香的乡村童年生活;她在长篇小说《安安》里,又向前跨越了一步,写的是当下中国农村留守儿童的真实生活。即便是写城市生活的《哭泣精灵》和《米兰公寓》等，她也更愿意把自己的笔触深入到不同的社会阶层，甚至是最底层里去。她有一个儿童文学观点我很认同："孩子的形象都不是孤立于整个家庭和社会环境之外的。他们不是象牙塔里的玉人儿，他们的成长与整个世界、社会和家庭存在千丝万缕的联系。"也因此，她的每一部作品，都带着鲜活的生活的温度和气息，都有着像生活本身一样的厚度和坚实性，也都带着作家对生活、对世道人心的批判和道义力量，表达了作家清晰的人生观和价值判断。

对于生命和成长的悲悯情怀，应该是儿童文学的基本精神。殷健灵的文学追求，其实也正符合我一直心仪的一位诺贝尔文学奖获奖作家奈保尔的一个写作观：好的或有价值的写作，一定不仅仅是在表现某些单纯的美学技巧，而是有赖于作家身上的某种"道德完整"。而且我还认为，所有文学作家——儿童文学作家也不例外——最后的比赛与竞争，一定是作家的道德、境界、情怀、人格修养的竞争，而不仅仅是文学技巧和艺术水准上的竞争。

当然，当我们谈论儿童文学的时候，儿童文学的"文学之美"也是必不可失的。我甚至还觉得，文学之美也应该是儿童文学的基本精神和品格，文学之美也自具感动和感染人心的力量。我之所以喜欢殷健灵的作品，除了她那种一以贯之的温暖的悲悯情怀，也在于她对文学之美，对一种崇高与浪漫的文学品格的追求与坚守。

举一个小例子来说吧。《轮子上的麦小麦》是她的作品中故事性——亦即所谓"可读性"很强的一部作品，她也有意识地从"儿童本位"出发，尽可能去强化故事的悬念和明快简洁的语言风格。然而，阅读这部作品时，我还是不时地被她的

"文学之美"给吸引住了。例如这样的段落："一滴雨珠掉在麦小麦的头顶,凉凉的。麦小麦怀疑地伸出手去,悬在半空中,她的手掌也感到了几丝清凉。这个地方,常常是罩在湿润中的,看,又下雨了。不过,这雨中已经夹了细碎的冰粒,冬天来了。"这样的语言真好。我觉得,作为"文学之美",就流淌在这样的叙述语言里,如同映照在潺潺流淌的小溪上的那些明亮的、斑驳的树荫和花影。

五

世界上以亲人和亲情为题材的文学作品浩如烟海,像法国女作家柯莱特写母亲的那本自传体散文《茜多》,美国作家弗兰克·迈考特的自传体小说《安琪拉的灰烬》,都是感人至深的作品。其中的感动的力量,都是因为那种非虚构的真切、平实和质朴。《爱——外婆和我》是殷健灵作品中极为重要、也最为独特的一部。这部作品是健灵在自己最亲爱的外婆过世后,痛定思痛,噙泪写下的一曲生命的挽歌。我甚至认为,这个篇幅不长的非虚构文本,也是中国新时期以来最具感动的力量、在儿童文学史上可以独步未来和传至永恒的一部作品。

从童年时期直到今天,我已亲身经历了与多位至亲至爱的亲人永别,每一位亲人的离去,都曾让我如同经历了一场大病一样,需要很长的日子才能从痛苦和悲伤中走出来,自以为一颗心已经渐渐变"硬"了,眼泪也早已流干了。可是,读健灵的这本书,我仍然会眼睛潮湿,乃至泪流不止。我把这本书读了两遍。我觉得这不仅是中国儿童文学作家中写亲情写得最好的一本书,而且是一本最真实、最温暖的"生命教育"的文学读本。这本书的主人公是"外婆和我"两个人，健灵把这两个人都原原本本地呈现在了读者面前。

"我在43岁的时候没有了外婆。"这本书是以这样一个句子开始的。这开首的一句话，一下子就击中了我，使我瞬间从座位上惊立起来。这实在是一个可与一些经典文学名著的开头相媲美的句子，是如此平实、晓白的一句话，却真如神来之笔，包含了痛定思痛后与命运、与生活、与生命达成的全部的平静、接纳与和解。

接下来，全书分成五个章节（单元），平静而平实地讲述了外婆和我几十年来一起生活的点点滴滴。作为女孩子在对待亲人的感情和心理上独有的细腻与敏感，作为女性作家对生活细节和最细微的心理状态的异于常人的感受与记忆，都通过平静、平实和细腻的文笔，得到了最充分、最真实的描述和表达。"我开着车，驶过我和外婆熟悉的路。风很熟悉，云很熟悉，江水很熟悉，房子很熟悉。外婆的气息包裹着我，尽管我触摸不到她。"恕我无法找到更准确的语言来表达我对这样的句子的喜爱。这种"语感"，已经洗尽铅华，由绚烂而归于平静，是多么好的散文语言！

读这本书，几乎每一页上，都有一些令我过目不忘的小细节。这些细节把年老的外婆的形象描述得那么真实生动，令人怜惜。例如她描述外婆到了晚年，状态越来越像一个小孩子：有一次全家人像往常一样，要带外婆去剧院看淮剧，可是，"那次出门前，外婆显出了少有的怯惧，走到楼梯口，像孩子一样磨蹭着，迟迟不肯下楼。我和妈妈连哄带骗，才勉强搀扶着她一级台阶一级台阶地走了下去"。坐在剧院里，"外婆有些心神不定，东张西望着，不时用手触摸我，几次说要回去"。演出间隙,在洗手间外面,碰到有人向外婆问好,这时候,"外婆并没有像以前那样热情地回应陌生人的问候,只是像个怕生的孩子那样默默地靠着我站着……"。还有在外婆晚年,"每到晚上入睡前,外婆总要不厌其烦地反复对送她去卧室的妈妈或者我说:'和我睡。'我和妈妈都像哄小孩儿似的打发了她……"。像这样的细节,也只有像健灵这样孝顺和细心的孩子才能真切地观察和感受到,也只有像健灵这样文笔细腻的女作家,才能准确地描述出来。书中的故事几乎全是依靠这样真实、绵密的细节娓娓道来的。

外婆不识字,是一位最普通的劳动女性,但是外婆很幸运,她有一位会写书、更懂得珍惜亲情、怀有一颗感恩的心的外孙女。虽然她们之间甚至没有半点血缘关系,也就是说,外婆并不是作者的亲外婆,但是,外婆的生平,外婆的美德,却借由这位外孙女笔下的日常生活起居的一个个小细节,描述了下来,永存了下来,而且她描述得是那么贴心、真实和温煦,使普通人日常生活中的细节和故事不再仅仅具有个人色彩,而成为文学作品的内容,成为一种人人都能够引起共鸣和为之感动的具有普世意味的主题。

法国作家加缪在自传体小说《第一人》里写过自己的母亲,他的母亲也是一个字也不认识,而且失聪,但这并不妨碍她对儿子的爱。加缪的传记作家说,加缪之所以成为作家,就是为了他的母亲,他想让不认识任何字母也听不见任何声音的母亲能看到和听到他写的文字,并且永远能做她深情的儿子。法国作家们之间因此也有了一个互相认同的说法:写作是为了让母亲看的。健灵写《爱——外婆和我》,也是为了给外婆看的。她说,以往每次写出新书,都会拿给外婆看,但是这一本,外婆却看不到了。"外婆并不识字,但我相信,天堂里的外婆一定能读懂我写的每一个字。"

在《安琪拉的灰烬》里,小弗兰克是在母亲安琪拉的生命美德的照耀下,在对周围环境不断地反抗中,一天天坚强地成长起来的;在《茜多》里,柯莱特这样回忆她的母亲茜多:"茜多和我的童年是幸福的,彼此都给了对方无限的欢乐和安慰。我俩好像处在一颗想象的八角星的中心,从这里射出去的光芒都有着我们的名字。"在健灵的书中,我也看到了这样透彻和澄明的文字:"只要我们彼此相爱,并把它珍藏在心里,我们即使死了也不会真正消亡,你创造的爱依然存在着。所有的记忆依然存在着。你仍然活着——活在每一个触摸过、爱抚过的人心中。"我说《爱——外婆和我》不仅是一本亲情之书、感恩之书,还是一本"生命教育"之书,原因就在这里。

载行载止,静水流深。殷健灵不是那种热衷于张扬和喧闹的作家,她喜欢"在你的心里亮一盏灯",然后"躲在远处打量"。我也坚信,最好的作品,也总是在沉默中,甚至是在寂寞中完成的。大野林火有一首俳句:"白轮船驶来的时候,春天就要到了。"而我想到的是,当金色的稻菽垂头的时候,谁记得春夏时的耕耘和曝晒,每一片稻花里都有汗水和火焰?

2015 年农历夏至,武昌东湖梨园

让野马归野，为生命而歌

著名的印第安酋长西雅图说过这样一段话："失去野兽，人类会怎样？如果世界上所有的野生动物不复存在，人类也将从这无尽的精神孤寂中死亡，因为发生在野兽身上的故事很快也会发生在人类身上。"而《沙乡年鉴》的作者、著名生态学家和环境保护主义先驱奥尔多·利奥波德，也曾基于自己毕生的观察、研究与体验，向世人发出过至今听来仍然振聋发聩的声音，那便是他提出的"土地道德"（或曰"大地伦理"）的观念。简言之，他认为，土地道德"就是要把人类在共同体中以征服者的面目出现的角色，变成这个共同体的平等的一员和公民。它暗含着对每个成员的尊敬，也包括对这个共同体本身的尊敬。"否则，他断言，一切所谓"征服者"，最终都将祸及自身。

阅读老友沈石溪先生的《野马归野》和《金蟒蛇》两部作品，我欣喜地看到，"大地伦理"这四个字，还有"非人类中心主义"的提法，都赫然出现在了他的书中。而且这两本书所写的，都不再仅仅是虚构的动物故事，而是建立在非虚构基础上的一种全新的"生态文学"样式，可谓他的动物文学的"华丽转型"。

《野马归野》以目前仅存的野马种群普氏野马的野放实验为背景,讲述了新疆卡拉麦里自然保护区里鲜为人知的野马群的生存故事。神秘而壮阔的自然环境,严酷而恶劣的生存条件,狂野而奔放的生命状态,以及保护濒危野生动物任务的紧迫性和艰巨性,都在这部厚重的作品里得到了汪洋恣肆般的呈现。《金蟒蛇》则以中国西南部哀牢山野生动物救护站的视角,讲述了与大西北旷野的生存环境完全迥异的另一种环境里的生命故事:金蟒与獴、豹出没的丛林里,各种物种和生命,在弱肉强食的生存法则背后,有着神秘和奇妙的相互依存关系;山林、草木和水,是属于所有生命的,谁也不能幻想以"征服者"的姿态独霸自然,即使是一只喜马拉雅野犬的生命,也需要尊重和敬畏。不然,千万年的雪山、河谷和村寨,将会失去最后的和谐与平静。

我一直相信,最好的动物文学作家,乃至所有的大自然文学作家们"最后的竞争",也许都不会仅仅是文学上的,而是"实际行动"上的竞争,也就是沈石溪自己所说的:"除了用文学表达我的动物保护理念外,我也曾试图用实际行动参与到生态文明建设中来。"这将是所有的自然文学作家的"终极关怀"。否则,真的就只能算是"纸上谈兵"。这也就是为什么在全世界范围内,那些最伟大的自然文学作家,最终都成为真正的自然学家、生态学家、动物学家、植物学家或环境保护主义者。例如,约翰·巴勒斯毕生献身于飞鸟,法布尔毕生牵挂着昆虫,珍妮·古德尔终生与黑猩猩为伍,凯文·理查德森全家和狮子为邻,康拉德·劳伦兹成了大雁的知音……这些伟大和崇高的人,都能够作为人类和动物所共同缅怀的朋友与知己,自由地来往于文学和自然两个领域。无论对于文学还是对于自然,他们都真诚和勤恳地尽了自己的职责。他们以大自然为家,与鸟兽为邻,和昆虫做伴,用无限的爱心编织成守护生命的芳草苗圃的栅栏,用不朽的文字替鸟兽昆虫立言,重述着土地、荒野、狮子、猩猩、羚羊、细腰蜂、枯叶蝶、大雁、知更鸟们的生命故事。

在我过去的印象里,沈石溪最了解的,因而写得也最地道的动物是亚洲象和豺狼。读了《野马归野》后,我不禁要惊叹:他写野马也能写得这么激动人心!当他走出西南地区潮湿和密集的热带与亚热带丛林,来到辽阔无际的大西北荒原和旷野上,他的文学状态也随即发生了巨大的变化。我们听到了更为豪放的野性的呼唤。野马种群惊心动魄的生存经历和充满血腥气息的旷野传奇,也成就了沈石溪的一种全新的、动物生命史诗的风格。他虽然写的是野马群、野驴、苍鹰、荒原狼等动物最原始的生命本能与求生意志,但也让我们感受到了人类世界里,对自由的渴望,对英雄主义的呼唤。

他写野马群,没有简单地停留在对辽阔的狂野环境的描写上,也没有过多地去"炫技"——去单纯地堆砌有关野马的知识性表述,虽然他所知道的是那么丰富。他似乎也不是"主题先行"地去简单宣扬一种"回归自然"的理念。他比这些都更远、更深地往前迈了一大步:他是通过对普氏野马群的认识与发现,通过野马群的生存故事,写出了自己对至高无上的生命,对大地上所有生命的生存处境与生命本源的理解、思考与追问。野马在对周围生存环境的不断地反抗中长大,它们在成长过程中要面对各种各样的虐待、侵扰甚至死亡。但是,在最恶劣、最冷酷的环境下,它们没有畏缩,而是本能地去迎接、甚至直接去挑战命运,向苦难宣战。最终,它们依靠生命基因中存留的那股狂野不羁和自由的天性,向世界宣告了不屈不挠的生命尊严。

作家笔下的动物世界,总是会折射出人类社会的现实。他没有回避人类自私骄横、猎捕和虐待动物、污染环境、圈霸土地、蚕食山林的那些野蛮与丑陋的作为。人类粗暴地对待动物们的生命,间接地在毁灭地球和自身的表现,正是作家心灵深处的忧患与隐痛。如果我们不是仅仅以阅读一个轻松有趣的动物故事的心态来看待这部书,我们就不难感知和发现作家对这一关乎人类最后命运的主题的开掘。人与自然、人与动物和谐相处、亲密无间的生活场景,不也正是作家投入深情、津津乐道的那个"终极梦想"?

大地上的一切生命,包括那些无言的和无助的、甚至濒临绝迹的动物,都拥有自己不可抹杀的生命的尊严、履历与故事,这是我们古老的地球这个"共同体"和整个人类的全部记忆与文化谱系。我们在充分关注自身的健康与命运的同时,也实在应该时刻牢记那些与人类相比,在这个地球上显然属于弱势群体的无辜的飞禽走兽的命运,并且牢牢记住那个并不新鲜却永不过时的话题:人类与大地、与自然、与一切物种,有着千丝万缕的相互依存关系。这些生命故事,也必须由真诚的和富有悲悯情怀的作家来讲述。

记得十几年前的一个秋天,狼毒花盛开的时候,我曾经和沈石溪等友人在云南迪庆高原上旅行。在卡瓦格博雪峰下,我记住了一句庄严的赞语:"美丽的卡瓦格博,我向您祈祷,请悲悯。"现在,从沈石溪的书中,我再一次感受到了一种阔大的生命悲悯情怀。法布尔曾经这样与那些瞧不起他的

"学院派"抗争过:"你们是剖开虫子的肚子,我却是活着研究它们;你们把虫子当作令人恐惧或令人怜悯的东西,而我却让人们能够爱它……你们倾心关注的是死亡;我悉心观察的是生命。"从沈石溪笔下的旷野上,我也听到了那响彻大地、所向无敌的奔马蹄音,看到了一种自由无羁、天地与立的生命浩歌。

2014 年早春,东湖之畔

丛林守护与生命悲悯

　　牧铃的动物小说《忠犬的背叛》文末有一行字——2013
年春完稿于幕阜山中。这使我感到无比亲切。横亘在湘鄂赣
三省交界之地的幕阜山区，我是熟悉的。30年前我大学毕业
后，在鄂南一座边城的县文化馆工作过几年，那里在地理上
正属于幕阜山脉。我当时的工作任务之一，就是深入幕阜山
中的穷乡僻壤，去搜集民间故事、歌谣和小戏唱本，就像当年
的格林兄弟深入德国偏远的乡村，去收集民间童话故事一
样。那时候有一些偏远的小山村还没有通上电，需要走夜路
时，村里的老乡会举着松明子火把或提着"罩子灯"给我引路
和照明。我在幕阜山的崇山峻岭间走村串户，搜集民间故事。
那些年，大概也正是牧铃在山区供销社当收购员，同样要走
村串户，去收购药材、木炭和动物毛皮的日子。没准我们还曾
前脚后脚地走过同一条山路，喝过同一道泉水呢。当时幕阜
山区还没有实行禁猎，我曾有幸被允许跟着老猎户去打过两
次猎。老猎户用的猎枪，正是牧铃小说里写到的长长的火铳。
有一次老猎户打到了一只野物，他告诉我这叫"豹猫"。现在
我从牧铃的小说里得到了确认，那是一只喜欢树栖的云豹，

山里人也称为"飞虎"。那也是我平生第一次和唯一一次吃了云豹肉。

但没过几年,我就离开了云遮雾罩的幕阜山区。现在想来,如果当初我也能像牧铃先生一样留在那里,扎根于斯,熟知它的一草一木,守护它的一牲一畜,没准我也能成为一位动物文学作家。至少,我能对幕阜山区的地理、物候、野生动植物和村野文化,了解得更多和更深入一些。然而现在,我只能通过牧铃的小说,来重新认识和感知幕阜山了。

牧铃不仅熟稔幕阜山区的雨雾、丛林和飞禽走兽,而且深谙它们的生存与生命的秘密。他像扎根在幕阜山中的坚韧的芭茅草,历经了一年年的风霜雨雪,被野火烧过,被野兽踏过,被大风吹折过,但是春天来了,它坚强的根须又会重新发芽,抽出新叶,到了秋天,还会绽开洁白的花朵。

牧铃的人生经历特别而少见,近乎一部传奇。他自愿选择远离喧嚣的城市生活,大半生居住在深山荒野,以自然为友,与禽兽为邻,使我想到了他的同乡前辈沈从文的一句话:"你们要的事多容易办!可是我不能给你们这个。我存心放弃你们……"沈从文还说过:"我会用自己的力量,把所谓人生,解释得比任何人都庄严些与透入些。"牧铃不仅是用自己的笔,而且是几乎在用自己的全部行动,为沈从文的这些话做出注解。

因为热爱和执着,他比任何人更了解自己的乡土。幕阜山的草木禽兽、雨丝风片、酸甜苦辣、人情世故,他对此一清二楚。因为他的生命和感情的全部根须,都与它们息息相关。他的每一本小说,都是他为自己的乡土写下的风雨史传,是他为那些艰难地生存在那片山区的卑微的动物,写下的苦难的生命史。就像沈从文的作品一样,在牧铃的动物小说里,他对自己的乡土和自己所处的这个时代所给予他的疏离、孤独、误解与煎熬的隐忍与接纳，也是超过同时代的任何一位作家的。因为有所"放弃"，他反而获得了某种自由与超脱。因为疏离和冷静，他对人性和兽性的复杂与深邃，反而看得更加透彻，最终也成就了他的动物小说的结实与质朴，成就了他的每一个故事的原创性和深刻性。

《忠犬的背叛》写的是一只名叫"暴雪"的小牧犬和它的母亲丽莎的生命故事，写出了它们在人类霸权环境下的悲剧性命运。任何一个完美、成熟和坚强的生命的获得，除了自身的生命基因之外，还必须去浸透"奋斗的泪泉"，去尝尽"牺牲的血雨"，必须去经受"劳其筋骨、饿其体肤、苦其心志、空乏其身"的磨砺；也就是阿·托尔斯泰所说的，必须在血水里浸三次，在泪水里泡三次，在沸水里煮三次。暴雪的成长经历也是如此。"头顶的天色变得暗淡，早现的星星在闪烁了，嗷咕！嗷咕！草鹬急不可待地呼唤着黑夜。"但是，风吹草木的喧哗中危机四伏。这是暴雪必须去面对的生存环境。所以它从很小的时候起，就开始一次次地迎接着与毒蛇、老豹、红豺、孤狼……甚至同一族类的挑战与抗争。一次次受伤，一次次流血；为了主人，它赴汤蹈火、忠勇威猛，"如同狂风吹送的一团烈火，长空击下的一道闪电，投入战斗的暴雪永远是有进无退、有我无敌……"终于，它在殷红的血雨中成长为一个独当一面、名慑四野、神威凛凛的山林王者，成为一只尽忠尽职的忠义之犬。

然而，就是这样一个在野性的呼唤中、在呼啸的山风中长大的朝气蓬勃、勇敢进取的生命，同时也在主人老曹的魔鬼式的"奴化"训练中，变得性情扭曲，愚忠主人到不惜咬死自己的母亲。而最终，它又为人类所不容，被主人所驱赶，成为丛林野狗。原本的那双蓝宝石般的眼睛里，不再有往昔的骄傲和神采，而是充满了迷茫与落寞。它孤独地游荡在危机四伏的茫茫荒野，不知生命之所终……

有着"描写大自然的圣手"之称的俄罗斯作家普里什文，曾经这样宣示自己与大自然的关系："我笔下写的是大自然，自己心中想的却是人。""我写的尽管是'无人之境'，我寻访的尽管是一些没有闻见过炊烟气味的'森林居民'，但我的心是和时代相通的。在人与自然这一古老的艺术命题中，准确地把握住当代人的生存情绪，这是我的意愿。"显然，牧铃的这部小说，这个野性生命的传奇故事，也不仅仅揭示了一种弱肉强食、适者生存的丛林法则。这部作品写出了人性和兽性中的深刻与复杂，写出了人性与兽性的对抗、文明与野蛮的冲突、野性与奴性的挣扎，作品里荡漾着生存与死亡、敌与友、情与仇、忠诚与背叛……诸如此类的属于人类，甚至属于当下的"生存情绪"。借用《希伯来书》里的话说：他要写那些被奴役的生命，好像他也跟它们同受奴役；他要纪念那些患难中的生命，好像他也在患难中一样。在暴雪和它的母亲的悲剧命运背后，包含着作家对人类与自然的生存关系的思考，传递着当代人类的生存霸权以及由此而形成的一些生存危机的信号。

在这部作品里，我们当然也看到了许多人与自然、人与动物和谐相处、亲密无间的生活场景。那也正是作家投入深情的一面。例如他写到了那些和谐的自然生态："密如星云的萤火虫，追逐着溪流中星月的倒影，将山谷装饰得如同华灯闪映的街市；石蛙、蟋蟀和夜鸣的草蝉，卖力地合奏出《山林夜曲》的和声部,林涛和瀑布便开始奏起气势恢宏的主旋律……"这写得多么优美。"在透出云层的微光衬映下,大山架子黑得如同从墨水中捞出来的。嗷—咕!嗷—咕!老远的地方传来野东西的唱和,像夜鹊,又像是不甘寂寞的兽类。"这又写得多么准确。

同时,作家也没有回避人类肆无忌惮地漠视动物的生存本能和生命尊严,把人类的观念粗暴地强加给它们,剥夺它们自由的权利,扭曲它们生命的意志,视它们为贱物,爱憎无常……这其实正是作家心灵深处的忧患与隐痛。如果我们不是仅仅以阅读一个动物故事的心态来看待这部小说,那么,我们就不难感知和体会作家对那种同样也关乎人类自身命运的"自然伦理"与"山林道德"的思考:一切所谓"征服者",最终都将祸及自身。正如印第安酋长西雅图说过的那样:"失去野兽,人类会怎样?如果世界上所有的野生动物不复存在,人类也将从这无尽的精神孤寂中死亡,因为发生在野兽身上的故事很快也会发生在人类身上。"这也正是牧铃对生命本源所思考的深度所在,是他作为一位大自然的作家,对于丛林的守护之心,对于生命的终极关怀和终极悲悯。

著名动物小说家休·洛夫廷笔下的那位杜利特医生,说过这样一句话:"我爱那些动物,胜过爱那些'上等人'!"牧铃也是这样的人。仔细读一读小说的那个短短的"尾声",你也许会理解,为什么牧铃不愿意回到城市生活。这位灵魂深处具有孤独气质和悲悯意识的作家,他的心,他的生命,他的终极牵挂,始终都在那片深山丛林中。

2014 年初春

《天空之城》:气势恢宏的科幻史诗

古老的地球,2078 年。神秘的黑森林,2251 年。智慧的莉莉·卡莱尔博士正在执行一项绝密的研究计划。但是研究发生了意外,奇异的基因组合侵袭了整个人类、动物界和植物界。我们所认识的那个世界,从此不复存在。于是,"天空之城"诞生了。一个全新的"新世纪",重新开始了纪年。

然而,在新世纪到来的 200 多年后,水资源几近枯竭。湖水、河水、海水永远地消失了。年轻的劳伦斯和他的父亲约瑟,是古老的人类民族"京塞族"的代表。他们正在夜以继日地寻找着天空之城最为宝贵的财富——水。

16 岁的瓦莱丽,是"塞津族"的一员。"塞津族"是人类的高级物种,他们能够控制自己的意念,拥有将事物凝聚在一起的超能力,正是这种特异功能,使得天空之城得以存在。但是,瓦莱丽的神秘身份却让她痛苦不堪。她徘徊在一种相对于"京塞族"的优越感与另一种更为深刻、更为人性的情感之间。这个年轻人的命运,为什么会纠结和交织在一个巨大的谜团之中?随着一份神秘的"卡莱尔档案"的打开,一段尘封已久的记忆得以重现,瓦莱丽的生活也失去了原有的平静……

科学幻想小说《天空之城》，是意大利天才的幻想小说家大卫·卡莱尔的一部新作，一部气势恢宏的科幻史诗。小说讲述的是一个并不遥远的未来国度以及再次面临毁灭、等待拯救的地球和人类的故事。当然，还有几位为拯救地球而战的正义少年。在这部幻想小说里，"天空之城"不再像是宫崎骏电影里的那样孤单寂寞的城池，而是几百块、几千块悬浮在空中的、大小不一的地球的碎片。在这些"天空之城"上，没有鸟语，没有花香。这里也不是机器人的时代，人类依旧是世界的主人。而正义的少年们，正在为拯救地球和人类的命运而战。

2251 年的地球，也不再是我们所熟知的世界。这个蔚蓝色的美丽球体早已在 2078 年的时候，在阿尔法十二号能源的作用下自行解体。地球上的陆地和城市就像碎片一样，形成一座座岛屿悬浮在空中。美丽球体的蔚蓝色水源也全部消失不见，地球上曾有的江河、湖泊、海洋都不复存在，生命正在枯竭。

在这些悬浮在空中的岛屿上，生存着两类人种：一类属于"京塞族"，他们与旧时代地球上的人类相似，他们被迫变成奴隶，过着艰苦的生活；而另一类属于"塞津族"，从天空之城诞生之日起，他们就被赋予了神秘的超自然能力，并以此压制其他种族，甚至同种族的人。劳伦斯、瓦莱丽、乔尔、莉妮、程翼，还有维罗，他们都是生活在 2251 年天空之城上的少年，他们分别出身于两个不同的种族。不过，种族的不同没有成为他们交往的障碍，他们面临着共同的问题和同样的灾难。他们必须齐心合力，肩负起拯救地球的责任。

大卫·卡莱尔让这些少年成为故事的主角，为他们筑构了一个处在大灾难之中的天空之城。看似沉重的"毁灭"主题，因为几个少年的激情、担当和不懈的努力而变得格外人性化。亲情、友情、爱情的贯穿，也让未来世界不再仅仅是冰冷的机械化和科技化。这也是大卫·卡莱尔这部科幻小说的独特之处。大卫赋予这些少年以神圣的使命，让他们去探索破碎的地球，发现和揭示人类历史上的惊人秘密，同时也用这些少年的经历去探讨了人性的秘密，探讨了人性在濒临绝望时所显示出来的最纯粹的本性。相比那些世故、自私和习惯于尔虞我诈的成年人，这些纯真的少年在面临危机的时候更加忘我、单纯和简单。瓦莱丽他们所生活的 2251 年，已经破碎的地球没有给予他们更多的幸福和快乐，他们成了地球"最后的希望"。他们必须承担起拯救地球的责任。天空之城的危难，也给这些少年人的故事里增加了许多的沉重和疼痛。但是深重的灾难没有磨灭他们少年的天性，反而给他们带来了一份坚强、勇敢和不屈。在大卫·卡莱尔的笔下，这些少年都是那么鲜活，富有梦想和人性。面对那些冷酷无情的、来自"星球总部"的成年人，他们毅然选择了纯真的友情，选择自己坚定的信仰；面对不同种族的差异，他们冲破隔阂，不带任何歧视；面对人类的危难，他们选择了坚信和乐观，勇敢地承担起责任。他们为了拯救共同的家园而走到了一起。从他们身上，我们可以见证希望与绝望的交织、理智与情感的搏斗、正义与邪恶的较量、奴役与反奴役的抗争……

《天空之城》是写给生活在当下的地球上的青少年们阅读的、关于未来世界的冒险故事和生存故事，我们从中也看到了整个人类明天的命运。Water，一个简单的单词，却是人类的生命之源。在这部小说里，一切都跟 water 有关。Water

对于人类,意味着拯救与好运。无论是现在,还是在未来的天空之城,人类都依赖着它。然而在这个古老的地球上,江河、湖泊、海洋……并非是取之不尽、用之不竭的,水资源的污染已经让地球上很多区域的人们正在为缺水而烦恼,为对水的任意浪费而懊悔。

《天空之城》的作者大卫·卡莱尔,本身就是一位生物学家,他一直在密切地关注着人类的未来,关注着江河、湖泊和海洋的未来。在《天空之城》的第一部《风中群岛》中,我们看到,2078年,天空之城形成了,城市脱离地球,悬浮在空中,没有人能够解释天空之城形成的原理,没有人能够了解天空之城的物理结构,更没有人能够解释古地球水循环系统消失的原因。到了2251年,即天空之城纪年的第173年,地球时代遗留下来的水资源已经非常稀少。京塞人寻水师在如同沙漠一样的一座座城池里寻找每一滴水资源;高等人种塞津人运用他们的高智商、超能力研究着如何重建水循环系统。所有的故事和争斗都将因水而产生。Water就是人类继续生存的密码。莉莉·卡莱尔博士遗留下来的"卡莱尔档案"里,有对天空之城的解密,有水循环系统的再创造密码。这个珍贵的秘密被保存,然后被寻找、被发现,最后被争夺。统治者塞津人和叛乱了的京塞人,还有那个丑陋神秘的无脸人,都在争夺这份秘密档案。依靠这份档案,建立起新的水循环系统,就能够掌控全人类,掌控整个天空之城。只是,这份档案最终被谁寻得,水循环系统又是否能被重建成功,我们不得而知。大卫·卡莱尔从容不迫,把一切答案留在了《天空之城》第二部和第三部。

《天空之城》其实也是一部"灾难小说"和"预言小说",

好像预见了在我们的地球的某个地方,已经安上了一颗"定时炸弹"。电影《2012》里的地球完全毁灭了,乘坐诺亚方舟的人们看着完全毁灭了的地球,不知何去何从。可是大卫·卡莱尔不希望地球毁灭消失,他又给了人类一次幸存的机会。他用他的"卡莱尔档案"揭秘地球和人类继续生存下去的奥秘;用水的枯竭警醒人类;用瓦莱丽和劳伦斯这两个年轻人的情感,引发读者对于危机时刻的人性本质的思考,对大地道德、人文关怀的呼唤。《天空之城》,由未来到现在,带给我们的是一些深刻和沉重的忧患,是一些警醒、担当和行动。

2011 年冬天,武昌东湖梨园

毁灭与拯救

优秀和深刻的科幻小说，都蕴含着对人类未来命运的忧患、预言与警醒。莎士比亚早就在他的戏剧里揭示过：人类的天赋心灵，使得他们对未来的危机总是忧心忡忡。翌平的科幻作品里，也总是贯穿着对人类后天的命运、对未来的宇宙空间的瞻望、忧虑和不安。

在《燃烧的星球》里，我们领略了那场关乎人类命运的地月大战：熊熊战火蔓延在整个空天，各路大军在茫茫的空天云集。一场有如"特洛伊"式的悲壮战争，在燕墨子、枭云龙、慕容诡、炽焰、巨灵神、千雄、梅子馨、闪电、艾莲斯等战争主宰者和参与者之间展开。这场空天之战让我们看到，任何伟大、正义和骄傲的民族，宁可去面对战争带来的任何灾难，也不会在牺牲其尊严的前提下忍辱偷生。小说最后也隐隐透露出一个消息：地球还在燃烧，月球上同样战火纷飞，就算人类智慧能够驾驭任何高科技，能够拥有聚集了最高智能的"云模块"，然而最终却仍然难以掌控自己的命运，谁也无法阻挡新的浩劫降临……

果然，《流浪的方舟》续接着《燃烧的星球》的故事线索和人物命运,拉开了新一轮星球大战的帷幕。第一次地月大战之后,地球上满目疮痍,暂时进入了一段萧条期。不仅地球上的很多基础设施都被破坏了,更糟的是,月球开始限制对地球的能源供应,地球上的能源眼看着就要消耗殆尽。"战争迟早会开始的……这个星球已经膨胀到极限,无法负担这么多的人口,如果我们不能获得能源,等待我们的只有死亡。"这就是地月大战之后人类面临的现实。此时,在战后开始执政的人类新总统慕容诡,别出心裁地把地球划分为 A、B、C 三个行政区域,分别容纳了先进的电子人、一般的机器人、正常的生物人三种人群。新总统的计划在悄悄地实施,但是其中隐藏着惊天的秘密。这个秘密暂时隐藏在地球的某个角落——一个事关基因改良试验的秘密基地里。

简言之,这个"基因改良试验"的计划是,从生物学的角度对人类进行改良,将更先进的生物遗传信息移植到人类身上,从而产生一种新的人类物种——智人,他们将反超机器人的智能,保证人类能在这个拥挤、贫瘠的星球上生存下去,并且成为地球上的新主人,整个地球也将进入一个崭新的时代。

但是此时,曾经参加过地月空天大战的外星族先遣特战队首领艾莲斯,早已潜回地球,正在参与和地球政府的秘密合作。而"鹰"(千雄),这位抗击过外星人入侵的空战勇士,作为基因改良试验的候选人,同时还身负间谍的使命,也被派往了这个秘密基地。这将是一场怎样的较量?其中的基因改良试验,究竟真相如何?新总统慕容诡面临的又将是怎样的劲敌?他将把人类命运的方舟送往何处?经过了数百万年自然演化而成的人类基因,是否将面临着遗传学上的灭顶之灾？月神炽焰在地球军和艾莲族新一轮战争开始之际,又将做出怎样的选择？《流浪的方舟》围绕着这些情节,抽茧剥丝一般,继续向我们呈现了人类的"后天",不,准确地说应该是"后人类"时代的生存与命运的景象。

吴岩先生在这部小说的序言《燃烧的疆界——明日战争》中说得好:"当基因炸弹、3D 打印技术制造的武器装备、碟状战争飞行器、多种机械人式兵器等成为战争的主角时,当电脑网络与人类神经系统融为一体,决定未来战争的将是什么？"翌平在小说里为我们做出了明确的回答:决定未来战争的,依然是"人",是一个个的生命个体。"如果地球失守,我们一定会复仇！"这是风靡全球、所向无敌的 MARVEL(漫威)英雄们的正义宣言。这个声音也始终回荡在翌平的小说里。随着故事情节的推进,我们也确信了一个不争的事实:即使在遥远的未来年代里,战争,仍然是一个无可回避的生物法则,也是人类命运和文明进程中难以绕开的荆棘之路。

那么,是道德的还是反人类的,是正义的还是邪恶的,是忠诚还是背叛,是拯救这个贫瘠的星球还是贪婪的野心的扩张,最终导致自食其果……这也是翌平在小说中所要追问的战争本质。也就是吴岩所说的,生命个体在这样的生死对抗中切身的感受和人格的异化,未来人的行为和价值取向,以及他们必须在极端复杂的情况下为自己的世界做出抉择,才是作家真正的"预测和评判"。当然,它们也将直接决定着小说中所描写的新一轮星球大战的走向。

"一望无际的海岸线上是细柔的沙滩……各种地域的植物,热带的椰子树,亚热带的芭蕉,温带的樱桃,丛林中漫步着成群的野生动物。""透过窗户,明亮的月球悬挂在夜空里……月球上的环形山依稀可见……"小说里不断地闪回我们的星球曾经的美丽与祥和。这也使我们想到创世之初，耶和华对诺亚说过的话："我使云彩盖地的时候，必有虹桥出现在云彩中。"因此，航海家和漂流者也将横跨天空的彩云称为诺亚方舟。现在，云彩在燃烧，整个星球都在燃烧。人类将向何处去？诺亚方舟何处寻？

小说结尾处，我们又看到了令人忧心忡忡的一幕："月球的平原上，机器士兵开始忙碌起来，导弹发射架一个个竖立起来，巨大的核弹火箭被吊装到发射架上，远处的星空，那个星球上大火正在燃烧，在黑暗的太空中依稀可见。横亘在地球和月球之间，是一座进退难料的母体飞碟，身旁停泊着那颗布满太空武器的小行星。"而随着月神炽焰的一声号令，从未真正停止过战火的星球，是生存，还是陨落？是毁灭，还是重生？一个新的谜团，又摆在了我们面前。

2014 年初夏，武昌东湖

重返澄澈的童年时光

　　"我安安静静地坐在我以前坐的地方,认真地看书。我相信,一定会有那么一天,他从沙沙作响的灌木丛里走出来,走到我身边,递给我一张画。画上还是那个静静的湖、柳树、城墙,湖边还是坐着那个男孩。一切都没变,不过,那男孩已经不是原来那副样子了,他已经长大了。……"

　　这是程玮早期的儿童小说《静静的湖边》里的一小段。澄澈明亮的描述里似乎带着一种预言式的隐喻。作家表面上书写的是当下的故事,而回荡在作品背后的,却是一曲充满依恋的、对一些即将失去的东西的挽歌。这些东西,当然包括她的作品里所有主人公所处的那个爽朗年华,甚至也包括每一个人所失去的最纯真的童年时光。

　　20世纪80年代里,程玮的小说给我留下了如此美好的印象:单纯和温润的少年故事,淡淡的抒情气息,甚至总是带着一点点伤感。但是没有滥情,也决不沉溺。每一个故事和每一个人物都是清新和明朗的,清丽而不浅俗。有些篇目里传达出了少年时节的无可奈何的怅然。那是笼罩在青嫩和羞涩的变声期里的懵懂、恍惚与茫然,还有远离了大自然而置身

222

于城市大街上的一种陌生感、一种愁绪。但那是少年时代里最真实的风景，是隐藏在一代代少年的心灵中的渴望孤寂、渴望远游的一种浪漫。

《白色的塔》《SEE YOU》《浅绿色的小草》《到江边去》《静静的湖边》《蓝五角星》……这些在20多年前曾经深深感动过我的纯美小说，如今都编选在"孩子最喜爱的作家自选集"丛书中的程玮自选集《白色的远方》里。这套"作家自选集"，还包括赵丽宏的《小鸟，你飞向何方》、曹文轩的《菊花娃娃》、殷健灵的《掌心里的蓝月亮》、梅子涵的《红台灯》、彭懿的《奔向鸢尾花小屋》、徐鲁的《樱桃树下的童年》、彭学军的《看不见的橘子》、董宏猷的《栀子花开》。这是一套具有严格意义上的儿童文学品质和艺术水准的选集，出版者为每一位作家遴选了风格相契合的插画家，使得整套书的文字和插画都彰显着一种浓郁的小清新和小浪漫。其实，这种清新和浪漫不仅仅弥漫在程玮一个人的作品里，而是弥漫在20世纪80年代和90年代里从事儿童文学创作的几乎所有儿童文学作家的作品中。我们读其中的任何一本选集，都能感觉到一种属于那个年代的清新、澄澈、纯美和浪漫。

诗人朗费罗说，在他的想象与记忆里，一直站立着这样一个孩子："他从未受过教育，毕业于田野和市井小巷，但他将成为一位艺术大师，或成为一名海军，在思想的海洋里自由游弋。"童话大师林格伦甚至宣称，世界上只有一个孩子能够给她创作的灵感，那就是童年时代的她自己。"'那个孩子'活在我的心灵中，一直活到今天。"她深有感触地对同行们说，为了写出一篇好的作品，"必须回到你的童年里去，回想你童年时代是什么样子的。"

我们这一些出生在 20 世纪 50 年代和 60 年代的作家，童年的小路大都是弯曲、幽深，抑或是坎坷不平的，但小路两边的林木和山峦却是葱绿和亮丽的。回忆起风雨中的童年，心中难免有一些伤感，但那毕竟是人生中最朴素、最纯真的岁月，青梅竹马，风筝秋千；父母堂前，外婆膝下。虽然也有清苦和酸涩，有贫寒人家的无可奈何的忧伤与哀愁，但无论多么艰辛的生活，都阻挡不了孩子心中那些希望与梦想之鸟的飞翔，即使是在最平凡、最寂寞的日子里，我们也都在寻找和期待着布谷鸟的歌声，呼唤和寻找着自己最美丽的春天。那留在童年的长夜里的美好记忆，现在回忆起来，就像点亮在冬日里的一盏盏小小的雪灯一样，闪烁着微光，散发着温暖。

　　发现童年，感恩童年，几乎是这些作家不约而同的书写主题。曹文轩的少年小说里散发着童年记忆里的江南水乡的稻花和芦花荡的气息。他的故事大半与水有关。他说："每当我开始写作，我的幻觉就立即被激活——或波光粼粼，或流水淙淙，一片水光。……水养育着我的灵魂，也养育着我的文字。"同样，赵丽宏也十分熟悉和眷爱江南生活，他的散文里总是散发着一种"忆江南"的情味和气息。仔细品味，我们从他那些清新、恬淡的文字里，似乎还能读到一种"莼鲈之思"，感觉到江南特有的荠菜花、茉莉和菱荷的芬芳。梅子涵是一位极其讲究儿童文学文体和叙述语态的作家，他所讲述的童年故事有着独特的视角和鲜明的个人风格，充满童趣的故事里荡漾着单纯的诗意。彭懿的散文则是一些带有幻美和妖魅色彩的旅行笔记。据说，在每个家庭成员身上，都会隐藏着一种说不出的厌倦感，甚至想逃出去过自己自由的生活。而漫游就是一条使我们通向自由和快乐的天路。我相信，许多人的梦中都会有一座屹立在远方的"鸢尾花小屋"。而在沿着地球大陆和海洋旅行的过程中，他们会锻炼出坚毅的性格，获得自由、远大、开阔和高尚的眼光。就像光明和白昼对所有人都是开放的一样，大自然对勇敢的人们敞开着所有的大地。

在殷健灵和彭学军的文字里，我们看到了更多的童年发现和人情之美，感到了一种温暖和明亮的励志精神。这两位女作家的作品里也总是飘荡着一些诗意的芬芳，如同春草般的蓬勃和清新，如同淡淡的花香，给读者带来生活的信念和心灵的温润。董宏猷的作品抒写着一代少年的成长，我们从中看到了成长的艰辛和不易，也看到了少年们的乐观和坚强。而徐鲁的散文和诗歌，告诉今天的小读者们：如果说蕴藏在大自然之心的欢乐是应该歌唱和怀念的，那么，向着大自然之心和人世间私语的那种失落与无奈，也是应该歌唱和怀念的；没有谁不留恋那无忧无虑的黄金时光。也许，只有回忆起童年来，我们的心里才会充满最透明的诚挚和热爱；只有童年，才能使我们从一次又一次的失望里，得到重生，获得新的希望和梦想。

冰心老人写过这样的诗句："童年，是梦中的真，是真中的梦，是回忆时含泪的微笑。"光阴流逝，水在流动，一代代人的童年也在不断地远去。但是没有谁会拒绝重新去体验一次童年生活。童年的纯真与善良、童年的梦、童年的爱是永恒的。台湾电影大师侯孝贤用《童年往事》等一系列作品，诠释了这样一个命题：所谓最好的时光，其实是指一种不再回返的"幸福之感"，并非因为它美好无匹，从而令我们眷念不休，而是倒过来，正因为它是永恒的失落，我们只能用怀念来召

225

唤它,它也因此才成为美好无匹。在重新阅读这些写在上个世纪八九十年代里的小说、散文、诗歌的时候,首先使我感受到的,也正是侯孝贤电影的意境与况味。

2012 年早春,东湖之畔

少年英雄梦，男孩励志书

　　最平凡的日子里，也会有浪漫的故事诞生，就像在没有硝烟的年代里，仍然有许多男孩子在做着英雄的梦。其实，每个人的内心深处，都有过属于自己的英雄梦想。心理学家甚至认为，英雄梦想是人性中的一种"原欲"，因此每个人也都是"潜在的英雄"。

　　翌平在他的许多少年小说和童话里，都抒写过少年人的英雄梦想主题。例如那部获得全国优秀儿童文学奖的长篇小说《少年摔跤王》，讲述的就是一个乡村少年如何经过千辛万苦和无数次的摔打磨炼，一步步成长为一位名满京城、享誉全国的"少年摔跤王"，最后光荣地成为一名特种兵的传奇故事。作品立意高远，蕴涵深刻，一种重寻少年英雄梦想、重塑少年英雄品格的大主题贯穿在整个故事里，给读者带来了一种久违的英雄主义的浩然正气，一种勇者无敌、仁爱无疆、敢于进取、敢于担当的强劲的励志精神。

　　长篇小说《早安，跆拳道》，承续了《少年摔跤王》的主题和风格，而把故事背景放在跆拳道练习场上，极力张扬了一种爱国爱人、克己忍耐、坚忍不拔、百折不挠的"跆拳道精神"。这种精神,其实也是一种英雄品格,一种关乎勇气、尊严、正义、坚韧、自立和团队精神等人格素质的"男儿精神"。

小说是从两位普通的初中男生林安、麦子,在校外遭遇小霸王们"搛肥"的事情写起的。因为受到了游荡在校园周边的小霸王们的欺负,两个自尊的少年顿生了想学一门武功的念头。于是他们选择了学习跆拳道。正如小说里的那位崔教练所说:练习跆拳道的人,应该先从心练起。我们来看小说里描写林安和麦子第一次看到跆拳道教练练功的那一小段:"崔教练深深地呼出一口气,在道场的一角静静地打着那套再简单不过的品式——太极三章。他的动作与气息合二为一,一个简单的冲拳,好像能将身体里所有的能量都通过拳头送到体外。崔教练的腿法非常缓慢,往往在半空中滞留一会,然后再慢慢地落到地上,随后做出一个漂亮的收式。"小说里接着又描写了崔教练完成热身之后的一系列练功动作:"他将一只腿靠到墙上,身体缓慢地靠上去。因为常年练功,崔教练的柔韧性非常出众,可以随时不需要热身,就将腿踢过头顶。他轻轻地压了压,让自己的髋关节尽量展开,支撑腿微微扭转,让所有的关节得到充分拉伸,最后,他完全将自己的腿贴到脸上,整个人好像贴在墙壁上一样。"像这样非常地道的描写跆拳道拳式和"章法"的文字,在小说里不时地出现,显示了作家对跆拳道的爱与知。

然而,正如小说里那位助教李天翼告诉林安和麦子的:练习跆拳道就是要不断挑战自己的忍耐力极限,跆拳道强调的是礼义廉耻、忍耐克己和百折不挠。无论是谁,都必须用几十年甚至一生的时间刻苦训练,从而才能明白跆拳道的真意。崔教练也用自己曾经的经历告诉这些跆拳道少年:"任何一个跆拳道选手，都是通过刻苦的磨炼，才逐渐成为高手的。无论遇到什么样的挫折也不放弃，这才是跆拳道的精神。学会几种腿法，并不特别重要，因为任何人只要学上一段时间，都能掌握这些基本技术。"

小说里也一再写到，跆拳道虽然看上去潇洒漂亮，但只有亲身经历过那种激烈对抗的人，才有可能体会到它严酷的一面。我们看到，少年林安因为和另一位少年对手买买提的残酷较量，使得整条腿都肿了，一度萌生过退出跆拳道的念头。但是，跆拳道那种百折不挠的魅力时时在诱惑着他、召唤着他。还有他身边的人，尤其是那位深藏不露、为人低调、勤勉做事的老校工王师傅，也在默默地点化和引导着他。王师傅用自己早年无论严寒酷暑都要闻鸡起舞、刻苦练功的经历鼓励着他。最终，少年林安没有在挫折面前退却，而是不屈不挠、勇于进取、永不放弃，重新返回了跆拳道练习场。

林安回来后，崔教练是这样安慰和鼓励他的："我知道你肯定会回来的。我小的时候也有几次想放弃，可都没有超过一个月就又回到了老师身边。跆拳道有一种魔力，可以让你流连忘返。对自己意志的考验，才是跆拳道中最重要的东西。没有这种精神上的信仰，跆拳道只能是一般的健身运动。"

林安经过严酷的训练，付出了超出常人的辛苦，终于成为一名颇具实力的少年跆拳道选手。在一场激烈的比赛中，他过五关斩六将，连续打败四名选手，晋级成了一名黑带跆拳道选手。这时候，崔教练把他叫到自己身边，两个人像真正的男人一样喝了庆祝酒，崔教练还对他说了一番意味深长的话："跆拳道不是简单的一拳一腿。区别一个打手和武术家的地方，要看他是否能够理解跆拳道的精神。宽厚待人，爱国爱人，忍耐克己，百折不挠，有正义感，这些都是每个跆拳道人必须学会的，也是我们的精神追求。我希望你能明白这些。从今天起，你必须要求自己成为一个真正的跆拳道人，而不仅仅是一个系着黑带的爱好者。”

除了对少年主人公坚忍不拔的性格的刻画和对跆拳道的精神魅力的张扬，小说也从侧面描写和反映了当下校园生活的一些真实状态，尤其是为我们刻画了一些典型的、非主流的校园人物形象。例如那个外号叫“夏狼”的、自称为校园“巨人帮”领袖的小霸王的形象；又如孙大庆这个顽皮少年的形象。虽然他们在小说里出场的机会并不多，但都给人留下了深刻的印象。

夏狼是个打架出了名的不良少年，他所纠集的自称为“巨人帮”的这伙少年，在学校里没人敢惹，成员个个人高马大，还在自己的手臂上刺上一个小小的鹰的标志。见面的时候，互相看看对方的胳膊，彼此就不找对方的麻烦。这个巨人帮不但经常在校园外“揺肥”，欺负弱小的同学，而且还肆无忌惮地垄断学校的作文大赛，凡是想参加作文比赛的人，先得向“巨人帮”缴纳“推荐费”。小说里写到的这些现状，不仅让我们看到了当今校园里最真实的一面，而且也衬托和张扬了林安、麦子他们无私无畏，敢于向“巨人帮”叫板，扶助弱者、维护校园安宁的少年正气。

翌平是一位擅长讲述故事的作家。他构思的小说故事首先是十分“好看”，但同时也十分注重小说语言上的“文学性”。他的语言以明快、晓畅和清澈见长。我们来看少年们去郊外古长城野游的两段描写：

“扑面而来的是一阵阵带着泥土气息的花的香气，层层叠叠的油菜花在阳光下闪烁着金色的光芒。在原野的尽头，是一排排高大的树林，它们与油菜花的海洋交相辉映，一直连着蓝天。风中的白云在碧蓝的天空上堆成各种各样的图案，像城堡、牛群，又像成队飞舞的鸟。"

"深夜，茂密的森林里几乎看不到天空，草地上时而吹来一阵阵清凉的风。……在这陌生的地方，谁知道会出现什么情况？麦子穿上衣服爬出了帐篷。森林里夜景很美，月光透过枝叶的缝隙，在地面上映出闪亮的斑斑点点。麦子看见，树叶间闪烁着几颗亮星，似乎跳跃着忽隐忽现，忽远忽近。麦子觉得很好奇，睁大眼睛向着星光闪动的方向走去。……"

再如林安和他的老对手夏狼在校园里狭路相逢、一场恶战一触即发的那一刻，虽然着墨不多，却把一种紧张的气氛写得剑拔弩张，使人如临其境："夏狼转过头来，冷冷地盯住林安的眼睛。两人的目光相遇，互相对视，足足有一分钟。这是很寂静的一分钟。操场上只有蝉不厌倦地叫着，大家还能听到风将地上的叶子吹走的声音。"可见，他的语言里有时也暗含着一些幽默。当然，他的幽默是有节制的，决不过分地去夸张和搞笑。

小说结束时，少年林安果然不负众望，被市体育大学选拔为正式的跆拳道队员。鸟儿找到了自己的树林，骏马找到了自己的疆场。我们看到，这个像一棵挺拔的小白桦树一样的阳光少年，站在宽敞明亮、杀声阵阵的训练场上，心中正在默念着那宣示着跆拳道精神的庄严的誓言："礼义廉耻，克己忍耐，坚忍不拔，百折不挠。"——一种贯穿在小说故事始终的浩然正气，一种催人向上的励志精神，力透纸背，呼之欲出。

2011 年深秋，武昌东湖梨园

追慕崇高与浪漫

—— 在翌平作品研讨会上的发言

　　我和翌平交往快有 10 年了,平时阅读他的作品也还比较多。翌平不喜欢说话,为人也比较低调。这与葛翠琳老师严格的家教有关。因此诸位对翌平这些年取得的成就未必都有所了解。所以我愿先用两分钟时间介绍一下。翌平是个多面手,近几年来勤奋写作,我觉得是越写越好。长篇小说出版了《少年摔跤王》《你好,跆拳道》《燃烧的星球》三部,其中《少年摔跤王》已获得全国优秀儿童文学奖。中短篇小说集也出版了好几部,其中最有分量的就是今天大家在研讨的《翌平作品选》和《穿透云霞的小号》;童话集出版得更多,有十来本;科幻作品除了长篇《燃烧的星球》,还有一部中短篇科幻小说集《燃烧的云彩》;同时他还翻译了两部世界儿童文学名著:斯蒂文森的《一个孩子的诗园》和米尔恩的《小熊维尼》,以及近百种厚薄不一的英文本和法文本图画书。如果没有勤奋、低调和耐力,是难以取得这些成就的。

　　我自诩是翌平的一个比较忠实的读者。因为他几乎每出一本新书,都会约我先读为快,我为他的书写的序跋或书评有十多篇了。所以我说自己是一个称职的读者。我自己写作快 30 年了,估计我不曾拥有这么一个忠实的读者。翌平的荣誉是一个勤奋的、优秀的儿童文学作家的荣誉;我的荣誉是一个忠实的读者和鼓掌员的荣誉(借用之路兄的一篇名作的说法)。所以,恳请大家不仅为翌平鼓掌,而且为一个"鼓掌员"鼓鼓掌。追慕崇高与浪漫,是我对翌平的中短篇小说的整体情调的理解和感受。翌平的小说,是一些总是回荡着高亢和嘹亮的英雄主义号音,也闪耀着久违的、瑰丽的浪漫主义光芒的少年小说。

当前成人文学界有个说法:最优秀的小说作家,都纷纷回归到了短篇小说创作上。事实上,短篇小说往往最能显示作家的功力,显示作家如何巧妙地表现主题和刻画人物性格,如何删繁就简地剪裁故事和选择细节,以及如何精心打磨语言等方面的功力。在这一点上,莫言、苏童、叶兆言等,都可谓是短篇小说的圣手。莫言先生对待自己数量众多的短篇小说的严苛和精心的艺术姿态,值得我们好好琢磨和学习。

翌平的中短篇小说,也最能显示他创作上的功力。前提是他确实是在认真地、很用心地,几乎把每一篇中短篇小说都写得结实、完整乃至比较完美。

《穿透云霞的小号》应是他的一篇新作。站在白雪皑皑的长城烽火台上的三个少年,向着远方的群山和辽阔的天空,吹响了他们心爱的小号……这是《穿透云霞的小号》里写到的一个动人的场景。"清脆的号音穿过寒气,冲破层层的雾霭,在远山之间回荡着,响彻在古长城上……"少年的号声或低沉,或嘹亮,或清澈,但都发自青翠和茁壮的生命,在群山之巅吹奏得那么激情澎湃,唤醒了我们对大地的热爱、对生

233

命的敬畏、对远方的憧憬,也唤醒了我们曾经有过的英雄梦想。在《穿透云霞的小号》这部小说集里,自始至终都回荡着这样高亢和激越的号音。

色彩单调的老城区,有着深灰色墙壁的老房子,破旧的水泥马路,路两边歪歪斜斜的路灯,暂时还没有被商品经济大潮冲击和裹挟而去的安静的日子,人情怡怡的邻里关系,正在成长和渴望远游的后街少年,安静而又有些寂寞的童年生活……这是翌平短篇小说里常常出现的题材和人物成长的背景。这也许就是他和他们这一代少年人的成长背景。翌平笔下的青涩少年,都是在底层、弱势、挫折、逆境、失败,乃至殷红的血迹和咸涩的眼泪中,一个个渐渐变得独立和强大起来的。而他对中短篇小说创作的艺术技巧和掌控能力,也随着这些少年形象的塑造和完成,而渐渐变得运转自如、举重若轻。

《流向大海的河》是一篇意境开阔、叙事简约的小说,写的是一个渴望远游的后街少年,终于有机会到了一个令他眼睛发亮、心胸开阔的陌生的地方,结识了和经历了一些与自己以往的童年生活经验完全不同的人与事。一条原本平静的生命的小河,因为听到了大海壮阔的涛声,而对自己的生命与未来更加充满了信心和力量。这也许就是此篇小说的寓意。但是作者的叙述却是不动声色的。我们来看小说的结尾:这个看到大海的少年将要回到自己生活的地方了,作者写道:"河水滚滚流入大海。海湾的尽头,那两个人的身影渐渐成了海岸上的两个黑点,随后我的视线里只剩下一片辽阔的苍茫。此时的海平线上,一轮金色的太阳正在冉冉升起。"完全是不动声色的白描。但读者可以强烈地感到,此时的这个少年,已经不是昨天的那个少年了。他正在长大。

《炉灰墙里的桃花》也是一篇写得很空灵也很有诗意的小说。故事情节十分简单:两个生活在老城区的老街上的孩子,因为寂寞,因为厌倦了天天必须面对的有着炉灰老墙的楼房,所以对于偶尔出现在生活中的哪怕一点点异样的东西,都充满了无限的好奇,比如对那个性情古怪的高个子成年人"老六",对从他居住的老墙上探出头来的一枝鲜艳的桃花。小说写了两个孩子偷偷地翻越过老墙去看那一枝桃花的经过。两个孩子在发现了美丽的桃花的同时,也重新认识了自己。

《飘扬的红领巾》是一篇短篇杰作和力作。这篇作品格调崇高,人物形象鲜活有力,故事结构自然完备,语言也十分精致讲究。小说里的少年"哥哥",似乎是在用一次次最直接的"挫折"和"失败"训练,让"我"(他的弟弟)渐渐地从弱小变得坚强,由自卑走向自信。当哥哥得知"我"受到小霸王黄毛的欺负之后,不是简单地去修理黄毛一顿,给"我"出气,而是把黄毛找来,推到"我"面前,对黄毛说:"你揍他,不然,我揍死你。"当黄毛不得已举起手打了"我"一拳的时候,"我"被激怒了。小说里接着写了我的那一记勾拳。钢铁就是这样炼成的。男子汉也就是这样长大的。当然,哥哥也会亲自给"我"补上这样一堂最严厉的"拳击课"。

这无疑也是翌平笔下的"人生哲学第一课",是一种最直接的"英雄主义"训练课。"我"成了哥哥的崇拜者和追慕者。而从小就在大海的风浪中长大的哥哥,本来的理想是当一名海军战士,最终却在北方边境的一次扑灭森林大火的战斗中英勇牺牲了。但是哥哥留给"我"的那种勇往直前、永不言败的英雄气概,却成为"我"永远的精神力量。正如小说里写到的那个壮美的意象:"哥哥的那条红领巾,成为新的旗帜,飘扬在我们的小船上。"

这篇小说极力张扬了一种久违了的、崇高向上的英雄主义精神,书写了一种属于男子汉的自立自信、坚忍不拔的阳刚气质,以及敢于担当、孤筏重洋的英雄梦想。这种英雄主义精神,无论对于哪个民族的男孩子来说,都是不可缺失的。尤其是处在今天这个多变的、什么事情都有可能发生的世界,即使是那些"假设"的灾难和艰险,也随时都有可能降临。

童年和少年的天空并不总是玫瑰色的。这个世界很复杂,还有许多的冷暖炎凉。世界需要你变得更加强大。于是,在《野天鹅》里我们看到了,跟着妈妈从遥远的北方农村返回城市的大天和小天,如何跟"十三号楼"那些同龄少年开始了"第一次交手"。在《迷失的弹丸》里,少年林涵默默忍受过许多次小霸王"六指儿"的巴掌,在自己悄悄地洗净了脸上、鼻孔里的血迹之后,才终于勇敢地抡起胳膊,把强大的"六指儿"击倒在地,让他从此退出了梧桐巷的街头。

《穿透云霞的小号》这部中短篇少年小说集,不仅是翌平全新的作品,还是他的精心之作,是他用默默的努力和辛苦换来的沉甸甸的收获。我的感觉是,此集中的篇什,没有一篇是散漫和粗率之文,都堪称上乘之作。翌平近几年来在中短篇少年小说创作上的努力和尽心,也再次证明了那个朴素的真理:"种瓜得瓜,种豆得豆。"文学创作上,是没有任何捷径可以让作家省略艰辛的过程而侥幸抵达高峰的。《穿透云霞的小号》里有一个令人过目不忘的句子:"吹号的人应该去辽阔的地方。"借用这句话来祝愿翌平的小说创作也很合适:

翌平君,继续追慕崇高,永远地向着明亮和辽阔的那方!

最后,祝愿翌平兄在未来的写作道路上走得更加稳健和扎实,不要跟当下的热闹与否论短长,要从长计议。要相信一个真理:瞄准星星总比瞄准树梢要打得高。借此机会,祝愿在座的各位老师、朋友新的一年里阖家幸福安康,提前给大家拜年。谢谢!

2013 年 1 月 16 日,中国作协会议室

玫瑰绽开的声音

金波先生说：汪玥含用《午放的玫瑰》（即《假装我已离开》修订版）和"狂想家黄想想"系列这几本小说，完成了从一位儿童文学编辑向儿童文学作家的"转身"。在我看来，还不仅是一个"华丽转身"，其实也是"水到渠成"。16年的文学编辑生涯，汪玥含可谓"阅文三千"，什么样的儿童文学没有见过？最终走向写作，实在也是一种必然。

不过，她这两类小说，如果不仔细阅读，也很容易被"误读"，被简单地归类。因为这几年来，儿童文学界一直盛产这两类小说。一为所谓讲述青春期故事的成长小说；一为轻松搞笑的小学生故事。而且这两类小说都已经被类型化、系列化、商业化，甚至如刘绪源兄所说的，已经可以"配方化"批量生产了。我做过多年的编辑出版，出于职业习惯，喜欢写一点书评。我发现，平时收到的这两种类型的书，实在是太多了。这类作品能提供给读者的新鲜东西，实在是太稀薄。从这一点上也可证实，我们的儿童文学无论是创作还是出版，都存在着巨大的泡沫，存在一种虚假繁荣。当然，这是另一个话题。具体说到汪的这两套小说，我倒是觉得，它们都有与众不同之处。

承蒙汪玥含的信任,她这几本小说在最初创作时,我们就有过交流。新书出版时,我曾先睹为快,先后为她写过两篇书评。我在这里只谈谈对《午放的玫瑰》的认识。

张爱玲曾这样描写过茶花的绽放:也许是在午夜时分,夜深人静之时,它不问青红皂白,没有任何预兆,在猝不及防之间,就整朵整朵地、任性地、鲁莽地、不负责任地、粲然绽开了,开得"让人心惊肉跳"。张爱玲也写到过在夜深人静时听到的玫瑰花开放和凋谢的声音:"起先是试探性的一声啪,像一滴雨打在桌面。紧接着,纷至沓来的啪啪声中,像无数中弹的蝴蝶纷纷从高空跌落下来。……那一刻的夜真静啊,静得听自己的呼吸犹如倾听涨落的潮汐。整个人都被花落的声音吊在半空,尖着耳朵,听得心里一惊一惊的,像听一个正在酝酿的阴谋诡计。早晨,满桌的落花静卧在那里,安然而恬静,让人怎么也无法相信,它曾经历了那样一个惊心动魄的夜晚。"

张爱玲本是女作家中少见的敢于把笔下的人物和故事写得异常冰冷、残酷和惨烈的人,可是,面对茶花和玫瑰如此触目惊心的凋谢,她竟然也会感到害怕,怕什么呢?怕它们的极端与刚烈。

汪玥含的小说区别于其他青春小说的地方就在于:当许多人都在写轻松浪漫故事的时候,她狠下心来写一个最沉重、最刚烈的故事;当别的作品写的是生命中不能承受之轻的时候,她写出了生命中不能承受之重、不能承受之冷。这当然也需要一种张爱玲式的刚烈、锐利和冷酷,太阴柔、太温和,写不了这样的题材和作品。我自己就写不了这样的作品,虽然我是男性作家。像金波老师这样温文尔雅和风格柔和的作家,估计也写不了这样极端的题材。

《乍放的玫瑰》这本小说里所写的,就是这样一些像茶花和玫瑰的开放与凋谢一样的少年。他们都不是像别的花朵那样,"想好一瓣,才开一瓣",而是突然间开放,即所谓"乍放",或者惨烈地凋谢,有着自杀式的悲壮。他们都在生活中扮演着各自的角色。他们既在承受着生命中不能承受的轻,也在承受着生命中难以承受的重。他们内心里有激情,可是面对现实却倍感迷茫。他们有眼泪,却并不完全为自己流。他们一直在飞,一直在找,却总是无法起飞,无法找到。也就像小说里引用的那首歌中所写的,他们要找的那种幸福,"在那片更高的天空",要想到达那里,他们的翅膀往往会卷起风暴。

因此我说,这部小说写的是这一代人青春期的尖叫与疼痛,写的是这一代人的"怕与爱",是青少年成长中无法逃避的内心的挣扎、反抗与纠结,甚至所付出的生命的祭献;小说的价值不在于写出了这一代人的"青春秀",而是写出了这一代人的"少年劫"。我曾经把这部青春小说与王蒙的《青春万岁》、郁秀的《花季·雨季》相比较过。《青春万岁》书写了20世纪五六十年代那个激情燃烧的岁月里,一代年轻人的浪漫主义、理想主义和英雄主义情怀;《花季·雨季》刻画出了90年代里的一代少年充分张扬自我个性、极力展现青春力量的精神风貌;《乍放的玫瑰》似乎更往前跨越了一步:张扬自我个性已经不成问题,随之而来的就是个人与周围、与家庭、与上一代之间的矛盾、冲突、纠结和反抗。这部小说通过这种冲突,把触角伸向了社会、家庭等所构成的"成长环境",写出了这一代少年人心灵所要承受的沉重的东西，以及他们的反抗、挣扎与突破。因此我觉得，《乍放的玫瑰》与《青春万岁》《花季·雨季》一样，都是不同年代的青春小说的"标志性作品"。

这其中最令人感叹的一个人物，是底层出身的、多愁善感的女生佟若善。有一个巨大而沉重的阴影，一直压迫和笼罩着她柔弱的内心，使她无力面对，总想逃离，却一直无处可去。她是在一个混乱的家庭中诞生的星星，可是她无法找到自己的星宿。她青春的生命里暗藏着太多被压抑的、叛逆的念头。她梦想着爱情，幻想着那个闯进了她心灵世界的研究生冷西墨，就是自己"一直渴望到来的暴风雨"和一直在寻找着的"那座强壮雄伟的山峰"，她觉得"终于可以将自己完全交出去了"。然而，冰冷的现实撕碎了她的梦。她试图反抗过，甚至想要报复曾经伤害过她的这个世界。但是，她的天性决定了，她缺少这样的冷酷和力量。她什么也做不了。她唯一能做到的，只有把那个巨大的心理阴影和最沉重的秘密，继续隐藏在自己心中，并且痛苦地叮嘱着自己："不，不要说，不要说，记住，永远也不要说……"可是，她内心里的伤痛无法真正掩埋。最后，她只能将自己青春的生命交给了一条漆黑的河流。

我们可能都知道一个经典的创作故事：法国作家福楼拜写到包法利夫人服毒自杀的时候，他给朋友写信说，他写到这里的时候，"我的嘴里充满了砒霜的味道，我觉得自己也中了毒，以致连续两次真的消化不良，吃晚饭的时候呕吐了两次"。我相信，汪玥含写这个女孩的死亡的时候，一定也是充满纠结、挣扎和痛苦的。她的这种纠结、挣扎和痛苦已经力透纸背了。她几乎是以张爱玲式的冷酷、尖锐的文字,撕开了这一代少年那温情脉脉的青春的面纱,让我们看到一些最真实和最凌厉的东西。我自己在阅读中也有此体会。在读到一个黑夜,压抑已久的佟若善从胸中发出那一声尖锐的长号,仿佛用尽了她生命中最后的力气的时候,心里真是"堵"得难受,我只好放下小说,到东湖边散了一会儿步,觉得稍微舒服了一点,才回来接着阅读。

我相信,作为一位严肃的文学作家,汪玥含一定会比别的一些作家走得更远。因为她在写作时所付出的心血和时间,比许多作家付出的都多。这也正是到目前为止,她的作品数量并不多的原因。她的文学创作状态不是"乍放的玫瑰",而是"想好一瓣,才开一瓣",是春播秋收、水到渠成。

2013 年 4 月 23 日,北京师范大学文学院

在田野上聆听拔节的声响

约翰娜·斯佩丽在她的儿童小说名作《海蒂》里，写到了一位常年住在阿尔卑斯山上的小木屋里的"阿尔穆爷爷"。他勤劳善良，却又有些古怪和固执。当山下的牧师劝他把小海蒂送去上学时，他却固执地说："不！我并不打算送她去上学。"他的朴素的"教育观"是，小海蒂是和阿尔卑斯山上的小羊、小鸟一起长大的，与它们相伴是一件幸福的事，胜过在最好的学校里接受教育，况且，小羊和小鸟是从来不会教孩子干坏事儿的。

《桑桃的村庄》是一部《海蒂》式的成长小说。它接纳着蓬勃而润泽的"地气"，也散发着夏日稻花的清香和浓郁的大自然气息。小说的主人公桑桃，是一个在上海大都市里长大的小女孩。在亲身回到、亲眼看到自己的妈妈童年时代生活过的地方——苏南大地上的那个名叫邱家湾的小村庄之前，她对农村的全部想象也无非是这样："那儿应该有一排一排并不整齐的平房，还有大片的田野，路是弯弯曲曲的石子泥路，上面有大大的脚印……"而且，"农村"这个字眼，在她这样的城市孩子心目中，总是与偏僻、闭塞、落后、艰辛、贫穷这

243

些字眼连在一起的,与上海这样的大城市有着遥远的距离和差别。

实际上,很久很久以前,邱家湾也的确仅仅是长江入海口附近的一片冲积的小沙洲,后来经过漫长岁月的沉积,终于在长江南岸逐渐形成一片广阔的陆地。但是在相当长的岁月里,邱家湾只是个江滩,只是一片沙地,人们把生活在这里的人称为"沙上人"。用邱家湾镇的那位书记的话说,40 年前,邱家湾还"穷得叮当响","姑娘们都往外嫁,小伙子都娶不到老婆,老百姓日子过得嘿咻嘿咻"。而正是在那样贫穷和艰难的年月里,一个名叫阿宝的男人,忍痛把自己的亲生小女儿月英,拱手送给了在上海的远房表妹当女儿,只为了让小月英能脱离苦海,不再留在邱家湾过那种苦日子。殊不知,从此以后,一种永远的痛和永久的悔——骨肉分离、故乡永失、亲情割裂……也就深深地刻在了父女两代人的心灵和记忆里。性格倔强的月英,一别 36 年,再也没有踏进过童年的家门;月英的父亲,自从拱手送走了小女儿后,心里一刻也没有停止过思念和愧悔。而在上海出生的桑桃,正是 30 多年前含泪离开了邱家湾的月英的女儿,阿宝的外孙女。这段发生在过去年月里的悲剧,在阿宝、月英父女的心上留下了 30 多年的隐痛,而邱家湾 30 多年来的发展与变化又何尝不是中国的乡村与城市 30 多年变迁史上的一个缩影?

《桑桃的村庄》以今天的少女桑桃回到妈妈当年忍痛离开的那个村庄的所见、所闻、所感为线索,通过三代人悲欢离合的故事,为我们展现了 30 多年来邱家湾的沧桑巨变,让我们看到了当年的一方江滩、一片沙地,是如何因为"赶上了好时代,碰上了好政策",而发生了翻天覆地的变迁,同时也给我们描绘出了今日苏南大地上的新农村和新一代农家儿女的梦想画卷与新生活的诗篇。

说《桑桃的村庄》是一部《海蒂》式的成长小说，是因为作者徐玲在作品里极力张扬了一种产生在新农村里的"成长美学"以及带有理想色彩的"儿童成长环境"：农村的天与地是广阔的，田野上的风与阳光是澄净和温暖的，村庄里邻居之间是人情怡怡的；而对于一个正在成长的孩子来说，能够置身于广袤的菜园，和蔬菜那么靠近，和泥土那么接近，和大自然那么贴近，无疑是童年时代无比珍贵和幸福的时光。

约翰·格林在他的名作《早晨对一位孩子的邀请》里，也说过这样一句话："家庭和学校，对任何孩子都带有禁锢意味，唯有大自然，才是一本最美丽的书。"来到广阔的农村世界，桑桃觉得："我的心跟着眼前这片庞大的绿色舒展、蔓延、膨胀……我永远都无法想象，在离我并不遥远的乡下，我妈妈的老家，有这样一个新奇美丽的世界。只是一片田野，就已经将我的心牢牢俘获。""我闻到了泥土的芬芳，那是一种能输送到骨子里的踏实感；我听到了音乐家的演奏，那是一首虽然单调却能使心灵平和幸福的生命之歌。就这么一瞬间，我突然有一种美妙的错觉，我仿佛就是这生命之歌的制造者之一……"

一直在大城市里出生和成长的桑桃，也不免会拿城市和乡村做一些比较，进而得出自己的看法："和乡下比起来，上海显得多么局促。""这儿才是大的！在这儿，睁开眼，我的眼睛可以看得很远很远；闭上眼，我的心思可以想得很远很远……"在这里，她感到自己整个身心变得那么轻盈美丽，"蝴蝶为我们引路，田野给我们让路，风在耳边呼呼说话，蔬菜们列着齐整的队伍……我仿佛长出了一对透明的翅膀,飞起来了"。这与其说是少女桑桃在描述自己置身乡村的感觉,不如说是作家徐玲在反思和抒发自己的一种"成长观念",在呼唤和描画一种崭新的、理想的"成长环境":"车轮碾过褐色的田埂,犹如我的翅膀划过金色的阳光,绿色的菜园顿时在我们周围明亮起来,热闹起来,新鲜快活的蔬菜们争前恐后和我这个远道而来的城市小女孩打招呼。这个说——你好哇,上海小姑娘!那个说——欢迎回家!"而且,生活在这里的孩子们,"一邀就是一大群,从这个埭到那个埭,大大小小都是伙伴,浩浩荡荡";而在充满喧嚣和焦躁的城市里,"我们整幢楼有那么多人家,那么多和我年龄相仿的人,我们经常在电梯口撞见,对彼此的穿着和气息那么熟悉,可是,为什么我们不能成为朋友?有的甚至连一句话都不说,简直就是最熟悉的陌生人"。

因此,少女桑桃走在邱家湾的土地上,简直就像变了一个人,与她在城市里的那种紧张、焦躁的状态完全不一样了。她的身心、她的肺活量、她的精神格局,都恣意地打开了。甚至她对生活、对世界的理解,都随之发生了巨变。正如她在自己的作文《巨大的村庄》里所写的那样,"这个巨大的村庄莽莽撞撞闯入我的眼帘,却一下子结结实实立在了我的心上"。

国际安徒生文学奖得主、奥地利女作家克里斯蒂娜·诺斯特林格,在谈到她为孩子们写作的一个"理想支柱"就是:"既然他们生长于斯的环境不鼓励他们建立自己的乌托邦,那我们就应该挽起他们的手,向他们展示这个世界可以变得如何美好、快乐、正义和人道。这样可以使孩子们向往一个更美好的世界。这种向往会使他们思考应该摆脱什么、应该创造些什么以实现他们的向往。"

徐玲在小说里也用了很多笔墨，刻画了这个正在成长的少女置身在美好的乡村里的心理变化："它在我心里是圣洁美丽、无与伦比的，因为它盛满故事，挂满果实，装着许许多多个邱家湾孩子童年的梦想，包括我的。这梦想像一颗种子在我心里安了家，邱家湾的一草一木都是它温暖的土壤，风雨露雪都是它成长的养分，它会破土而出，长成我希望的模样。""我的心中澎湃着火热的激情，我听见了自己骨骼拔节的响声，我要长大了。"

在小说里，跟随着桑桃的脚步，我们真切地聆听到了一个孩子成长的声音、拔节的声音。这种声音，就像少女海蒂在阿尔卑斯山上的乐观、健康、自信的成长一样，令人放心、欣慰和满怀期待。

小说也用了较多的篇幅，欣悦地描绘了苏南新农村的生活风貌。这种风貌不仅和鲁迅、茅盾、许钦文时代的江南农村大相径庭，而且与高晓声、曹文轩等作家笔下的五六十年代以及改革开放初期的苏南和苏北农村的风貌也不一样。徐玲笔下展现出来的是一个高速公路、数字电视、宽带网背景下的，全新的、"城乡一体化"的"新农村"。

但是更重要的还不是这些。更重要的是，新农村的美丽春天，终于用它的美好和温暖，融化了凝结在桑桃妈妈心中的岁月的坚冰，使这位性格倔强、隐忍半生、极其自尊的女性，最终脱下了 36 年的"倔强的外衣"，重新回到了童年的村庄，与自己的老父亲冰释前嫌。"爹爹，我回转了。"没有拥抱，也没有握手，就这一句邱家湾方言，让我们既感到了人间亲情的永恒的力量，也感到了一种足以穿透最漫长的岁月的温暖——这是新农村的春天给善良和勤劳的人们送来的温暖。

任何优秀的小说,总是会闪耀着一种理想的光华,总是要给人们的生活带来希望、梦想和信念。这部小说所描写的生活,是真实和自然的,同时也融进了作家的希求、理想和对未来的信念。作家在小说里借那位毅然选择离开上海,回到自己的故乡去工作的年轻的向老师之口,对桑桃这一代人说:虽然在许多地方,"城乡一体化发展综合配套改革才刚刚开始,一切都属于起步阶段,但我看到了希望。前几年新农村建设创造的成绩,必将在新一轮的一体化发展中得以发扬,许许多多个邱家湾会相继诞生。所以,回家乡,回到这片醇香朴实的土地,是我永不后悔的选择"。

这种美好的理想,也影响和感染着少女桑桃对未来的憧憬。"是的,我会回来的——我是说,等我学好知识和本领,会来这儿工作和生活,没有任何力量可以把我和这儿分开。"美好的梦想真如种子一样,在桑桃的心里安了家。她坚信,邱家湾的一草一木都是美好的,是梦想温暖的土壤,故乡大地上的风雨露雪,都是它成长的养分。这让我想到了诗人但丁的一句名言:"一颗白松的种子,如果掉在狭窄的石头缝里,也许只会长成一棵很矮的小树;可是如果它是被种在肥沃的土地里,可能就会长成一棵参天大树。"这句话正好可以印证徐玲在小说里极力张扬的一种成长美学:一个辽阔的、接地气的生态性环境,对于孩子的成长何其重要!

2014 年初夏,东湖之畔

248

不是"青春祭",就是"青春秀"

太过浪漫和唯美的青春小说读得多了,往往会带来一种危险:在真实的生活面前,我有时竟然分不清什么是错的,什么是对的,哪些是真实的,哪些又是不真实的了。正如浪漫主义者们一再强调要"相信童话",可是在那些现实主义者,尤其是批判现实主义者眼里,只要你一开始就从无数条林中小路中果断地选择了"童话"的道路,那么,你就应该做好一切准备,那就是,从一开始,直到白发苍苍,你都要忍受想象世界与现实世界之间的落差所带给你的折磨与痛苦,在你的开始里有你的结局。

我在为萧萍的青春小说《青艾的歌剧》所写的一篇书评里,曾借用过小说家米兰·昆德拉的一段话,来描述她笔下的那些青春风景:"那是由穿着高筒靴和化装服的少男少女们在上面踩踏的一个舞台,他们在这个舞台上相当认真、却又常常事与愿违地说着他们记住的话,说着他们狂热地相信、但又并非完全了然的话语。"就像那部小说里一个叫小艾的女主角所说的:"或许我们都在生活中扮演了戏里的角色。"我觉得,用这段话来评价唐兵的青春小说《我们的纪念日》里的那些少男少女,也是十分准确和省事的。

按说,作者作为一位青年文学批评家,作为曾经撰写过《儿童文学中的女性主义声音》这样的理论著作的青年学者,应该比一般的文学创作家更具有冷静的和理性的头脑,或者说更具有审视和发现生活真相、批判和解构虚假的表象的能力,甚至还可以说,她根本就不应该去写什么青春小说,她的"职责"应该是去担当起批判、解构和制止当下正在泛滥的所谓青春小说的重任。因为,已经在写的、正在跃跃欲试想写和将要去写的青春小说作家,已经有那么多了,可是,真正的批评家却是那么少。世界上的王子千万个,而"贝多芬只有一个"。为什么不去做"贝多芬"呢? 偏偏要去写什么青春小说。在这里,请容我先对这位青年批评家进此一言。

可是,糟糕的是,这样的建议其实只是我的一厢情愿。不仅作者未必会认同和接受,而且就连本来是向我约这篇书评的一家儿童文学评论刊物的编辑朋友,一看到我这篇文字并非是他们所期待的正面的"表扬",就赶紧委婉地退稿了事。其实,我这篇文字哪里谈得上有什么"批评"。由此也可见,在当下,真正的"批评"有多么难。我平时喜欢阅读,也常常应一些报刊之约写一点所谓的书评。但我深知,"书评"者也,无非是给一些新书说些好话而已,只要稍微涉及一点异样的"批评"的声音,十之八九是会被删去的。我自己可为自我作证:我这两三年里共有三篇应约而写的书评没有机会刊出,其中的原因是相同的,都是因为带着一点"批评"的声音。——当然,这都是题外话了。

现在来看小说《我们的纪念日》。事实上,这本小说和当下我们所看到的许多表现青春校园生活的小说并没有什么不同的地方。套用托尔斯泰的那句名言,我觉得幸福的青春年华都是相似的,不幸的青春年华才各有各的不幸。可惜的是,这本小说里所呈现的青春年华里的疼痛、沉重和不幸的那一面,并不是很多,依小说男女主人公的年龄来看,他们对那些曾经有过的欺骗、谎言、庸常、厌倦、迷惘、忧伤和疼痛,也并非完全不能承受。因此,这本小说从整体上看,仍然是一出温情脉脉的、带有唯美风格的"浪漫剧";或者说,是一出无论是主人公们的心灵上还是语言行动上都打着"e时代"烙印的"轻喜剧"。

青春小说中往往最能打动人、最容易拨动读者心弦的那种悲剧的力量,在这本小说里是先天性的缺失了。那么,既然不是一场感天动地的"青春祭",就只能是一场风花雪月的"青春秀"。在校园里,在教室里,在网络上,在QQ聊天室里,或者在那个名为"美国星期五"的西餐馆里,在郊游的旷野上,在校园剧社的简易舞台上……这些十七八岁的少年人果然都如米兰·昆德拉所言,穿着高筒靴和化装服,在青春的舞台上相当认真、却又常常事与愿违地说着他们记住的话,说着他们狂热地相信、但又并非完全了然的话语。——因为,他们有时刚刚走出虚拟的网络空间,转身又进入了经典话剧《雷雨》的情景。这些在约见网友时,手上拿着郭敬明的《幻城》的网络男孩、网络女孩,能演《雷雨》吗? 当然能。因为这是一场"青春秀"。只要他们愿意,一切皆有可能。

不必去怀疑作家在构思情节时是否过于追求浪漫和唯美,因而是否会伤及作品的真实性。不,恰恰相反,在我看来,这样的情节和细节,在我们这个时代,对于生活在当下的一代中学生——无论是"80后"还是"90后"来说,都是再真实不过的了。他们不仅是很会撒娇的一代,他们还是最擅长卖弄青春、挥霍青春和懂得怎样充分地使用自己的青春的一代。从来还没有过任何一代人的青春,像今天这代人这样富含"秀"的意味与价值。这是一场真正的"校花校草总动员"。就像小说里写到的出现在校园告示栏里的海报上的文字:"……校花校草网络评选将带给你校园生活中最富活力的亮点,快快报名啊!!!"整个社会似乎也乐于认可和接纳这场前所未有的"青春秀"。

正是基于这样的前提和理解,我在阅读这本小说时,似乎并不太在意作家笔下的那些大同小异的人物了。我甚至在怀疑——也可能仅仅是我的一种阅读期待——作者的整个文本,是否就是一个"反讽"的文本。小说里的所有人物,其实都是相似的一群,因为他们都处在同样的幸福、同样的年华、同样的时代风尚与流行趣味里。他们是极其"同质化"的一群人。尽管他们的家庭背景、个人性格、成长经历会有所不同,但他们互相之间没有什么本质上的差别。他们是被同一种教育模式和消费文化塑造出来的。他们其实并没有真正的个性,尽管他们看上去都是非常"自我"的一代。他们偶尔的反叛行为也仅仅是以"自我"为中心的,并没有多大的重量与意义,因此也总是显得那么苍白和莫名其妙。

小说里出现过不少次一些流行歌曲的歌词,还有一些当下的偶像明星的名字、一些打着时尚标记的物与词。它们不仅为小说贴上了时尚化和"当下进行时"的标签,似乎还在补充着和解说着,甚至是强调着弥漫在这一代少年人的成长环境里的一种无处不在的"秀"的味道。"这是我们的纪念日,纪念我们开始对自己诚实,愿意为深爱的人放弃骄傲,说少了你生活淡得没有味道。这是美丽的纪念日,纪念我们能重新认识一次。有些事要流过泪才看得到,不求完美要爱得更远要过得更好……"在小说里所写到的这些少年人心里,的确也有一些疼痛和忧伤,有一些成长的烦恼与发现。它们或来自家庭,或来自自己的亲人,或来自同学与朋友,或来自社会不同阶层的差别。他们的疼痛与迷茫,其实也是当下生活中的所有人的疼痛与迷茫。就像小说里的男主角向云天的爸爸的一句对白:"现在我也不知道什么是对什么是错了,……我想我到了重新认识一下自己的时候了!"

除了文本深层的"反讽"意味,这部小说里的整体色调是唯美、明快和阳光的,新鲜、浪漫的青春气息,一如校园进门处的那棵枝繁叶茂的桂花树所散发的淡淡的桂花香。而带着种种时尚印记的网络用语、流行文化和当下城市生活背景的嵌入,也使得这部小说充满了明显的时尚感和青春偶像剧的风格。而语言上的清丽与适度的幽默,也使小说显得更加好看。通常,青春小说作家会有一种不知不觉的表现:跟着他们笔下的人物一起"秀"、一起"炫技"。所幸的是,作者在这方面是警惕和节制的。

2008 年 5 月初稿,6 月 5 日修改于武昌

"新青春派"写作:逃离与释放

"新青春派"写作,虽然不是从《三重门》的作者韩寒开始,但韩寒和他的书确实把这股潮流推向了一个顶峰。比韩寒稍早一点的,已有郁秀的《花季·雨季》、肖铁的《转校生》、朱伲伲的《发芽的心情》、许言的《黑白诱惑》、陈朗的《灵魂出窍》等中学生自己的"自画青春"作品,而在韩寒之后,又出现了黄思路的《第四节是物理课》和《十六岁到美国》、冬阳的《雪球滚太阳》、张东旭的《我不骗你,我是天使》、林潇潇的《"高四"学生》、颜畅的《走进北大》以及郁秀的新作《太阳鸟》等。

这些作品的作者大都是十六七岁,像冬阳还只有十三四岁,最大的也只是二十来岁,然而他们的作品无论是题材内容还是语言形式,都贴着极其鲜明的青春朝气、新新人类乃至"另类"的标签,给人耳目一新的感觉。他们的写作不单单使文学变得如此年轻,他们的书在市场上也都创下了不俗的销售业绩,有的甚至连续居于书店销售排行榜之首。这种"小鬼当家"的现象,构成了目前图书出版和销售市场的一道亮丽的风景线。不仅作者队伍还在扩大,而且不少出版社也争先恐后、推波助澜,致使"小鬼当家"的现象大有愈演愈烈之势。业内人士甚至慨叹:文学写作与出版正在进入一个前所未有的"小男生小女生大比拼的时代"。

细看"新青春派"写作的作者构成,大致有这样几类:

一是像韩寒、张东旭这样有些"另类"特点的"偏才少年",为了文学写作,他们放弃了所有其他的学业,"我拿写作赌明天"是他们心中的信念;

二是像郁秀、黄思路、颜畅这样的小留学生,他们是同龄人中的幸运儿,受过完整的学业教育,素质全面的同时又拥有出众的文学才华,而身处异国他乡的所见所闻和切身体验,正好使他们的文学才华有了用武之地。加上国内出版社对留学生题材的看好、读者们对留学生生活的关注与好奇,遂使小留学生们的作品成为书市新宠;

三是一批写作天赋相当突出的文学少年,他们的文学训练开始较早,在继续完成全面的学业教育和知识储备的同时,且让文学才华的花朵早早绽放,这也没有什么不好。而且正应了张爱玲年轻时的一个说法:出名要趁早!

我相信,他们早早地浮出水面,当然不仅仅是因为"出名要趁早",其中也有个普遍的前提,那就是高速运转的信息时代也把这一代少年人的"变声期"和"创造期"整个地提前了。

公正地说,"新青春派"写作给我们送来了不少青春逼人、朝气冲天和感觉全新的佳作。少年才俊们那无所顾忌、自由灵动、敢于反叛和超越的创作姿态和文学精神,使我们对明天的文学有了期待的理由和信心。黄思路说:"与其朝花夕拾,不如带露折花。"似乎不仅说出了"新青春派"作者们的心声，而且也是对我们的文学"老龄化"的一种发言。

　　我甚至觉得，"新青春派"写作势如潮涌，还是当下一部分中学生深感高考升学压力和规范教育的束缚，而被迫选择的一种"摆脱"与"逃离"的结果。他们逃避了千军万马过独木桥的竞争，而独自撑起文学写作的孤筏，向着个人理想的彼岸划去。在任意飘荡的过程中，他们是自由和无畏的，才情和个性都得到了尽情的发挥和释放。因为他们暂时摆脱了一种精神流水线的规定和一些既定的语言秩序。他们的写作也并非有着什么远大和崇高的目标。他们甚至也不会都将写作视为自己今后唯一的追求，写作可能只是他们临时采取的逃离现有规范、展示自我价值、张扬个人才情的一种手段。

　　如此看来，对图书市场上的"小鬼当家"现象，实在是用不着大惊小怪的。已经进入营销时代的图书出版和市场，以及日渐成熟与独立的读者群体，自会适时调节这类书籍在整个图书市场上的比例。谁拥有读者，谁就有可能生存下去。正如谁升起，谁就可能是太阳。

　　至于写书人年龄的大小，也许并不是最关键的因素。只是，应该友好地提醒"新青春派"作者们的是，前面的路还很长，真正的文学写作也并非一朝一夕的事情，慢些走，走好些！——还有，走了一程之后，也不妨等一下，好让更多的人记住你。

　　　　　　　　　　　　　　　　　　2001 年春，武昌

发现童年的光亮与灿烂

不能不说,近几年来,有许多长篇儿童小说,故事情节和细节愈发稀松,人物形象飘忽不定,文学成分薄弱寡淡。表现在外部形式上,明明只需一个单行本就可容纳的故事,却硬是要注水稀释成一个所谓的"系列";充其量是一个短篇或中篇的材料,也硬是要抻成一个小长篇。于是导致了今日儿童文学创作经常为人诟病的一个缺点:泡沫化。这是急需儿童文学作家好好反思、痛改前非的一个课题。

但是也有少数作家和作品,一直在坚守和维护着儿童文学的品质、重量与尊严,决不滥竽充数或降格以求。肖复兴先生就是这少数作家当中的一位。他的长篇小说《红脸儿》,就是故事情节结实、生活细节密实、人物形象刻画鲜明、文学风格独树一帜的一部作品。肖复兴不愧为一位笔力老到、风格稳健、创作经验丰富的成熟作家,轻易不会出手,但只要一出手,拿出来的就是一部沉甸甸的、无可替代的杰作。读完这部小说,我禁不住要击节叹赏:久违了,这应该就是多年来难得一见的、带有《城南旧事》风味的儿童小说了。

小说写的是一个原名为"粤东会馆"的老北京大院里的

一群童年伙伴的生活经历。这是小说的第一条叙事线索和第一组人物形象。这些十来岁的孩子包括"我"、大华(外号"红脸儿")、九子和玉萍。四个少年各有各的不为人知的身世,因此也遭遇了各自不同的童年和家庭变故,比如大华曲折的身世秘密渐渐被揭开,玉萍的亲生父母的突然出现,"我"的亲生妈妈不幸去世后,二姨作为后妈接着进入了我的童年生活……生活现实与人生真相就是如此复杂和残酷。依照这些孩子的年龄,应该说这都是一些难以承受的生活之重。但是作者举重若轻,不避繁难,让这些正处在成长期的孩子勇敢地去面对、参与和亲历了冷冽的生活现实,看到了、并且敢于用一颗明亮、包容和勇敢的心,去拥抱和接纳人性复杂的真相。肖复兴在谈到这部小说的创作缘起时,借用过苏联作家巴乌斯托夫斯基曾经讲过的一句话:"只有当我们成为大人的时候,我们才开始懂得童年的全部魅力。在童年一切都是用明亮而春天的目光观察世界,在我们的心中一切都似乎明亮得多。"童心比童年更重要,心明才能眼亮。我想,作家写这部作品的拳拳文心,当然就是为了让这些少年人在不久即将踏入社会的时候,都能够用一种明亮、真实、健全的精神和心态,像亨利·詹姆斯小说里的一句话所说的那样,"Live life to the full(充实地去生活)"。这也是儿童文学作家关注世道人心、塑造儿童健全人格的神圣责任之一。

小说的第二条叙事线索,是站在孩子背后的那些成年人的人生遭际。这些成年人来自孩子们所属的不同家庭,如大华所属的徐先生和大姑、小姑一家人;"我"的爸爸、亲生妈妈和后妈;玉萍的养父母和亲生父母;还有九子的爸爸妈妈。从这组充满了爱恨纠葛和悲欢离合的人物身上,我们看到了人生的艰辛、命运的弄人、人性的复杂以及时代的影像。这是典型的"中国故事",故事所散发出来的也是最真挚的"中国情怀"。其中如徐先生的隐忍,方老师的矜持,小姑的担当;"我"的父母亲的古道热肠、是非分明,二姨("我"的后妈)的通情达理;玉萍的养父母牛家大叔大嫂的憨厚质朴、生身父亲的无助与无奈……都通过真实、生动的生活细节得到了刻画。也正是因为这些成年人的人生悲欢和日常生活中的言谈举止,使得院子里的这些少年渐渐地拥有了正确的善恶感、是非观念与价值观,拥有了同情心、担当以及对少年友谊的敬重与珍惜之心。孩子的世界,童年的生活,不是单纯的象牙塔和童话城堡,孩子们生活的天空也不是纯玫瑰色的,而是与复杂的社会人生、与曲折艰辛的时代密切相关。小说一点也没有回避这一点,因此也就具有了更为巨大和真实的现实主义文学力量。

其实,小说里还隐含着第三条叙事线索,那就是包括市井生活场景、自然环境、大杂院、名物、习俗、吃食、童谣、游戏等在内的老北京人的生活,以及正在远去的老一代北京人的童年生活细节。这部分内容和细节,在这部小说里占有很大的比重,也是作家饶有兴致地在书写着的一种真实、自然、自在和恣意的童年状态。实际上,这样的童年状态正在消逝和远去。因此,这第三条叙事线索,也是献给一代人的童年和少年时代的挽歌。

这条叙事线索,小而言之,是出于作家的"怀旧"心理,正如肖复兴自己所坦言的:"在北京一个叫粤东会馆的大院里,我从小在那里生活过21年。那是北京城一座有百年历史的老会馆,住着和我一起长大的童年伙伴。那些生活的记忆

259

一直处于沉睡状态,人到晚年,蓦然惊醒,特别是童年时期孩子之间最宝贵而纯真的友情,突然在记忆深处如花盛开,令我自己感动而情不自禁。"大而言之,其实作家是在书写着一种正在消逝的文化与乡愁。美国汉学家宇文所安在他的《追忆:中国古典文学中的往事再现》里说过一个观点:我们应该注意到,那些往事的"来龙去脉",也是一种事件秩序中的某些阶段,它们首先产生的是往事给人带来的心旌摇摇的向往之情,而要真正领悟过去,就不能不对文明的延续性有所反思,思考一下什么是能够传递给后人,什么是不能传递给后人,以及在传递过程中,什么是能够为人所知的。肖复兴在创作谈中有一个观点,与宇文所安不谋而合。他说,在写《红脸儿》的时候,"在面对自己的童年经验的时候,梳理其脉络,打捞其细节,补充其想象,这些都不难,因为那毕竟是自己的生命经历和体验。难在面对童年经验中要提炼出什么样的东西,要如何讲述,让今天的读者读的时候,并不感到时过境迁,或陌生,觉得只是作者自恋般的怀旧"。是的,每一个时代都会向过去探求,在其中寻觅和发现它自己的踪影,这就是寻找所谓的"文化根脉"。只有这种根脉和精神的自觉的衔接与传承,才能构成一部真正的、贯穿古今的城市与乡土文明史。

所有的诗篇都是旅程。肖复兴的这部小说也带有童年自传色彩,真实地呈现了他那一代人的童年成长经历。可以说,他在这部小说里,动用了他全部的童年记忆与经验,因此才能写得扎实而又丰盈多姿。例如他写"我"跟着调皮的九子恶作剧般地去奚落和嘲笑大华的身世,犯下了大错,结果挨了爸爸一顿打时的一段——"……我爸爸的扫帚疙瘩打在我的屁股上面的时候,我没有哭,没有求饶,甚至连吭一声都没有。我爸打我的时候,我妈站在一旁,一声不吭。我爸打完我,让我回屋睡觉的时候,我妈走进了屋,走到床边,坐下来,对我说:'别怪你爸打你,你爸是不想让你跟九子学,咱们做人,不能受人欺负,也不能欺负人。到什么时候,对人都得有同情心。知道不?'说着,我妈伸出手来,在我的屁股上轻轻地揉了几下,一边揉一边说:摅摟摅摟毛,小孩吓不着……"把"我"和妈妈的性格都写得栩栩如生,呼之欲出。再如当大华的亲生父亲来到徐家之时,真相大白,大华无法接受这个事实而离家出走,徐先生也因一时难以承受而晕厥在地,大家都忙乱成一团时,作者却不忘写到"我"对那个突然出现的男人的观察:"我仔细看了他的脸,没有什么红痣,也没有一点儿红痣的痕迹。那一瞬间,我在想,大华长得像他吗?有点儿像?还是有点儿不像?我不敢肯定。"这样的细节,无疑也十分符合一个一直好奇大华的神秘身世的孩子的心理。像这样生动和密实的细节,在小说里随处可见。有了这些密实可信的细节,才有了整个故事情节的结实和人物形象的鲜明。

父母一代人的悲欢离合、爱恨纠葛是孩子们的"人生第一课"。当生活和命运的真相水落石出之时,也正是这些少年人懂事和长大之日。小说快结束时,在经历了各自的童年的悲伤、家庭的变故等成长洗礼之后,大华、玉萍、九子和"我",都像破茧而出的蚕蛹,真正地长大了。我相信,当大华从深夜的河水中一跃而出,拨开水流向我们游过来的时候,这个孩子已经变成了富有力量和进取的勇气、敢于去迎接任何艰难困苦的少年。

这幅画面,具有强烈的象征意义,让我想到《约翰·克里斯朵夫》的结尾里终于渡过河流的克里斯朵夫：早祷的钟声突然响了，无数的钟声一下子都惊醒了。天又黎明。黑沉沉的危崖后面，看不见的太阳在金色的天空升起。于是他对孩子说："你是谁呀？"孩子回答说："我是那即将到来的日子。"

2016 年农历端午，武昌东湖梨园

一位外国的儿童文学作家在谈到儿童诗的形式时说过这么一句话："世界上没有渺小的形式下，同样可以产生优秀的甚至是伟大的作品。"这里的意思很明白：在只有渺小的诗人。

句话应该成为所有从事儿童诗创作的诗人的信念。儿童诗绝非一些人

"小儿科"的诗

致《儿童文学》诗歌编辑

编辑同志：

新年第一期读到顾城的诗《灰鹊》，以及诗歌后面所附的那段小析，非常兴奋。这不仅仅是对顾城的肯定，重要的是，《儿童文学》能刊登这样的诗，可能预示着一个新的儿童诗歌美学"势头"的到来。

我自己就一直在创作您所说的"临界诗"（属于"准青年文学"），叫"校园诗"吧（可能比"儿童诗"的概念更宽泛一些）。我是真心希望《儿童文学》能好好地多刊发几组这样的儿童诗的。至少我也会尽我最大的能力来创作最好的诗给《儿童文学》。非常希望得到帮助和指点。

徐鲁

1987 年早春

读《中国当代儿童诗丛》

　　诗歌是黑夜里为人们照亮道路的星光，诗歌是黎明时滋养着小草和花朵的露珠，诗歌是点燃人类爱心的火焰，诗歌是洒在理想原野上的春雨。哲学家说：读诗使人灵秀。文学家说：如果你热爱诗歌，那么你就会更加热爱生活、热爱世界、热爱生命。

　　新时期以来，中国儿童诗创作有过繁荣与辉煌。用资深儿童文学评论家樊发稼的话说："如果说我国的童话、儿童小说比起世界上最杰出的作品至少是各有千秋的话，那么，我国相当数量的儿童诗精品，不仅绝不逊色于我们已经看到的世界上最优秀的儿童诗，而且在艺术上还超出他们一筹。"著名翻译家、诗人屠岸先生（史蒂文森的儿童文集《一个孩子的诗园》《英美著名儿童诗一百首》等作品的中文译者）拿中国当代的一些优秀的儿童诗作品和英美一些优秀的、经典的儿童诗做了一番比较后，也持与樊同样的观点。然而，近些年来，我们的儿童诗创作却明显走进了"低谷"，不仅面临着种种艰难与寂寞，而且正在呈现越来越衰颓和萎靡的趋势。当然，儿童诗坛不景气，并不意味着儿童诗的薪火行将寂灭和消失。我们还有许多有良知的诗人和儿童文学作家仍在默默地、无怨无悔地为孩子们写作儿童诗;孩子们的心灵世界也还需要优美的诗歌的滋养和高雅艺术的提升。因此,总结和展示儿童诗创作的实绩,扶持和振兴儿童诗创作,为小读者们提供精美和雅致的精神食粮,不仅是每一位儿童文学作家的天职,而且也是所有少年儿童读物编辑与出版者义不容辞的责任。

由束沛德主编的《中国当代儿童诗丛》,正是老中青三代诗人联袂奉献给跨世纪一代小读者的精美礼物。丛书汇集了曾卓、金波、高洪波、徐鲁、聪聪、薛卫民、姜华、邱易东等八位诗人和儿童文学作家的最新儿童诗作。从内容上看,这八本诗集高昂而健朗,题材丰富而宽泛,充分展示了色彩缤纷的大自然、大时代和充满了欢乐、忧伤、梦幻、秘密的儿童情感世界。对祖国母亲的歌颂、对故乡故土的眷恋、对亲情友情的赞美、对美好未来的憧憬,以及对大自然的吟唱、对生态环境的关注、对人生哲理的揭示等,都在诗人们的笔下得到了抒写。而在艺术风格上,无论是曾卓的真挚自然、金波的清新隽永、高洪波的机智幽默、徐鲁的恬静和谐,还是薛卫民的浪漫清新、姜华的细腻精巧、邱易东的深层开阔、聪聪的诙谐风趣,都独具风采而又相互映照,鲜明地显示了他们在探索、追求艺术个性化以及寻求通往孩子们心灵世界的宽阔大道上的耐心与热情。

一位外国的儿童文学作家在谈到儿童诗这种形式时说过这么一句话:"世界上没有渺小的体裁,而只有渺小的诗人。"这里的意思很明白:在儿童诗的形式下,同样可以产生优秀的甚至是伟大的诗人。这句话应该成为所有从事儿童诗创作的诗人的温暖的信念。儿童诗绝非一些人以轻视的口吻所说的什么"小儿科"。史蒂文森的儿童诗集《一个孩子的诗园》就是一部英国文学和世界文学中的经典名著,在英语世界里,它已是家喻户晓,不仅深受儿童们喜欢,连成年人和老年人也爱不释手。这样一部儿童诗名著,应该成为我们所有儿童诗创作者的一个优秀和伟大的标杆。为此,我们也应该向这本书的中文翻译者、一直关怀着中国的儿童诗创作的老诗人屠岸先生致敬。

1998 年春夜,北京

你有一条诗的长河

　　——给诗人圣野的一封信

圣野老师,您好!

　　有好些时间没有给您写信了, 但我一直在心里惦念着您。现在收到了您的这部大书(《圣野诗选》,少年儿童出版社 1992 年版),我是多么欢喜! 我早就从报纸上看到少儿社已出版了这套大型的《骆驼丛书》的消息。现在读着您的这部厚重的诗选集, 真有点爱不释手。谁说儿童文学是"小儿科"? 谁说写儿童诗的诗人只能写作和出版一些薄如纸片儿的小册子? 不,我拿到您的这部厚厚的作品集的第一个想法就是: 我们的儿童诗集完全可以与《艾青诗选》、《普希金诗选》、惠特曼的《草叶集》和聂鲁达的《诗歌总集》摆在一起! 这不仅仅是就我们的儿童诗集的外形(厚度)而言,您知道,我所指的更在于它的不容忽视的对一代代小读者的影响力。应该说, 您的这部大书中的许许多多创作和发表在不同年代、不同背景下的诗篇,都已经在几代中国儿童的心灵中,留下了它们深深的烙印。您在写给金华师范附小的那首诗中说,艾青小时候是吃了大堰河的奶水长大的,而您又是"吃了艾青的诗歌奶水而终于爱上了新诗的"。我觉得,您半个多世纪以来的诗歌创作,也是一条源源不断的"乳泉",是诗的奶水之河,是"大堰河"的支流。或者说,这些诗篇,有的如同火花,有的就像种子,有的则是永远闪亮的水晶。现在,它们是我们这个国家的孩子们所拥有的珍贵财富;到了未来的世纪,等到再过几代人之后,我相信,它们仍然是我们的子孙们的珍贵财富。

我用了一整天的时间,坐在阳光下和树荫下,饕餮一般地把这部大书匆匆地、却又是不放过每一页地翻阅了一遍。读到精彩的篇什时,我也禁不住像高尔基读书时所做的那样,把书页对着阳光照一照,仿佛要看看它们里面是不是藏着什么魔法和小精灵。这里所选的诗篇,有的是我非常熟悉的,可以一下子唤醒我当初的阅读记忆的;有的则是第一次读到。它们的品种、形式也真是足够丰富,朗诵诗、童话诗、哲理诗、小叙事诗、儿歌、游戏诗、散文诗……应有尽有。这儿是一片诗的大草甸,是没有任何遮拦的金色草地。任何小孩子都可以自由地踏进来玩耍,就像王尔德童话里的巨人的花园。这里有各种各样的花,有的鲜艳而骄傲,使人不忍心去碰它一碰;有的好像一颗颗小水珠,轻轻地一笑就可以把它们吓得滚落了。读到这样的小诗时,我会禁不住莞尔——这位善良的老爷爷,怎么有着这样天真的、近乎小宝宝一样的想法呢?怎么有着这样的耐心与灵性呢?就像在捏着一个又一个小泥人儿似的。我知道,这么一些快乐的、智慧的、清新的小诗,可不是随随便便就能写出来的,如果有人不信,那就请来写上几首看看,写几首让我们的孩子看看,看看孩子们到底喜欢谁的。至于那些可能会小瞧这些快乐的小诗的人,我觉得那只能说明他们还缺少这么一种天真与灵性。

我还特地把书前的几幅照片仔细地看了又看。——当我写到这儿时,我又忍不住把它们再看一遍。我每一次都看到了您年轻时的英俊的脸庞。我更看到了,漫长的岁月把一张曾经是那样英俊而年轻的脸庞,硬是刻画成了一枚"核桃",或者说,在一张年轻的脸庞上开出了一朵朵"菊花"。而这个过程,也就是在您为孩子们写作的半个多世纪的光阴中完成的。您和鲁兵、田地诸位先生的合影,也使我想到,这几位老作家、老诗人,可都是为了孩子的事业而辛苦了一辈子的"老儿童",都是童心不泯的"老精灵"呢!而您和冰心先生在一起的样子,多像一个诚恳的小学生正在向自己的老师交出刚刚完成的作业本。这种虔诚和虚心写在您的脸上和眼睛里,是那么自然、可信、可敬。这里没有任何功利性,有的只是爱与美、诗与真,还有朴素的人本身。这才是真正的"请教"。您和艾青先生的合影也那么自然亲切,您的朴实的正在"稍息"的状态,就像一位小老弟站在老大哥面前,又像一个士兵站在自己的班长身边。还有您和两位小作者的合影,这本身也是一首诗:两只依人的小鸟,含笑依偎在一棵老树的怀抱里。我从中看到的是我们这个民族的善心与爱心,看到了人性中的大美与大爱。我不知道,当这两位小朋友在若干年后,他们都长大了,或者变老的时候,再看到这张照片时,他们会怎么想,会有怎样的心情。

读到您的这部诗选,我还想到了两个情景、两个画面。一个是泰戈尔在一篇散文诗中写到的:他曾设想过,自己背着沉重的货物,在这个世界上到处漂泊。国王发出要抢夺他的货物的恫吓;年迈的百万富翁想用重金购买他的货物;一个美女想以自己甜美的微笑引诱他。但货物的重负依然压在他身上。最后，一个玩着贝壳的赤脚小孩，抱住他的胳膊说：
"这一切都是我的！"当他不谋求任何报酬，而心甘情愿地把
自己的货物交给那个小孩时，他才感到，自己终于卸掉了身
上的重负。还有一个情景，是罗曼·罗兰在《约翰·克里斯朵
夫》的尾声写到的：年老的克里斯朵夫背着一个小孩，在逆流
中渡过了那条大河。太阳正在升起。他感到肩头的孩子越来
越沉重。他忍不住问那个孩子："你是谁呀？"孩子回答他说：
"我是那即将到来的明天！"

　　我觉得，儿童诗之于您，正像泰戈尔身上的那个包袱，
也很像年老的克里斯朵夫肩头的那个"孩子"，您背着它走了
半个多世纪！

　　这部诗选囊括了您这一生最主要的儿童诗作品，这是
您最值得自豪的财富了。但我还觉得，作为一本诗选，您的为
数不少的"成人诗"——尤其是 20 世纪 40 年代里在新中国
的"黎明前"创作的那些作品，我看选集里就没有收入，这未
免有点可惜。倘若您的"成人诗"也有一辑列入其中，那也许
更好。我记得我念大学时读到的《被遗忘的脚印》等诗选集中
收录的您的一些诗篇，至今犹在眼前。

　　其次，我还觉得，这部诗选的后面倘有一个创作年表之
类的东西会更完美。您的"后记"有价值，但还是让人觉得不
足。如果以后再版，我觉得这些都可以考虑补充进去，对于读
者、对于研究者都是大有益处的。

　　谨颂安康！

徐鲁

1992 年 10 月 8 日晨

热爱母语，从童谣和儿歌开始

　　我曾为一家出版社出版的一套经典童谣书系写过一篇序言，其中讲过这样一个小故事——有一天，一位年轻的母亲抱着孩子去请教达尔文："请问先生，我的孩子应该从何时开始接受教育？"达尔文沉吟了一下，反问道："您的孩子有多大了？"母亲回答说："才两岁半。"不料，达尔文竟惋惜地说："恕我直言，夫人，您已经迟了两年半啦。"

　　这里的意思很明白，就是说，对幼儿的教育，必须及早着手，最好从孩子还在摇篮里时就开始，甚至更早的所谓"胎教"。科学家和婴幼儿教育专家已经证明，小孩子长到半岁时，听觉就已经很发达了，而且听到有韵律的声音时，会倍感愉悦。儿童教育学家们也发现，婴幼儿开始牙牙学语时，总是先学音节，而后才懂得字词大意的。由此看来，童谣和儿歌在儿童早期启蒙教育中，有着别的启蒙形式所无法替代的作用。

　　有许多口口相传的童谣、儿歌，甚至带有纯粹的游戏和逗乐性质的游戏歌，往往是一辈辈老人如姥姥、奶奶和妈妈，在哄逗婴幼儿入睡或与孩子游戏玩耍时，顺口即兴编唱出来的。这些美丽的老童谣和老儿歌又被称为"母歌",不仅语句浅显、韵律简单、朗朗上口,而且易于幼儿念诵。幼儿在接受了最早的"母歌"之后,还应循序渐进,继续去接触一些由儿童文学作家们创作的儿歌和童诗。

老作家葛翠琳为小孩子们写作的时间已经有半个多世纪了,是一位受孩子们热爱的"童话奶奶"。细心的读者和家长也许早就注意到了,她在不同年代所创作的许多童话里,都会根据故事情节、人物角色和场景气氛的需要,穿插进一些有趣的民歌和童谣,而贯穿在葛翠琳童话里的诗歌的意境、韵致和浓郁的抒情性,更是从整体上成为葛翠琳童话的一个显著的特色。

《宝贝快乐童谣》是葛翠琳和她的儿子、青年作家翌平一起为小孩子创作的一部童谣、儿歌和儿童诗集,收入不同题材和风格的作品近百首,并由著名画家吴儆芦一一配上生动活泼的彩色插图。本书采用了一种大 16 开本,画面舒阔,字号疏朗,整体上堪称诗画俱美,达到了一种图画书的效果。

这部童谣、儿歌集的题材丰富多彩,涉及了爱心、友谊、感恩、互助、亲情、自信自立、勇敢、诚信、环保、幻想、自然认知、四季物候常识等主题,不仅是一本对小孩子进行童诗启蒙的朗读读本,还是一本润物无声的、有关幼儿心灵成长和美德教育的"亲子共读"读本。且举几首为例。《清水河》:"河水清,河水亮,星星在河里捉迷藏。鱼儿围着星星转,拍起水花掀起浪。"简单清浅的文字营造出优美的诗歌意境。《可爱的大海》:"天蓝蓝,海蓝蓝,天海紧相连。小船海上漂,浪花拍沙滩。天蓝蓝,海蓝蓝,天海紧相连。海鸟来回飞,鱼儿游得欢。……"《雨滴》:"淅沥沥,淅沥沥,可爱的小雨滴,你从哪里来？又往哪里去？淅沥沥，淅沥沥，清凉的小雨滴，大树欢迎你，小草欢迎你。"这样的诗句不仅富有儿童生活情趣和游戏趣味，而且传达着一种温暖的爱与美，美在有意无意之间。

童谣和儿歌往往是孩子们最早接受的，而且有可能影响到他们毕生的性格气质和精神趣味的"纯诗"。中华民族向来就有"诗教"的传统。有许多成功的例子表明，小孩子进入学龄前，他们最先接受的文学启蒙、益智教育、美德和好习惯的引导，以及健康快乐的游戏精神，都是通过童谣、儿歌来完成的。自然，这些作用是由童谣、儿歌所具有的从内容到形式的丰富、活泼、优美、适用的功能决定的。

细心的小读者，尤其是那些经常精心地为自己的孩子挑选启蒙读物的妈妈将不难发现，《宝贝快乐童谣》里的童谣、儿歌在内容、形式和功能上，也是多种多样、多姿多彩的，有的是简单的逗趣歌、摇篮曲，有的是富于幻想和益智色彩的童话歌、知识歌，有的是有趣的游戏歌、好习惯歌，有的则是练习语言、思维和智力的数数歌和谜语歌。例如这首童诗："开窗、关窗，窗户里有对小小的娇姑娘，哪个惹她们伤了心，立刻变得泪汪汪。"显然是一首有趣的谜语歌，标题（即谜底）是《眼睛》。再如《小猫》："生来就有小胡子，脚上长着尖爪子，还有一副好嗓子，喵呜喵呜叫一声，吓跑馋嘴小耗子。"《牵牛花》："牵牛花，往上爬，先长叶，后开花，清早吹起小喇叭，嘀嗒，嘀嗒，嘀嘀嗒。"这样的童谣不仅是生动的逗趣歌，而且在有意无意中教幼儿认知了一些事物和生活常识。

这些童谣、儿歌在整体基调上呈现着健康、快乐和真、善、美的特质。其中一些童谣还闪烁着中国民间文学和传统文化智慧的光芒。例如这首《茄子》："紫溜溜小树儿，紫溜溜花儿，紫溜溜手绢儿里包芝麻。紫溜溜茄子枝上挂，哪个偷吃咬一口，染紫了贪吃的馋嘴巴。"再如《找馍》："小驴要吃馍，馍馍不见了。馍呢？猫吃了。猫呢？上树了。树呢？火烧了。火呢？水泼了。水呢？小驴喝了。"这样的童谣里显然流贯着中华民间文化的记忆与情致。我相信，这些亲情怡怡、童趣丰饶的文字，足以伴随着一代代孩子度过各自纯真的孩提时光，优美的韵律必将回响在他们遥远和亲切的记忆深处，成为他们一生最难忘的忆念与最温暖的怀想。

这些童谣使小孩子在大声诵读和快乐地享受文学美感的同时，也进一步提高了智力，锻炼了观察、认知和分辨的能力。这本书的编选与出版，无疑也带有一种倡导的意义，即希望今天的家长们，能够从小引导和培养小孩子对自己民族优美的母语的热爱之心。热爱母语，从童谣和儿歌开始，当然是最好不过了。享受语言的美，创造语言的美，当然最好也是从念诵儿歌和童谣开始。同时，也希望今天那些兼有童心和母性的儿童文学作家，也能俯下身来，为低幼年龄的孩子们多写一点新的儿歌和童谣，从而使中华传统儿歌和童谣的宝库变得更加丰富多彩。

2008 年初夏

梦想的诗学

　　如果说，一个民族的群体的"秘史"通常都是由小说来完成的，那么，作为个人的心灵的传记，则总是由诗歌来担当的。美国诗人罗伯特·沃伦认为："几乎所有的诗都是自传的片段。"而罗伯特·勃莱也用"所有的诗篇都是旅程"表达了同样的意思。

　　朱效文在儿童诗集《寻梦少年》"后记"中特意说明，他把诗集定名为"寻梦少年"，既是由于他把"寻梦"看作是少男少女的一个重要的心理特征，也是因为他把想象与幻想对少年的成长和未来的影响，理解得异乎寻常的重要。尽管如此，我仍然愿意在他这两层意思之上，再加一层，那就是，所谓"寻梦"，既是对当代少男少女这个特殊的群体的精神状态的总括，同时也是私人内心所有隐秘的欲望的自况。寻梦的少年，其实也是指诗人自己。人生于世，不就是一个不断地失去、又不断地寻找，不停地梦想、又不停地幻灭的过程吗？而梦想，也并非完全是虚幻和缥缈的。可以说几乎所有美好的形象，都始于梦想。况且，对于一位诗人来说，当他一旦开启了自由的梦想之门，也就是打开了通往创作的道路。梦想的后花园,储存着他所有的记忆、经验与想象。那是他在现实和梦境中的全部旅程。

朱效文的诗歌显示出了他的一种独特的心智与倾向,那就是,他十分相信,梦想(他有时也把它们称作想象与幻想)是生命最重要的一部分,梦想既能够协调生活,也能够为信仰、为走向真实的生活做好精神准备。一个"既掌握一定的科学文化知识,又具备丰富的想象与幻想能力的孩子,才是最有出息的孩子"。他认为,与此相反,如果一代孩子都成了缺乏想象与幻想力的思维僵化者,那将会给国家和民族在某一阶段的科学进步和社会发展造成难以弥补的损失。因此,在朱效文的诗歌里,就有了许多"幻想之歌",有了"男孩的梦""寻梦的少年""多梦的暑假""龙的梦"等。"少年要寻回他昨夜的梦境,少年要寻回他心灵的希冀""为了这份梦中的美丽,少年愿意毕生地寻觅",成了他反复歌吟的一个"谐振"的主题,一个永不满足的"复合声"。仿佛是一种召唤,一种邀请,不,也可能是一种与生俱来的渴念,这些诗歌使我们在从容的阅读中也不知不觉地参与了作者的梦想,并且在阅读中极其自然地融入了我们各自的梦想中的童年与青春……

我们只要留心,就不难发现,梦想与幻想,是朱效文这本诗集中出现得最多的两个词。我相信,在这两个词的深处,隐藏着诗人最重要的动机。而他诸如"这是我们最重要的梦想,梦想离开都市的街巷,去古老的乡野,去大河的源头……在诗意飞扬的假日里,我们结伴去远方"的歌声里,我们更直接地看到了,从前的那个寻梦的少年,即诗人自己,其实一直沉浸在一片蓝色的海洋似的梦境里,那是他全部的忆念与渴望。在这样的梦想中,一个相对完整、独立和自由的世界在形成。这是诗人所创造的世界。就像加斯东·巴什拉在他那本有名的著作《梦想的诗学》里所说的，这种梦想与幻想，乃"致力于展示未来"，"我们将会看到某些充满诗意的梦想是对生活的遐想，这些遐想拓宽了我们的生存空间，并使我们对宇宙充满信心"。

1998 年冬天,武昌

晚归的摘星人

　　说马及时先生是我 20 年前的"诗友"，似乎有点僭越。因为无论就年龄还是诗龄来看，他都比我年长，至少应是"诗兄"。但是在 20 世纪八九十年代里，我们确实是经常在一起发表作品的诗友，大凡只要有我的名字出现的地方，他也总会及时地现身；或者说，只要有马及时作品出现的地方，也总能找到我的文字。那时候我们两人写作的路数也有许多相似的地方，我们似乎都在重复不断地书写着一种"永不满足的复合声"：童年、故乡、山村、校园，诸如此类。整个八九十年代，我们的写作就这么消磨在少年诗、散文诗和抒情散文几种文体上，稍微有所不同的是，马及时对童话颇为钟情，而我对人物传记稍有偏向。那时候我们也经常在上海《少年文艺》月刊上不期而遇。《少年文艺》当时惠光普照，曾在各个省份巡回为自己的一些"重点作家"开过作品研讨会，我和马及时都很荣幸地进入了被研讨的名单。

　　使我感到意外的是，马及时到了 61 岁才出版自己的"处女集"。这就是不久前承他惠赠的《马及时儿童文学作品选》三卷本，包括诗歌卷《中国孩子》、散文诗卷《金蝉唱晚》、散文卷《童年旧事》。书末还有预告,另有童话卷《魔鬼选美大会》和故事卷《粗心的小毛》暂未出版。

这是三卷迟到的书,是在晚秋盛开的"迟桂花"。20年前我写过一首短诗:"没有一朵花,不渴望在春天盛开。含苞未放,不是要故意错过季节,只因为心中还另有期待。"想不到我的诗竟应验到及时兄身上了。由此我也想到及时写过的一首漂亮的短诗,写到了黄昏时从田坎上归来的那些"摘星星的人",披着满天的晚霞,每一双眼睛里都透着喜悦。诗人马及时,不正是一个"晚归的摘星人"吗?

这三卷书都由老诗人流沙河先生题写书名。老诗人的字铁画银钩,一丝不苟,而又清雅方正,看上去真是赏心悦目。及时的作品风格其实也是十分清雅的。他说自己"一生性格拘谨、内向,不苟言笑",而且自我评价说,"我始终坚持认为:马及时是一个严肃认真而充满激情的儿童文学作家"。能够有这份清醒、良知和自信的人,就足可信任。

马及时的少年诗歌清丽而澄澈,闪烁着80年代独有的单纯和理想的光芒,散发着那个时代的青春气息和文化气息。他写乡村少年精神世界的单纯、朴素与真诚,写得温婉有致,同时也让读者感受到了他独特的才情和睿智的心灵。无论是抒写在故乡川西平原上的童年生活往事,还是描写当代少年儿童的校园生活,作者都把真诚的笔触深入到生命成长、心灵成长的本质上,细致入微地抒写了这个年龄段的激情、理想、憧憬与梦幻,也真实生动地刻画了儿童们成长中所必须面对的痛苦、烦恼、忧郁和艰辛。流露在诗人笔端的眷顾深情和悲悯情怀,有着直抵人心的温暖力量。我相信,只要是从那个年代成长起来的那一代人,读了这些作品,一定会倍感亲切,能产生更加真切的共鸣和理解,我自己就从其中窥见了自己的身影和成长的轨迹,感受到了一种温暖的乡村忆念和眷恋之情。这部《中国孩子》也呈现着一种青春岁月的低调的热情与浪漫,一种空灵和唯美的诗意。选入这本诗选集里的作品,大多是适合少年儿童阅读和欣赏的精粹之作。这部诗集不仅集中展示了马及时个人儿童诗、少年诗创作的风貌与成就,而且也从个体的角度反映了当代中国儿童诗、少年诗所达到的思想和艺术水准。

所有的诗人都是还乡的。很少有诗人不对自己的乡土怀有某种与生俱来的依恋感和归属感。被巴乌斯托夫斯基称为"钉在散文十字架上的诗人"的普里什文说过,在他一生的奋斗中,使他显得突出的,就是他的乡土性和民族性。"我像草一样,从大地上出生,像草一样开花,人们把我割下来,马吃掉我,而春天一到,我又一片青葱,夏天,快到彼得节的时候,我又开花了。"对大多数诗人而言,他也许是故乡大地上的那个永远吹着短笛的牧童,也许是挂在异乡的树梢上的一只望乡的风筝,也许就是依恋着故乡大地的那片青草、草地上的那簇风信子,荣与枯、生与死,都是和自己的故乡连在一起的,就像一首牧歌里所唱的:"你无论走得多么远也不会走出我的心,黄昏时的树影拖得再长也离不开树根。"

马及时是一位幸福的乡土诗人,他也无须"还乡",因为他就像那位一辈子都生活在自己的故乡比利牛斯山区的法国诗人弗朗西斯·亚姆一样,从来也没有离开过他美丽的乡土家园——川西平原。那里的山川河汉和一草一木,都装在他宽阔的心上。他以温婉、恬静、自足和良善的心境,与自己的乡土对话。他的散文选集《童年旧事》,就是他写给故乡和童年的另一阕深情的恋歌和挽歌。

　　他写的都是自己亲眼看到的、亲身经历与感受过的乡土琐事和故乡景物。他悉心寻觅和发现着那令他激动和热爱的词与物。青色的川西平原,尚未被现代工业蚕食的淳朴的农业生态,散发着玉米、干草和马粪气息的热闹祥和的小镇,人情怡怡的邻里关系,寂寞的闪闪发亮的小溪和鹅卵石河滩,在黑暗中画着若有若无的银线的萤火虫,正在成长和渴望远游的少年,安静又带点甜美忧伤的童年生活……他的一篇篇散文就是最好的"乡土志"。或者还可以说,它们是如汉姆生的《大地的成长》那样的"土地赞美诗";如利奥波德的《沙乡年记》(又译《沙乡的沉思》)那样的,从"土地伦理"和"生态良心"出发,对一种无边的土地道德和纯净的农业文明所发出的留恋、追忆与呼唤。

　　正如有位学者在评论侯孝贤的《童年往事》等电影时所提出的一个命题:所谓最好的时光,其实是指一种不再回返的"幸福之感"。并非因为它美好无匹从而让我们眷念不休,而是倒过来,正因为它是永恒的失落,我们于是只能用怀念来召唤它,它也因此才成为美好无匹。实际上,在阅读马及时这些有关童年回忆和"乡土志"题材的散文时,首先使我联想到的正是侯孝贤电影的意境和况味。回荡在作品背后的,是一曲曲"失去"的挽歌。

　　马及时也写到了自己生命中的许多亲人和友人。那是走过他的生命的一些不同寻常的人,有时是意外的相逢,他立即就很喜欢他们,无奈他们总有离他而去的一天,去到另一个地方,去到另一个世界,有的是他的长辈和亲人。然而,所有美好的回忆,乃至日后的美好片段,即使是短暂的相逢……其实都是能够经受和战胜那漫长生活道路中的许多波折而留存下来的,任何外在的力量,最终都不能把它们阻隔和分离。他的《父亲》《外婆的泡菜》《捡水柴》《割肉》等,叙事风格虽然都是平和至极,甚至不动声色,却都具有一种直抵人心的感染力。

俄罗斯"白银时代"诗人曼德尔施塔姆写到他与之同呼吸、共命运的故乡时,有这样的诗句:"我回到我的城市,熟悉如眼泪,如静脉,如童年的腮腺炎。"对于马及时来说也是如此。伤逝与怀念,回望与追寻,还有对那失去的童年时光的深深的眷念与乡愁……他的作品几乎就是他对过去生活的无限的忆念,无论是在诗中还是在散文与散文诗中。那是他这一代人的心灵中永远磨灭不去的"怕与爱",是他对自己艰辛和坚强的乡土大地的刻骨铭心的"爱与知"。他的散文里也传达着一种对生命、人性、土地、自然的认识、热爱和敬重。相比他的诗歌来说,他的散文更加朴素和节制,洗练的文笔里呈现着一种诗性的书写风格。

2008 年冬,武昌东湖梨园

世界上没有渺小的体裁

——2007 年儿童诗巡礼

1992 年诺贝尔文学奖获得者、诗人沃尔科特曾经抱怨，他的手指要拂过弗罗斯特、艾略特、庞德、叶芝和希尼等众多大师的诗集，才能挑出一本几乎是隐藏在他们中间的《拉金诗选》。可是，我们这里的《拉金诗选》，不是被掩藏在大师丛中，而是被淹没在成千上万册的平庸小说和功利主义的散文读物之中。"我们必须为阅读那些伟大的现代诗人而准备好自己的智力。"沃尔科特善意地提醒他的同事说。可是在我们这里，就算我早已经准备好了自己的智力，但是好的诗歌又在哪里？好的诗人又在哪里呢？以致最终我们会失去等待的耐心与信心。

然而我们还是应该相信，当松鼠已经等得掉光了牙齿，这时候也许就会有人为我们送来核桃。虽然我们每天都被一些平庸的散文和小说包围着，但不少人的内心深处，总还是在牵挂着诗歌。也许还可以这么说，只有诗歌，才是承载心灵和保存记忆的唯一方式，尽管它们最终也逃脱不了属于一种绝望的企图的命运。一切皆是枉然。只有诗歌，还能够暂时滋养现在我们展示在空中的根。我们将仍然依靠诗歌去战胜记忆,去努力地使我们的人生不致完全跌落和平庸下去。

前些日子,我在为《中华读书报》撰写2007年童书出版的年度述评时,曾借用了唐代诗人的两句诗来概括我的总体感受,并做了那篇述评的标题:"疑此江头有佳句,为君寻取却茫茫。"现在,应约为2007年的《中国儿童文学年鉴》做儿童诗的述评,这两句诗不由得又涌上心头。这意味着,我对2007年度儿童诗创作的总体感受,也大抵如此。但是与往年相比,2007年的儿童诗创作,我以为应该称之为"令人欣喜的一年"。

诗人高洪波在为本年度的第一期《儿童文学》题词中写道:

知道吗？这个世界上有一种人类,
他们天真、快乐、单纯,
血液中流动着阳光和春天。
因此他们最值得尊敬,
忘了吗？我们都曾经是
这种人类的一个成员呀！

当然不会忘记。我们都曾经是为儿童写作的诗人、作家。那么,现在我们就来看看这个天真、快乐和单纯的群体,在本年度的出色表现。

抒写中国

"抒写中国",从来就是中国的儿童诗诗人们须臾不能忘怀的一个美丽而崇高的"主旋律"。在本年度里,我们同样也听到了这样高亢、壮美和洪亮的声音：

中国

两个长城砖一样方正

天坛顶一样浑圆的字

两个铜一般铿锵玉一般清润的字

两个黄土地一般深厚

碧云天一般高远的字

两个瓷一般坚实绸一般光柔的字

……

孩子　挺直腰身

跟我一起书写这两个字

在白纸上书写

在骨头和血管上书写

在天空和大地上书写

中国　中国

古老又青春的中国

龙飞凤舞的祖国

（薛松爽《抒写中国》）

　　这无疑是儿童诗中的黄钟大吕，是"歌中的歌"。读着这样的儿童诗，我们会相信这样一个真理：世界上没有渺小的体裁，而只有渺小的作家。

　　高洪波在本年度发表了《在天文馆感受诗意》等组诗。抒写自豪的中国情感与中国襟怀，张扬人类思想中的浩然正气，这也是高洪波近年来的儿童诗中的一个"主旋律"。作为哥伦比亚第十七届麦德林国际诗歌节上的中国诗人代表，他与四位诗人在一个天文馆为一群中学生朗诵诗歌。我们来看他的感受——

在浓稠如水的黑暗中
头顶上亮起璀璨的星群
大熊星和天鹅座向我微笑
竖琴星弹奏出亘古的诗韵

一束光照亮我的诗集
我把中国孩子的梦想与憧憬
用北京话向听众传递
黑暗中稚嫩的目光闪烁
那是哥伦比亚少年的欢乐

诗可以超越时空
诗可以架起彩虹
诗可以瞬间辉煌
诗可以拥有永恒

……
地球也是一粒星星啊
只是因为有诗歌的装扮
她才变得这般美丽和凝重
是诗的力量镌刻在星空

人类的精神宇宙才无比充盈

在麦德林的天文馆读诗
每个字,都恍若一粒星辰
它们穿过我的嘴唇
飞向遥远神秘的太空

(高洪波《在天文馆感受诗意》)

诗人金波先生在读了这些诗歌之后,认为它们显示了诗歌所应该具有的一种"隐秘的力量",那是激情的力量、想象的力量,同时也是思考的力量。"这些诗行蕴蓄着诗人心灵上敏锐的感受力和跳脱的诗的表现力。"(金波《诗歌的力量——〈在天文馆感受诗意〉赏析》)

对诗人们来说,"中国"绝对不是一个抽象和空洞的概念,也并非唯有"黄钟大吕"的风格才能表现这个宏大的主题。"抒写中国"也可以写得十分具体而细微。

把三月穿在小村身上　小村
便开始萌芽　今天是语文第一堂课
麦田睁开眼睛　很绿

小村三月
你看　炊烟正在拄着一棵树　爬山
草　是新来的考试卷子
把三月的早晨　考得满头是汗

先是一朵小野花　交了卷子

后面的天　迅速都蓝了……

（冰岛《三月》）

　　如此清新和鲜活的形象与表现方式，不也可以呈现"抒写中国"的满腔热情吗？诗人说，给我一片三叶草，再加上我的想象，就是一片草原。对于儿童诗诗人来说，尤其需要具备这样的表现法则，或者说，这样的抒写才能。毕竟，就篇幅而言，儿童诗是一种形式短小的体裁。也因此，较之一般的体裁，它为创作者们设置了更高的表现难度。

底层叙事

　　最近几年，在成人文学界里，有一个引起了广泛讨论和关注的文学话题——"底层写作"，或曰"底层叙事"。按照通常的理解，所谓"底层写作"，一般指的是以农民、下岗工人、在城市里从事底层工作的"农民工"等诸多弱势群体为特定的叙事对象。然而，正如一些批评家所分析的那样，不同的文化人群面对这一概念时的认知角度，有时会存在着明显的差异。例如社会学家和经济学家眼里的"底层"，一般都与贫穷、"三农问题"、国企改制以及社会分层等紧密联系在一起，寄寓着明确的"意识形态焦虑"。而人文学者、评论家和作家、艺术家眼里的"底层"，则往往伴随着对社会公正、民主、平等以及苦难、人道主义等一系列历史美学难题的诉求。因此，有的学者指出，"底层"问题在今天浮出水面，进入更多人关注的视野，实际上也折射出当前中国社会结构的复杂形态和思想境遇。在这个前提下，我们似乎可以认同这样一个观

290

点：所谓以文学的方式参与或介入底层现实，决不可以仅仅理解为将底层和现实题材作为叙述对象，而应该在叙述过程中呈现出作家和诗人们的思想投射与独特发现。

儿童文学作家和诗人们的"底层关怀"和"底层叙事"，也不曾缺席。2007年度里，这一类题材的作品，尤其是具有这一类感情投入和思想投射的作品，明显增多，且大都具有一定的重量。就儿童诗来看，许多诗人写到了留守儿童、打工子弟小学、进城务工人员的子女生存问题、流浪儿童、卖花儿童等等；还有的诗人写到了对农业生态、农民生活、乡村变迁，尤其是越来越发达的现代物质文明对乡村传统观念的压迫与"话语霸权"等。

于是，我们在今天的儿童诗里看到一些前所未有的、不能不让人忧心忡忡的景象：

> 打工子弟小学
> 集合了中国的童年
> 批发的童年游子
> 十岁的山东十二岁的湖南成为同桌
> 突然一天十二岁的广西空在课桌上
> 他爸爸工地上的汗水变不成钞票了
>
> （张绍民《打工子弟小学》）

而更有一些"流浪儿童"，他们"以火车为家"，父母、亲人比坐在火车里的陌生人更为陌生，"童年像一张流浪的火车票"（张绍民《流浪儿童》）。还有一些孩子，小小年纪，却正在经历着这样的生活：

291

属于你的书包

悄悄地放在家乡的角落

属于你的书声

远远地深深地收藏

属于你的梦想

早早地遗落在黄土地上

不属于你的烦嚣

已经握在手中

不属于你的夜市

已经走遍

（吕旭茂《卖花的女孩》）

面对这样一些孩子,诗人的忧思充溢在滚烫的诗句里:"女孩呀,家乡的小路在等着你／同龄的朋友在呼唤着你。"具有良知的诗人们,也敏感地看到了城市与乡村之间越来越大的差距与隔阂给童心带来的扭曲与伤害:

城里的孩子

没喂过鸡　却

吃腻了鸡蛋

往餐桌前一坐

便会皱起眉头喊

"又是鸡蛋,见了心烦! "

在山区

孩子们一个鸡蛋

一个鸡蛋地攒

饿了就抚摸它们几遍

还差九百九十九个

凑够妈妈的医药钱

（张菱儿《差别》）

我们这个时代，在它盛世繁华的外表下，毫无疑问也会潜藏着一些隐痛、无奈甚至忧伤。许多乡村少年因为生活的驱使，过早地告别校园、童年和故乡，去远方的城市寻找自己的前程。他们是真正意义上的弱势群体，因为他们其实也还是一些孩子，还正处在成长阶段。很少有人会去关注他们的生存状态和他们的精神世界。所幸的是，我们的诗人在关注着他们。他们那孤独、单薄和无助的身影一次次出现在那些真诚的诗歌里——

燕子 十二岁的小姑娘

从清贫的小村庄

从川东泥草芬芳的春天

飞到遥远的南方

南方很温暖 南方很热闹

燕子在阳光下藏起忧伤的梦想

燕子早出晚归

跟婶娘奔波在菜市场

妈妈病故 爸爸腿伤

弟弟在家乡继续进学堂

燕子跟婶娘跟好多乡亲出来打工
小小双手每天使出好多力量

在一座漂亮的校园里
很多来自不同省份的鸟儿
叽叽喳喳　欢喜歌唱
路过校园的燕子泪水纷扬

春去秋来　异乡的落叶
飘落到燕子身上
燕子望着故乡的方向
多想长出真正的翅膀

（曾学东《燕子》）

15岁的打工妹
在学校门口的饭店里
洗碗　切菜　扫地　抹桌子
春风掀动着墙上的挂历
210国道上的车辆川流不息

15岁的打工妹
……
她在春天柔媚的阳光里
轻轻绽放了一脸　栀子花般的笑意

（张泉《栀子花般的笑意》）

在漫无边际的黑暗中，一个盲人"把二胡拉成一页一页的日历"。但作者听出："不是忧伤的映月 / 不是悲凄的听松 / 他的二胡中 / 透着一种欢悦和力量 / 是一个由努力不放弃组成的主题……"

> 听得出他的自尊
>
> 听得出他的坚强和乐观
>
> 他不平坦的卖艺路
>
> 那把二胡
>
> 深深地记得
>
> （莫问天心《公交车站卖艺的盲人》）

在这样的诗歌面前，我们没有必要去要求它在艺术上的纯粹与圆润。不，能够如此直面现实、关怀民生、呈现诗人的道义与良知，才是它最纯粹的质地。这些诗歌里有的地方或许稍嫌直白，有的在语言上锤炼不够，"诗味"有所欠缺，但这些缺点并没有从根本上损伤诗的意味。2007 年度里我们拥有这样的作品，不能不为儿童诗感到自豪。在底层关怀的主题下，我们的儿童诗诗人毕竟也能够在场，而没有缺席。诗从生活中来，诗从对生活的真切的感受和独特的发现中来。只有真实和鲜活的生活，才能够养育出同样真实和鲜活的诗与诗人，这是一个永远的真理。

乡村忆念

加缪曾说："对大地的想象过于着重于回忆，对幸福的憧憬过于急切，那么痛苦就在人的心灵深处升起。"其实，对于诗歌,我们所需要、所渴求的并不是太多,也并非有多么奢侈。一片青草地,一点来自山谷的风声,就够了,就足以使心灵变得柔软,发出回声。

> 秋天一到
> 村外河滩上的芦苇
> 就忙着给我们写信
>
> 那些灰白色的小小信笺
> 落在树枝上
> 落在屋顶上
> 落在草垛上
> 落在行人的衣裳上
>
> 收到这样美丽的信
> 我们该怎么回呢
>
> (陶天真《抒情的乡村·芦花》)

读着这么单纯和朴素的诗歌,我想到了一个无法回避的诗歌命题:乡村忆念。我想到了大地、乡村、田园和种种淳朴的农业文明投射在一代代诗人心中的无限的光亮与温暖。

对许多儿童诗诗人来说,思绪一旦回到童年的乡村,正如诗人曼德尔施塔姆和帕斯捷尔纳克回到自己的城市、自己的列宁格勒一样,真可谓"熟悉如眼泪,如静脉,如童年的腮腺炎"。那些比膝盖更低的泥土,就如一道低低的门槛,横在我们的命运里,而我们的生命和诗意,也注定了会与大地、泥土连在一起,并且从泥土里获得向上或向下的力量。

也因此,对乡村生态的关注,对农民生活的关怀,对逝去的乡村童年的追忆,也成为许多诗歌作者的一个沉重而永恒的主题。他们的诗歌里总是呈现着一种永恒的和挥之不去的"土地道德"的情怀。

这是一个土家族诗人笔下的乡村——

在青瓦老屋
在沉睡一个冬季的角落
面对即将来临的
收获与耕作
农具们
比如镰刀　犁铧和锄头
纷纷跃跃欲试
一显身手

而系在树下的那些耕牛
也不断摩蹄擦掌
目光凝望着远处的田野
那儿有它们驰骋的战场

（谭岷江《山寨四月·农具和耕牛》）

另一位同样是生在乡村的土家族诗人也这样自豪地宣称——

巴曼的村庄,生下一个儿子,头像石头

身体也像石头。思想和石头一样硬朗

来吧朋友，如果你能来到这个石头的村庄

你的灵魂就会飞翔

（谭国文《石头与村庄》）

这样的诗，其实与风花雪月无关。它们具有一种纯粹和朴素的情感力量，足以唤醒那些多年来已经迷失在城市的大街上和楼群里的乡村之子的沉睡的灵魂，使更多的人明白，即使是在灰暗的生活中，毕竟还有一些我们所热爱的事物，是能够用我们的双手和心灵把它们保存下来的，因而，对乡土与生活的热爱也是可以做到始终不渝。这是许多乡村孩子命运里与生俱来的、与泥土息息相关的生命的隐痛。

艺术本位

现在我们再来看另一类着重于艺术本位的儿童诗。

我们的许多儿童诗与那些世界一流的儿童诗相比，其差距或许并不表现在语言文字上，也不是表现在观念上，而是输在想象力上。

我们很多儿童诗诗人和儿童诗作品缺少那么一种大风呼啸般的想象力，或者说，缺少那么一种纵横天地、若气流激荡一般的"天才气"。

但本年度也有几首诗，使我们看到了中国儿童诗的那种充满想象力、充满"天才气"的面貌。

先看萧萍的《四重奏第931号:朋友们》。且看开头的一节——

漂浮着的冰，

趴在浅湖妈妈的胸前熟睡。

它们都有着雪白的睡袍，

大眼睛安静的蓝，

爪子很淡很淡，

风吹过来有些微微发抖。

它们清澈的凝视，

用牙齿彼此轻咬，

哈出好多看不见的气。

在清晨的湖面上，

它们醒来的第一件事就是

亲一亲浅湖妈妈，

让最小个子的银鱼

缓缓地从身体穿行过去。

它们头挨着头，

想了很久，才害羞地

说出今天的第一句话——

嗨，我喜欢你！

　　这首儿童诗充分呈现了萧萍与常人不同的想象力，以及凭着敏感的直觉，于细微处去感受事物和把握事物本质的能力。

　　捷克诗歌大师塞弗尔特有言："诗可以不是思想性的，也可以不是艺术性的，但是它首先应该是'诗'的。就是说，诗应该具有某种准确的直觉的成分，能触及人类情感最深奥的部位和他们生活中最微妙之处。"萧萍的这首诗可以为塞弗尔特这一"纯粹艺术本位"的观点做出例证。

在儿童诗诗坛，与萧萍的儿童诗堪称"双璧"的，是另一位女性诗人王立春的作品。这两个人是一南一北的"双子星座"。她们的诗歌里都有着细腻和准确的直觉成分，都有着极其丰沛和鲜活的想象力在纵横运行，也都有着语言和表现上的与众不同的创新与探索。发表在本年度的《野小河》和《哑巴小路》，是王立春的代表性作品中的两篇。

我要走了
小河

你贴着山脚玩耍吧
你缠着草坡撒欢吧
枕着小山望天
你亮晶晶的眼睛
再也看不到河沿上
这个整天缠着你的孩子了

水草醒了
你总是蘸水给她梳头
小石头浑身是泥
你总是给它洗澡
小虾被鱼儿撵得晕头转向
你赶紧把它们推进泥洞藏起来
小孩子来蹚你的水
你就挨个儿亲他的脚指头

咳　离开你

就再也没有水灵灵的欢乐了

这也是《野小河》的第一节。我们拿它和萧萍的"四重奏"第一节相比，就不难看出她们的异曲同工之美。她们仿佛在用各自的想象力和最细微的体验互相"致敬"。她们不约而同地用一种来自女性诗人的直觉体验、想象力、才气和优美的文字，一起推动着中国儿童诗的帆樯，越过浅湖而进入一条新的航道。

读这首诗，使我感受到流露在作者笔端的眷顾深情和悲悯情怀，以及直抵人心的温暖力量。它也让读者充分地感受到了诗人独特的才情和睿智的诗心。再来看《哑巴小路》中的一节——

你每天送我上学

趴在校门外看我上课

你不敢跟进教室

只知道一个心眼儿等我

我的哑巴小路

……

扶我走教我跑的

童年朋友啊

无论我野野地跑到哪儿

你都能把我默默地

领回家

这种童年体验、乡村记忆，许多人也许都曾经有过。但是如何能够更准确、更逼真地呈现出这些体验与记忆，却是需要才气的。这也正如一位外国著名诗人说过的一句话：题材总是公平地摆在每个人的面前，主题却只有少数人知道，而如何表现则永远是一个秘密。

四代同堂

长期以来，中国儿童诗诗坛上，呈现着四代同堂的良好的创作生态。老一代的儿童诗诗人，如任溶溶、金波等，仍然宝刀未老，继续保持着饱满的创作激情和超凡的创造力，并且时有不俗的新作奉献出来。

且以任溶溶先生为例。他在本年度又有新的贡献。我们先来看这首《书怎么读》：

> 爷爷读书，一本又一本，
> 有一些书，厚得像块砖。
> 我忍不住，问我爷爷：
> "书这么厚，怎么读得完？"
> 爷爷回答我："就这样：
> 一个字一个字地读，
> 一句一句地读，
> 一段一段地读，
> 一页一页地读……
> 很简单。"

这是一首饶有童趣和智慧的儿童诗，带着典型的任溶溶风格:单纯、幽默,凭借着字体变化和诗行形式上的视觉效果,营造出一种形象而好玩的游戏味道。任先生年逾 80,还具有如此丰沛的创造力与不俗的童趣,不能不说是一个奇迹。

再来看他这首《夜里什么人不睡觉》。"夜,好像专门是用来睡觉的。"诗一开头,他就这样告诉孩子们。无论是大人还是小孩子,到了晚上都要开始睡觉的。这时候——

> 深夜,
> 街上静悄悄,
> 一家一家的灯,
> 陆陆续续地熄掉。
> 只有路灯在闪耀。

可是,"夜里真是所有的人都睡了吗?"有的小孩子可能就会这么好奇地询问。于是,老诗人就用一节一节的像小火车车厢一样的诗句,描写那些到了晚上也不睡觉的人,那究竟是些什么人。例如医生,这是因为——

> 谁也保不定
> 什么时候肚子疼,
> 谁也说不准
> 婴儿什么时候要出生。

还有火车和火车司机,这是因为——

在黑夜的星空下，
火车奔驰在大地上。
把旅客，把货物，
运送到地球的四面八方。

还有轮船、轮船上的船长和水手，这是因为——

黑夜里，
在茫茫的汪洋大海上，
也有轮船在行驶。
他们从大洋对岸的一个港口，
乘风破浪，
千里迢迢开到这里……

当然，夜里不睡觉的，还有城市美容师，有送牛奶的工人，有面包师傅，有送货物的工人，有报纸的编辑和印刷工人……这是因为，"夜里有人不睡觉，是为了让我们能睡好。让我们不受惊扰。"

这首儿童诗带着一定的"认知性"，这也是写给小孩子看的诗歌所应该具有的一种职能。诗中告诉了小孩子一些不同身份的人所从事的不同工作的特点，同时也对这些在夜晚里工作的人的奉献精神予以了默默的赞美。浅显而优美的诗句里蕴含着一种从容不迫和机智幽默。

王忠范属于中年一代的儿童诗诗人，其创作活力从上个世纪 80 年代一直持续到现在。本年度里他继续在抒写着他几乎写了大半辈子的内蒙古草原和草原上的事物。他的儿童诗里融进了他对草原的深切的爱与知：

> 草原上的草跟马一样
> 站着睡觉
> 只有广阔的夜
> 才能装下满地的梦
>
> （《花季草原·草原的草》）

　　同属中年一代诗人的王宜振，仍然在不断地探索和攀登儿童诗艺术的新高峰。本年度里他写出了《悬浮的光芒》等组诗。

> 我是一个
> 微不足道的人
> 我在倾心关注
> 一些微小的事物
>
> ……
> 我关注
> 小松鼠的一个喷嚏
> 击落的那颗松子
> 来年春天
> 能否长成一棵小小的松树
>
> 我关注
> 一个小小的词语

十二点一刻
从一本小说里逃出
它出逃的原因
我想弄个清楚

我关注
一行诗歌的温度
能否暖热
那颗冰凉的露珠
天亮后
那可是太阳居住的小屋

我甚至关注
清晨采集的那一束阳光
能否铺筑
一条通往小鼹鼠家园的小路

（《悬浮的光芒·关注》）

如此纯粹的儿童诗，无论放在哪个民族或哪种文化背景之下，都不会失去它的光芒和亮度。

在生于 20 世纪 60 年代的那批儿童文学作家中，王立春、萧萍、汤素兰、徐鲁、高凯、陶天真、小山等人，也在不断地奉献着自己的儿童诗新作。这是儿童诗创作队伍中的一支中坚力量。他们在追求儿童诗的创作个性、探索儿童诗在表现少年儿童当代生活和精神世界的丰富性与艺术性的道路上，付出了不懈的努力，也取得了令人瞩目的成就。本年度

里,陶天真发表的一组《抒情的乡村》,给我们带来耳目一新
的感受——

　　　　风从芦苇间穿过
　　　　水从村庄旁走过

　　　　薄霜下在瓦片下
　　　　芦絮落在草垛上

　　　　你听听这些声音
　　　　这些凉凉的声音

　　　　世界如果再安静一些
　　　　你甚至可以听见
　　　　阳光和雨水
　　　　在熟透的果子里
　　　　一阵一阵的喧嚣
　　　　（陶天真《抒情的乡村·你听听这些声音》）

　　这些小诗意象单纯而想象丰富,就像他在另一首诗歌里
写到的冬天里大雪中的小村庄,"干净得像个童话"。我们很
久没有看到这种带着呼呼的风声和飘舞的芦花般生动的诗
歌了。
　　再看小山的一首《方便房子》。一个孩子看着爸爸为装
修房子伤透脑筋,于是他想象着,如果房子是草编的,如果家
具是硬纸板做的,那会怎么样?

307

爸爸妈妈会省多少力气
整个城市也大大变样
每一座轻便的彩色房子
是大地上新开的花朵

　　他还想象着,那样才是真正的"环保生活",地球再也不用举着死沉沉的水泥楼,不知浑身轻松成什么样子呢!而且——

我呀,就携带房子到处旅行
和高山大河交流交流
不把房子太当回事
人的自由哪种生命都比不上

(小山《方便房子》)

　　更为年轻的一代儿童诗诗人,包括一些"小荷才露尖尖角"的"少年诗人",在本年度里发表了出色作品的有张晓楠、汤萍、冰岛、魏捷、向辉、邵思梦、张牧笛、阮梅等。我们来看冰岛的一首诗——

听妈妈讲那过去的事情　花儿
这时全都被吹灭了
只有石头望着

夜里　妈妈和我一边剥着玉米皮　一边
剥着故事里的优点和缺点

......

听妈妈讲那过去的事情

萤火虫屁股上拴着的小橘灯

是被我们篡改过的一篇会飞的童话

（冰岛《听妈妈讲那过去的事情》）

诗写得很有灵气，同时也传达出了一种具有永恒意味的童年记忆。对儿童诗来说，善于挖掘个人童年的生活经验，唤醒和捕捉童年生活细节中的感受与记忆，显得尤为珍贵。从某种意义上说，唯有儿童诗人，才最具有能够充分尊重和拥有童年经验的心灵，才最有可能唤醒和认识童年的那个自我。

诗歌不朽

生活就是忆念，而所有的诗篇也都是旅程。"他们被迫让我说出生活的质量。"活跃在 2007 年度的儿童诗诗人们，仿佛也在用一首首诗歌，回应和诠释着里尔克的这个沉重的命题。

诗人罗伯特·勃莱在他那篇著名的诗论《谈了一个早晨》里，说过这么一句话："诗如果不是从一个国家或民族的土壤里直接生长出来，它的生命力就不会长久。"事实上我们的确已经看到了，这些年来，在成人文学界，有许多诗歌和诗人，似乎是不知不觉地从国家和民族的生活土壤上拔出了自己的根，如同镜花水月和无根植物，自绝于读者，沦为一种自娱自乐式的写作了。

当诗歌一步步退到了边缘和幕后，诗人一次次地缺席或失踪，天地尚有正气存在，而人间却已无好诗可寻，在这个时候，我们也许只能回过头，到那些过去的年代里，重温那曾经有过的美好的和激情燃烧的阅读记忆了。

时间以及读者们的集体记忆，也许是最好的和最可靠的批评家，它们有着无可争辩的权威：既可以使许多在当时看来是坚实牢靠的荣誉化为泡影，也能够使人们曾经以为是脆弱的声望最终巩固下来。也因此，批评家犹金尼·孟德雷才敢如是断言："即使亚历山卓城图书馆被焚，希腊文学的四分之三被付之一炬；今日的一场大火，也足以使无数的诗毁灭殆尽；诗歌的花园，会被风暴所袭；但最终被摧毁的，只能是那些迎风媚俗的诗，而另有一些诗和诗集，另有一些诗人，却将流传万世而不朽。"

无所谓结局，也无所谓开始，那深隐在心灵底层的对生活的热爱和对诗歌的敬重之意，有若不熄的火粒。所幸的是，在儿童诗领域里，我们的四代诗人，仍然在忠诚地、固执地、持续地，一点一点地拨燃那些活着的儿童诗的火粒。

诗歌不朽。儿童诗歌永在。

最后，我把在本年度里曾经为一个儿童诗朗诵晚会写的几句祝词，粘贴在这里，作为这篇年度述评的结束语——

> 没有任何声音，比抒情诗的声音更美；
> 没有任何翅膀，比幻想的翅膀飞得更远、更高。
> 啊，今夕何夕？
> 你们以儿童诗的名义聚会，
> 你们用分行和押韵的方式，
> 朗诵、狂欢、鼓掌、拥抱！

让诗歌发出嘹亮的声音，
让童话带上铿锵的韵脚，
让小说和散文传达出心灵的节奏，
甚至让理论家和批评家们的文字，
也来跟随着诗人们的激情舞蹈……
这，就是我今夜的诗情，
也是我发自内心的祝愿，
以及作为一位儿童诗诗人的荣耀！

2008 年农历端午节, 武昌东湖梨园

比蓝天高远,比海洋辽阔

——对近几年儿童诗创作的一些思考

生命歌哭与担当精神

2008 年 5 月 12 日,发生在四川汶川的大地震,是一场举国含悲、山河垂泪的"国殇"。大地震发生后,整个中华民族所表现出来的共赴国难的向心力和凝聚力,诗人、作家以及其他各个领域里的艺术家们在这样的灾难面前所表现出的伟大的良知、使命感和创作激情,也再一次验证了"国家不幸诗家幸"这个古老而永恒的艺术命题。在这样的国难面前,儿童诗作者们一个也没有缺席。诗人们不仅在第一时间里把各自的生命歌哭化为一篇篇血泪文字,化为一首首再现这一惊世天灾的杰出诗篇,还有不少诗人亲身奔赴灾区,用自己的实际行动,以自己微薄的力量,加入了一场拯救生命、保卫生命的"圣战"之中。

在那些日子里,中国老、中、青、少四代儿童诗诗人的眼泪,都在为和平年代里的、本来应该幸福地生活在祖国蓝天下的孩子们而流淌。诗人们的眼泪,正如有的诗人所比拟的:一行是黄河,一行是长江。而诗人们那一颗颗滚烫和忧虑的心,也如高洪波在《蓝心脏》一诗里所歌咏的:"这颗大大的心

脏 / 是十三亿人的大爱呀 / 覆盖住高天与海洋 / 比蓝天高远,比海洋辽阔……"

高洪波是第一时间亲临灾区、投入到抗震救灾的诗人之一。他似乎是代表着所有未能亲赴灾区的儿童诗诗人,把心中全部的温暖和力量,献给了那片废墟上幸存下来的孩子们。他在那里写下了诸如《蓝心脏》《绿石头》《致汶川》等滚烫的诗篇。虽然这场灾难把孩子们美丽的操场、花园和学校变成了一片瓦砾和废墟;虽然孩子们童年的梦,童年的欢笑,还有旱冰鞋、笔盒和书包,还有爸爸妈妈的期待与祝福,还有小伙伴间温暖的友谊……都被埋进了冰冷的瓦砾下;就连襁褓中的婴儿,也在甜美的睡梦中被房屋的倒塌声惊醒;充满呼叫声、呻吟声和痛哭声的夜空里,看不见一颗星星,也找不到一只会唱歌的小鸟——小鸟也不忍看到这场凄惨的人间灾难,但是诗人的眼睛仍然看到了那幸存的生命、热情、希望和信念,看到了在一座用帐篷搭建起来的临时小学里,七个小学生正在那里读书、画画——

我看到:有大树和小鸟谈心

有房屋、小河和河上的水车

有大猫逗弄小狗

有救护车呼啸驾驶过

是的,亲爱的孩子们,当你们送走了和掩埋了所有的亲人的遗体之后,请你们都擦干眼泪,抬起头来,咬紧牙关,奋力走向我们的明天!我们仍然要相信:一切还会变好的!因为世界终归应该是美好的,应该像它应有的那样美好! 没有了

313

爸爸妈妈的拥抱,但是你们要相信,你们还有祖国各地的爷爷奶奶、叔叔阿姨和哥哥姐姐们的无限的祝福和关爱。你们能活下来,就是胜利! 就是留给我们祖国母亲最好的安慰和最珍贵的财富!

《绿石头》一诗记下了诗人在都江堰小学的废墟中,捡起了一块绿色的石头,他想象着,这可能是学校语文老师的某种教具,也可能是哪位美术老师的精心之作。诗人在最后写道:

> 绿石头呀绿石头
> 从此你将陪伴着我
> 让我永远记住汶川大地震
> 更记住那些临危不惧的教师
> 坦露出的平凡而又伟大的品格

在所有的献给汶川大地震灾难中失去了亲人和家园的孩子们的儿童诗中,苏善生的那首《孩子,快抓紧妈妈的手》是传播得最快、最广、最催人泪下的一首。全诗写的是一位妈妈和自己的被压在废墟下、即将永远离去的孩子的心灵对话,让我们看到了生离死别时人间亲情的无私与珍贵。

> 孩子
> 快抓紧妈妈的手
> 去天堂的路
> 太黑了
> 妈妈怕你

碰了头
快
抓紧妈妈的手
让妈妈陪你走
……

逝者已矣,而活下来的人,却应该记住:我们都在心中深深地为你们祈祷和祝福!你们要记住,明天的世界是你们的!你们都要擦干眼泪,互相挽起手来,健康地成长,决不要被眼前的苦难吓倒!从苦难中站起来的孩子,将比所有的人更加勇敢,更加坚强。

萧萍的一首《让我们去找黑的地方》,与《孩子,快抓紧妈妈的手》异曲同工。诗歌虽然写的也是一个孩子与妈妈的心灵对话,写的也是生命最"黑暗"的时刻的心声,却多了一些光亮与暖色,让我们看到了生命的美丽、恒久与无敌。

妈妈,让我们去最黑的地方
那里会有小河吗
在月光下,要是它们屏住呼吸
就会变成
我昨天画的画儿
睁着又圆又大的眼睛
穿着有黑乎乎手指印的长外套
……

这首诗里有一种触动人心的力量:无微不至的保护和

善待弱小的、孤独的生命的，是敢于在这大灾大难面前甘愿献出自己生命的母亲，其实更是那永不泯灭的人性与人伦的力量，是流贯在人类生命血脉中的一种神圣的道义感，一种大美与大德的精神。诗人在大灾难的废墟和黑暗的梦魇里，为我们栽培了人类的希望之花，也为我们升起了信念的旗帜，更为我们采摘来人性中的大爱与大德的光束。只有这种亮光，才是"世界上所有最好的礼物 / 加起来 / 也绝对不会超过它"的。

金波的《让我为你擦干眼泪》《穿过灰尘，微笑仍粲然如花》等诗篇，表达了一种美丽和不屈的生活信念。他用温暖的诗歌安慰和鼓励着灾区的孩子们：请用你们的勇敢和坚毅，给死去的亲人送上你们小小的安慰；请用你们的团结和友爱，告诉世界上所有的人，只要我们一起努力，我们的家乡，我们的生活，还会变得快乐和美好：

孩子，让我为你擦干眼泪
别哭，虽然你的亲人不再回
你虽然还是一朵娇嫩的小花
你不会倒下，不会枯萎
……
爱，在我们的血管里流淌
心，长出翅膀在轻轻地飞
在废墟上重建家园
我们的梦想，依旧很美

发生在现实生活中的不幸事件，不再只是具有个人色

316

彩,而是成为足以感动生活在任何一种文化背景下的整个人类的一个永恒的诗歌题材。众多目光如炬而心细如丝的儿童诗诗人,从大地震中众多的故事里截取了无数动人的瞬间,用深情的笔将它们再现于柔和和温暖的诗行之中,足以帮助更多的人更清晰地去认识到生命的珍贵与美好,认识到成长的艰辛与不易,认识到人性的宝贵与尊严,从而更好地敬畏生命、热爱生命、珍惜生命,并且懂得要对来自周围的呵护与关怀充满感恩。

任溶溶的《写给亲爱的孩子》,黄亚洲的《北川的三个小女娃》,圣野的《大山的神话》,蒲华清的《断翅飞翔》,徐鲁的《这一刻,我们共同分担》,李学斌的《废墟上终将升起太阳》,王宜振的《不肯收留的乳名》,郑晓凯、王立春的《废墟下的孩子》,李东华的《你的坚强让我泪流满面》,孙悦的《我希望》……四代儿童诗诗人的生命歌哭,谱写成了一阕感天动地的"大爱颂",也让我们看到了中国儿童诗诗人在国家灾难、民族危难面前所表现出来的大爱、大义和担当精神。这些诗篇从不同的视角、不同的风格,诠释和坦露了诗人们对人类、对国家、对生命、对童年、对成长的理解、景仰、热爱与捍卫之心。

是的,活着,并且安全地长大,是每一个孩子的天赋权利。所谓生命的力量、人的力量,其实就是生长的力量。就像所有的花蕾,都会在自己的季节里开放,孩子们应该安全无忧地长大,世界也需要他们长大。只有一代又一代的孩子在成长,我们这个并不那么完美的世界,才有向着相对完美的方向转动的可能。因为,只有一代又一代的孩子长大了,他们才有能力去亲近、去改造和完善这个世界。而能够自觉地去善待生命、尊重生命、捍卫生命,不仅是一种自然的人伦,而且显示着人类自身的一种文明与素质。

如果说,发生在2008年的四川汶川的抗震救灾是一场"战争",那么,在这场"战争"中所诞生的难以计数的儿童诗诗篇,也将是中国儿童诗创作历史上最令人难忘的一次"集体记忆"。

天籁之音与幻想之翼

时至今日,儿童文学的一部分美好的传统,早已被一些创作者和出版者彻底解构和颠覆。魔幻、卡通、动漫、武侠、电玩游戏、网络语言等各种书写元素,取代了传统的故事和讲述方式。一个个怪异、随意和恶作剧般的文本,让人眼花缭乱,瞠目结舌。我们所面对的儿童文学生态、童年与成长环境,是那么纷纭嘈杂和光怪陆离。它们正凭着一种强大的通俗化、游戏化、粗率化和商业化的力量,在肆意蔓延着,在包围着我们的小读者。

实际上我们都已感觉到了,一方面是无所不在的媒体负面影响给我们带来的道德恐慌,另一方面就是整个社会,当然包括书媒在内,对于"电子时代"的不合实际的鼓励与乐观。因此,诸如媒体文化学者和批评家大卫·帕金翰发出的"童年之死",尼尔·波兹曼发出的"童年的消逝"等声音,就并非是危言耸听了。

诗人但丁曾经说过:"一颗白松的种子,如果掉在英国的石头缝里,也许只会长成一棵很矮的小树;可是如果它是被种在南方肥沃的土地里,它可能会长成一棵参天大树。"这几句话,正好可以用来说明一个良好的生态性文学环境对于儿童成长的重要性。

　　但是，就目前来看，我们的儿童文学生态并非尽如人意，其明显的标志就是儿童文体形式越来越单一。许多曾经那么活泼、美丽和深受小读者喜欢的儿童文学形式，如儿童诗、故事诗、童话诗、儿童剧、儿童文学传记、儿童报告文学等，都渐渐式微，越来越边缘化，几乎成为濒危文体。前不久，儿童文学评论家刘绪源先生就在《文学报》上一再撰文呼吁：儿童文学作家，尤其是儿童诗诗人们，要多为孩子们写一些"故事诗"和"童话诗"，要在儿童诗中注入一定的情节和故事，而不仅仅是"意象"和"抒情"。

　　我在这里要特别说一说童话诗这种美丽的文体形式。在中外童话诗宝库里，我们有幸拥有过许多像珍珠一样闪烁着各自不同的光芒的伟大的经典作品。经典童话诗的创作者们用美好的智慧、情感、思想、想象力和优美的语言文字，给世界不同民族的一代代孩子，建造了一个个温暖和美丽的诗歌花园。这是我们共同的记忆和文学花园。我们应该世世代代珍惜、守护它们，并且在这个美好的花园里播下新的种子，开垦出新的春天。

　　这些经典童话诗中，中国的小读者们耳熟能详的，有普希金的《渔夫和金鱼的故事》，马尔夏克的《十二个月》，罗伯特·勃朗宁的《哈默林的花衣吹笛人》，A.A.米尔恩的《好小熊和坏小熊》，克雷洛夫的《小树林与火》，斯蒂文森的《哑巴兵》和《小人国》，爱德华·里亚的《猫头鹰和小猫咪》，阮章竞的《金色的海螺》，柯岩的《小熊拔牙》，任溶溶的《一个怪物和一个小学生》，鲁兵的《小猪奴尼》，林焕彰的《小猫走路没有声音》，等等。

然而，事实上并非如我们所期待的那样。作为一种最美丽的和最具有儿童文学诸多美学特征的文体，这么多年来，就我的观察与感受，童话诗正面临着一种可能"失传"的危机。它已经成为一种"濒灭"的、最寂寞和最边缘化的文体。

"疑此江头有佳句，为君寻取却茫茫。"据说，悲剧诗学里有一个古老的艺术命题：越是美丽的，越是容易被伤害和被毁灭。童话诗这种文体似乎正蒙受着这种不幸的命运：不仅愿意参与这种文体创作的诗人越来越少，而且新一代的小读者、家长，甚至老师们也未必能够知道，世界上曾经有一种那么美丽的文体形式，她是童话和诗歌相亲相爱和"嫁接"后结出的芬芳的果实，她的名字叫"童话诗"。至于愿意发表、出版和传播童话诗的媒介，也如空谷足音，遍寻不见。号称"儿童文学点灯人"的阅读推广者们，似乎也没有意识到有一种属于孩子们的美丽文体即将失传。因此，我们有必要像保护一种"文化遗产"一样来保护和保存童话诗这种文体。

纵览近几年的儿童诗创作，让我觉得眼前一亮的是，我发现有一些优美的童话诗，就像最美丽的金凤蝶，扇动着它们透明的想象之翼，悄无声息地飞翔在儿童诗花园里。如慈琪的《荡秋千的熊》《小独角兽在敲窗》，保冬妮的《小蜗牛去旅行》《鸭公主》《一个倒霉的中午》等。这些童话诗，无疑是近些年来儿童诗中最美丽的收获，有如空谷足音，给我们带来关于童话诗的若干讯息。

我们来看看《小独角兽在敲窗》这首诗：

一匹银亮的小小独角兽
在敲我们的窗户

320

妈妈,你听到了吗?

我攀着它的角
像攀上垂在窗前的尖月亮
一荡一荡
小独角兽载着我
沿着地下室的窗棂
地面的台阶,飞跃篱笆
跳到樱桃树最高的枝头
在鸟巢上轻轻跐跐脚
就跳上第一颗星啦
……

  诗中接着写小独角兽载着"我"在大熊星座和小熊星座之间,在那些只有在诗人的想象里才能到达的地方游玩、飞翔,甚至在那里捕捉着"环绕星星飞行的萤火虫群"和"有着蓝色鳞片的小人鱼"。

  对我来说,慈琪是一个陌生的儿童诗诗人的名字,但近几年来我却经常读到此君的清新和优美的儿童诗作品。这首《小独角兽在敲窗》和另一首《荡秋千的小熊》,体现了童话诗这一种美丽的文体所应该具备的全部特点:兼有童话和儿童诗的双重美感,既有童话的幻想之美、智慧之美和故事性,又有儿童诗的抒情之美、空灵之美和可诵读性。

  保冬妮的那几首童话诗篇幅更短小,情节也更简单,但是一点也不缺少想象和童真之美。我们来看看《鸭公主》这首诗:

鸭公主用箱子做了只小船，

她要去巴拿马寻找香蕉园。

兔子告诉她那里的路很远很远，

香蕉其实长在树上并不甜。

鸭公主不相信一只兔子的意见，

尾巴又短跳起来两米一点点。

她记得猴子和大象都说向东再向东，

最后她来到了巴拿马的香蕉园。

谁说香蕉又涩又干？

明明柔滑顺口甜里带酸。

鸭公主问香蕉园里谁是主人？

猴子说：这是兔子开的巴拿马香蕉店。

　　这实在是一个很有趣的图画书的故事文本。因为它所呈现的故事情节比较单纯和集中，内容上又带有不同程度的情感教育作用、成长智慧启示意义或儿童游戏精神，在篇幅上也比较短小和简练，语言上富有节奏和韵律，所以，我认为，这也是最好的、最合适的低幼年龄段的亲子诵读童诗。

　　儿童诗需要天籁之音与想象之翼。生态学上的一个说法是，"混交林"比由单一树种组成的树林更健康、更富有生态活力。因此，我们的儿童文学创作生态，也需要多姿多彩，也应该像春天的花园一样，千姿百态，五彩缤纷。

　　一些经典文体的魅力是永恒的。我相信，只要我们有创作的耐心，并且愿意怀着一颗敬畏和尊崇之心，轻轻地擦去岁月留给它们的飞灰与尘埃，那么，童话诗这盏古老而神奇的"神灯"的光芒，必将愈加明亮。我也从内心里真切地希望,今天的孩子、家长和老师们,还有我们的诗人和作家们,都能够喜欢上童话诗这种美丽的文体。我期待着童话诗在某一天能来一个华丽转身。

世道关怀与母语热爱

1984年国际安徒生文学奖得主、奥地利女作家克里斯蒂娜·诺斯特林格,谈到她为儿童们写作的一个"理想支柱":"既然他们(孩子们)生长于斯的环境不鼓励他们建立自己的乌托邦,那我们就应该挽起他们的手,向他们展示这个世界可以变得如何美好、快乐、正义和人道。这样可以使孩子们向往一个更美好的世界。这种向往会使他们思考应该摆脱什么、应该创造些什么以实现他们的向往。"

所有的文学,包括儿童文学在内,如果不是从对世道人心和现实底层关怀的土壤里直接生长出来的话,它的生命力就不会长久。世界上的作家从来就有"大作家"和"好作家"之分。我希望我的同行们都能够努力,去做一个都德、梅里美、亚米契斯和巴乌斯托夫斯基式的"好作家",因为我非常清楚地明白,像巴尔扎克、托尔斯泰、雨果、曹雪芹和鲁迅这样的"大作家",总是很少很少的。但是我坚信,世界上只有渺小的体裁形式,而没有渺小的作家。文学写作,也绝不仅仅是作家个人的一种生存方式。不,真正好的文学,必须关怀世道人心和社会底层,必须带着维护母语的纯正与纯洁的高尚使命,必须具有干预和纠正低俗的社会趣味、引领民族的文明道德的担当精神和职业道义感。

近些年来,像李德民的组诗《乡下的词语》,金波的组诗《写你的名字》,高凯的《我的朋友某某》,刘泽安的《探头鸟》,

薛臣艺的《奔跑的鞋子》等,都是比较优秀的儿童诗新作。

所有的诗人都是还乡的。很少有诗人不对自己的乡土怀有某种与生俱来的依恋感和归属感。被巴乌斯托夫斯基称为"钉在散文十字架上的诗人"的普里什文说过,在他一生的奋斗中,使他显得突出的,就是他的乡土性和民族性,"我像草一样,从大地上出生,像草一样开花,人们把我割下来,马吃掉我,而春天一到,我又一片青葱,夏天,快到彼得节的时候,我又开花了"。对大多数诗人而言,他也许是故乡大地上的那个永远吹着短笛的牧童,也许是挂在异乡的树梢上的一只望乡的风筝,也许就是依恋着故乡大地的那片青草、草地上的那簇风信子,荣与枯、生与死,都是和自己的故乡连在一起的,就像一首牧歌里所唱的:"你无论走得多么远也不会走出我的心,黄昏时的树影拖得再长也离不开树根。"

乡村怀念是儿童诗中的一个恒久的题材。李德民的儿童诗闪烁着澄澈的、理想的光芒和浓郁的乡村文化气息。他写乡村少年精神世界的朴素与真诚,也刻画了乡村记忆中的痛苦、忧郁和艰辛,流露在诗人笔端的,是一种眷顾深情和悲悯情怀,是一种直抵人心的、温暖的乡村忆念和眷恋之情。刘泽安的《探头鸟》借鸟喻人,讴歌的是当今最为缺失的道义感、担当精神和牺牲精神:

　　　　鸟群中
　　　　独有你的歌声挂在树梢
　　　　跳跃于树与树之间

　　　　鸟群中

324

独有你的健壮掠过天空

展示在天与地之间

……

　　《奔跑的鞋子》也是一首微言大义的儿童诗。它似乎在告诉人们,所有生命和成长的真正意义,在于不断渴望、不断实现和不断超越自身的过程。所有生命与成长的快乐和幸福,也绝不仅仅在于,或者说根本就不在于最后的"到达"和"获得",而是在于每一个瞬间和片刻的拥有、把握与完成之中。而任何一个美丽的、坚强的、优雅的生命的获得,都必须经过这样一个或许是十分漫长和极其艰辛的过程。唯其漫长和艰辛,生命才具有了实际的意义和质量。否则,所谓生命和成长,都会变成一种虚幻和空想,都必将失去它原本的价值和意义。

　　我们再来读读这首诗:

只要有记忆就会有相思,

每一颗红豆都有个故事,

从童年的唐诗里采撷它,

珍藏着那些深情的日子。

梦见红豆在泥土里发芽,

梦见红豆在枝头上开花,

总希望把一颗红豆播种,

变成树,在你窗外安家。

325

经历了风霜雨雪的严冬，

红豆仍然像血一样殷红，

仍然有珍珠一样的光彩，

孕育着那一个美丽的梦。

把它贴近你暖暖的胸怀，

定会结出美丽的红豆来。

这是金波的组诗《写你的名字》中的一首十四行诗。诗写得优美而婉转，把汉语的美丽与独特的韵味发挥到了极致。

作为一名使用汉语写作的写作者，写出如此优美的诗歌，这不能不使我想到，我们热爱祖国，还应该好好热爱我们的母语，应该用自己所写出的每个字、每个词、每个句子，去体现、去维护、去张扬我们伟大的汉语的精确与美丽、丰富与神奇。

德国诗人海涅有一段话："夜间，想到德国，睡眠便离我而去，我再也无法合眼，泪流满面。"俄罗斯"白银时代"诗人曼德尔施塔姆，他也有一段谈论自己对祖国的感受的文字："我回到我的祖国，熟悉如眼泪，如静脉，如童年的腮腺炎。"

这些文字有如电光火石，炽热而耀眼。它们使我想到的是，爱祖国，爱我们的母语，就应该这样爱，就应该爱得这样深、这样真挚。

通往儿童诗思想境界和艺术高峰的路径有千万条，但每一段路途上，都得付出艰辛和心血，正因此，每一段路途上才能留下金色的果实。我想起梅子涵先生在一篇文章里写到的一段话:"每个人的记忆都是海洋。很远的日子在下面,昨天的故事在水上。离开童年,童年反而加倍情深,每条小鱼的游动都是感情的尾巴在摇,情深处没有不美好的风光。"

2010 年 7 月,武昌

诗园追梦六十年

——读《听梦——韦苇童诗选》

　　世界儿童文学史研究专家、学者、翻译家韦苇教授,自20世纪50年代起就有诗歌、散文等文类的作品问世,60多年来,因为世路崎岖而多有阻误和延宕,他的诗人身份一直被自己在学术研究上的声名所遮掩。法国诗人兰波诗云:"只要怀着火热的耐心,到黎明时分,我们定能进入那座壮丽的城池。"韦苇先生不是在"黎明时分",而是到了晚霞漫天的时候,终于也进入他所热爱和追寻了60年的这座"壮丽的城池"——用他自谦的话说,"到了80岁,才露出了个诗头角"。他进入这"壮丽的城池"的礼物,就是两部华丽的精装诗集《藏梦——外国经典童诗选》《听梦——韦苇童诗选》(复旦大学出版社出版)。对于前者,诗人的期望是"竭尽我之所能通过翻译引进世界性的典范童诗";对于后者,诗人自谦说,"我自己姑妄来做童诗操练,在童诗多样性方面做一些愿景性的投石问路"。而在我看来,这两部堪称"姊妹篇"的童诗选集,就像一只飞鸟的两只翅膀,托起了一位诗人在儿童诗的天空里追寻了半个多世纪的"世界梦"和"中国梦"。

　　《听梦——韦苇童诗选》编选了诗人历年来创作的题

材、体裁、风味各异的童诗80多首。就题材看，这里面有儿童日常生活发现、家庭亲情分享、大自然吟唱、乡村童年回忆、小动物生活摹写、地球村畅想……可谓多姿多彩，丰富而博大；就体裁看，这里面有形象单纯的抒情小诗、叙事性的儿童故事诗、幻想性的童话诗、哲理性的寓言小诗、短小的散文诗、诙谐性的游戏诗……可以说，几乎包括了儿童诗在形式多样性方面的各种可能，为中国儿童诗"汇入世界童诗潮流"，同时又"不脱离'五四'以来的新诗河床"，提供了丰富的和鲜活的例证。

且引出我以为是堪与世界上最好的童诗相媲美的几首来欣赏一下。这些儿童诗，大都用小孩子们能够理解的"浅语"来写，却又"言近而旨远"，美妙的童趣、理趣和味道，无须饶舌分析，读者自可意会。《喂，南瓜》这一首是这么写的：

我种了一棵南瓜。

它是个淘气鬼，

不声不响

往隔壁院子里爬，

看样子

要在那边安家……

喂，南瓜，

你给我回来！

谁让你自作主张，

这样自说自话？

329

朱自强先生也很欣赏这个"自作主张"的南瓜，认为这首童诗"反映出韦苇以童诗表现童趣的艺术灵性"，说得很对。再看《鸟家》这一首：

村头这棵大枫树上，
你数数托着几个鸟窝？
一，二，三，四，五，
五个鸟家有几个鸟孩？
这个秘密大树从来不说。

村头这棵大枫树里，
藏着多少支鸟歌？
数不清鸟歌数树叶吧，
从春到秋，鸟儿天天唱，
鸟歌应比树叶多！

世界上，没有哪个孩子不喜欢大树上的鸟窝的。所有的小孩子，都会对鸟妈妈每天飞进飞出的鸟窝以及鸟窝里的小鸟感到好奇。因此也可以说，鸟窝是儿童诗中的一个"世界性"题材。那么，当你发现了一个藏在大树上的鸟巢，你将如何去守住这个秘密？大树又会怎样去对待鸟儿的信任，为鸟妈妈守护好鸟巢里的秘密？这首童诗抒写的正是这样的意趣。除了大树、鸟窝、树叶、春秋四季、小鸟的歌声引起我们对大自然的向往，这里面是不是还有互相友爱、彼此信任、信守秘密、环境保护等多重含义呢？

雨后的小树林里，会有许多撑着小伞的蘑菇。蘑菇是孩子们,也是中外儿童诗诗人们喜欢的形象,台湾诗人林良先生的那首"蘑菇是寂寞的小亭子",已经成为儿童诗的名作和杰作。韦苇用一首《大惊喜》,向林良先生笔下的蘑菇"致敬",而且翻出了新意:

蘑菇们在地下,
一定开过会,
共同商量好:
等到星期六,
或是星期天,
那个嘴边凹着酒窝的小姑娘
一走进林子来,
咱们一、二、三
就一齐冲出地面去,
白生生的一片,
白生生的一片,
呵,
白生生的一片,
给她大大的一个大惊喜!

用诗人的目光看世界,总会有着独特的发现、感受和联想。水牛背上站着一只白鹭,这是在江南乡村河滩和水塘边常见的景象,可是在诗人韦苇的眼睛里,却有着异于常人的联想。他的《牛背白鹭》是这样写的:"……白鹭站在牛背上……/像穿白衫的小妞妞/坐在黑衣爸爸宽阔的肩膀上/像沉沉夜色中/有人把亮灯举过头顶/……像一面深赭色的

岩壁上 / 跑着一只洁白的小羚羊 / 白鹭站在牛背上 / 大自然交响曲中一个奇妙的和弦。"

《美丽的一闪》是一首献给一只美丽的小鹿的诗,《月色中的母鹿》是献给一只年老的、"黎明前死在树下的月色中"的母鹿的诗。这两首诗都写得十分真挚动人,抒发了诗人怜惜弱小的生灵、敬畏伟大的生命的善良情怀,其中也蕴含着诗人对生命的诞生、成长、老去、死亡的哲学思考,却又是用小孩子也能理解的"浅语"写出来的。且看《美丽的一闪》这一首:

分明我已经醒了,

好像我又还睡着,

迷迷糊糊的,

我看见一头美丽的小鹿,

在窗外雪地上散步。

点点的白花撒满它全身,

细细的长腿,

叉叉的嫩角,

是它,是小鹿,

应该不会有错。

"小鹿,你真好看,

我来和你一起做伴!"

小鹿直直竖起尾巴,

眨眼间就跑得没了影。

我和小鹿,

只是在梦里相见的?

窗外雪地上这些蹄印

难道不是小鹿跑开时留下的?

也许,美丽本来就如同流星,

美丽忽忽地现,

美丽匆匆地隐,

就只为在我心中刻下一道美丽的闪!

　　这似乎是一首述梦之作,却又是那么真实可感。我甚至觉得,这才是真正的可以称之为"诗"的东西,因为它具有最准确的直觉的成分,足以触及人类情感中最浓烈的部位和我们心灵的最微妙之处。个人日常生活的细节,不再仅仅具有个人色彩,而是化成了能够引起所有人的情感共鸣、具有普遍和恒久价值的文学的主题。这样一首诗,就是置放在世界最美妙的诗歌之列,也是毫不逊色的。而且,它所呈现的意义,也显然不是"儿童诗"这个概念所能涵盖的。但是,诗人又分明做到了普里什文在他的座右铭里所说的那个准则:"思考一切,但写作要让所有的人都能理解。"

　　是的,是这样的。生活中,毕竟还有一些美丽的和我们所热爱的事物,是能够用我们的双手和心灵把它们保存下来的,因而,真与善、爱与美也是有可能始终不渝的。

　　在韦苇先生这部童诗选集里,诙谐、幽默、荒诞、抒情、爱心、快乐、幻想、游戏……凡是适合儿童心理和情感接受的,并且能够吸引着他们的喜闻乐见的各种情态、各种风味,

333

在这里都能够找到。如《椅子腿和小树》，是抒情风格的爱心童话诗；《咕，呱》，是童话风格的游戏诗；《会叫的帽子》是快乐的儿童生活故事诗；《狼种树》则是另一种风味：猴子种树是为了能上树摘山果，松鼠种树是为了在树上建树洞，喜鹊种树是为了在大树上做窝……狼也要去种树，那为什么呢？原来，"狼是怕哪天被人捶断了脚杆，撅根树枝就能当个拐棍拄"。这种幽默、诙谐和荒诞的情节，想必小读者读来会感到十分开心并觉得好玩。还有《小荷叶》《春》《瓜和花》《小调皮》等，我觉得都是可以拿出来"汇入世界童诗潮流"，乃至与世界最优秀的童诗相互映照、相互媲美的篇什。

韦苇先生在这部童诗选集的"后记"里这样期许："创造与世界童诗对话的资格，还得靠我国童诗界自己的努力。"说得很好。他自己在儿童诗园听梦、追梦 60 年而无怨无悔，也为当代和后来的童诗作家们树立了一个很好的典范，带有宝贵的励志意义。

2015 年春，武昌东湖梨园

李少白的儿童诗

李少白先生是儿童文学界一位德高望重的前辈诗人，30多年前我刚开始学习写儿童诗时，就读过他的儿童诗集《捎给爱美的孩子》。这本诗集定价只有0.36元，开印却是45000册。任溶溶先生为这本诗集写了一篇颇有分量的序言。诗集里有一些作品我至今还记得，例如有一首《少年，从这里走过》，我念给大家听听：

> 风儿不知疲倦地刮了一夜，
> 林荫道怎么还这般净洁？
> 啊，是上学的孩子从这儿走过，
> 千百只小手捡去了落叶。
>
> 这棵小树显得多么特别，
> 枝丫上还系着蝴蝶结？
> 哟，定是位细心的小姑娘，
> 用头绳把断裂的枝丫紧接。

路上几个小小的水泥坑，
怎么突然变得平整无缺？
呀！说不定是小华一伙干的，
昨天他们的书包几乎被沙子胀裂。

啊，少年从这里走过，
撒下美的花瓣，献给美的世界，
就像春雨洒红小花，
春风吹绿原野……

　　我想，大家听了这首诗，心里一定会有一种久违了的亲切感和美感。是的，30多年前，可以说，我们的世道人心，我们的时代精神，我们那一代少年儿童的心灵，就是这样单纯、美好，无论是大人还是孩子，都在追求一种"心灵美"。在座的有不少人都是从那个年代过来的，我们也都曾经用这样单纯和美好的感情，赞颂过那个时代。而到了今天，时代进步了，世道人心、社会环境、人们的价值观，也都发生了巨大的变化。有的是朝着好的方向发展了，但有更多东西，却不是朝着真善美的方向，而是朝着假丑恶，朝着黑白颠倒、价值观失衡、道德滑坡、人性沦丧的方向，发生了剧变。所以，现在我们已经很少能看到像《少年，从这里走过》这么单纯和美好的儿童诗歌了。
　　少白老师的诗歌，从各个角度展现了孩子们在校园、家庭、社会、大自然以及心灵世界里的情感状态，为一代少年儿童留下了多侧面的精神画像。他的儿童诗，是充满了真、善、美、爱的明亮光色的诗歌，是富有鲜活的儿童生活情趣、富有正能量,给孩子带来温暖、关怀、鼓励和力量的励志的诗歌。

在艺术特色上,我发现,他几乎每一首诗歌都带有一点点故事情节,有的是儿童生活故事诗,有的是幻想性的童话故事诗。这是任溶溶、柯岩、金波、袁鹰、于之等老一辈儿童诗人共同创建的一个很好的儿童诗传统。正是有了这点故事性,儿童诗才变得富有儿童生活气息和儿童情趣,才显得坚实、接地气而不至于那么轻浮和飘忽。我记得,刘绪源先生曾在《文学报》上发表过一篇文章,专门谈到任溶溶、柯岩这些诗人的儿童诗中的故事性。

用叙事加抒情的笔调,发现和捕捉鲜活的儿童生活瞬间与灿烂的童趣,同时也包含一点"润物细无声"的教育成分,告诉孩子们什么是好、什么是不好的,什么是美、什么是不美的,这种儿童诗创作传统,可能也与少白老师这一代人更多地接受了俄罗斯和苏联的儿童诗诗人如普希金、马雅可夫斯基、马尔夏克、巴尔托、米哈尔科夫等人写的儿童故事诗有关。他们的儿童诗,无一不是具有故事性的,有时只需要一点点叙事的成分,就能让一些原本不成形的意象或情趣,顿时变"活"了。少白老师始终坚持着儿童诗的叙事性这个传统。

可惜的是,这个传统在当下的儿童诗创作中,好像也变得稀薄和寡淡了。不少颇有才华的儿童诗诗人,在创作中有点"舍本逐末"的倾向,毫无节制地,甚至是恣意地在儿童诗中炫技、逞才、玩弄辞藻和意象,真正的儿童生活、儿童情趣、儿童心灵史,却变成了次要的东西。结果,有的儿童诗别说小孩子看不懂了,就连成年人也看不懂了。我记得任溶溶先生前两年就跟我说过,有些儿童诗他读来也是不知所云、莫名其妙。

少白老师在儿童诗的形式上，也做了各种尝试：故事诗、抒情诗、朗诵诗、童话诗、寓言诗、散文诗，还有写给小娃娃的儿歌、童谣，诗歌形式上还有马雅可夫斯基式的"楼梯诗"、手写体的"图像诗"、分角色朗诵的诗，等等，在他的集子里都能找到。可以说，他把自己大半生的心血都献给了儿童诗这种文体。

这是一种值得我们学习的职业精神。西班牙散文家阿左林跟身边的青年作家说过这样几句话，大致的意思是，我们每个人都代表着祖国的文学传统，我们都在认真地为这个传统增添新的东西。劳动者对于他的职业的爱，才是最关紧要的，不论我们所写的是什么，重要的是要带着一种挚爱的感情去做。

我觉得，少白老师就是这样带着一种挚爱的感情在写他的儿童诗。今天，文艺报社、湖南省作家协会等单位一起举办李少白创作研讨会，正如高洪波老师所言，其实也有向这种默默的、勤恳的儿童文学精神致敬之意。我想，湖南少年儿童出版社能整理出版李少白的作品系列，汤素兰教授还亲自为这套书写了扎实的、富有文采的序言，无疑也都带有致敬之意。

我与李少白老师从未见过面，只是"神交"了二三十年，敬慕已久。在此，真诚地祝愿少白老师身健笔健，诗心常在，继续有新的作品"捎给爱美的孩子"。

2016 年 7 月 3 日，武昌

辑六

三百年的美丽与童真

童年的故事与书，都是种子。里有的，种子里早已有了。未来的格林基至认为，只有童年读的书，才会对人剩的影响。儿童文学作家

"孩提时，所有的书都是「预言书」。我们有关未来的种种，就像占卜师在纸牌中看的旅程或经由水预见了死亡。"

——因为

"童年中国"：温暖的回忆之乡

　　岁月虽然把一个个长大的孩子驱离了童年时代，但是未必让每个人都走向了成熟和遗忘。只有当我们历经了人世沧桑、熟谙了生命的种种艰辛与苦难之后，当我们叹息日薄西山、星辰消逝、夏日结束的时候，我们才会更加深切地怀念远去的童年时代。没有谁会拒绝重新体验一次童年生活，也没有谁不留恋那无忧无虑的黄金时代。也许，只有回忆起童年来，我们的心里才会充满最诚挚的热爱，只有童年，才能使我们从一次又一次的失望里，得到重生，获得新的希望和梦想。童年，不仅是每个人的"欢欣岁月"，还是每个人永恒的乡愁和最温暖的回忆之乡。

　　"童年中国"是天天出版社倾力推动的一个原创图画书创作和出版项目，我有幸成为参与这个创作项目的文字作者之一，为这个系列写了一本《刺猬灯》（祁人绘画）。承蒙诗人金波先生看重，在这本图画书的封底，写了这样一句"推介语"：童年的刺猬灯，照亮了小刺猬回家的路，也照亮了每个人内心柔软的记忆——怀念亲情，眷念传统。有人说过，最优秀的评论家，总能够发现和揭示创作者内心深处的秘密。金

341

波先生简要的一句话，就把我写这个图画书故事最初的朴素愿望一语道破了。所以，我将此语引为"知己"之言。是的，我想表达的，确乎就是一种对亲情的怀念、对传统的眷念。"记住那乡愁"，这是现在每个人常常感同身受的一种共识。有时候，所谓"最好的时光"，其实是指一种不再回返的"幸福感"，并非因为它美好无匹，从而让我们眷念不休，而是倒过来，正因为它是永远的失落，我们于是只能用怀念来召唤它，它也因此才变得美好无匹。

其实，"童年中国"这个项目策划之初，编辑在发给我的约稿信上，表达的也是这样一种温暖的期望：在中国广袤的地域上，千百年来形成各具地缘特征的生活方式与习俗，独有的自然风光、人文景观与风俗人情使这个地方具有专属的味道与色彩。但是城市化的进程让这些东西慢慢遗失，今天的孩子已经很难切身感受这些事物的样子与背后包含的情感。我们希望用这样的一套原创图画书，为孩子们保存一份专属于"地方化"的温暖的记忆与印象，同时用温暖人心的故事贯穿，反映出各地域民俗民情，传达出一种浓浓的乡情，勾勒出一个"充满温情的童年中国"。

从"童年中国"已经出版的数种作品来看，无论是创作者还是编辑出版者，都在不同的地方，沿着各自的童年的小路，朝着这个温暖的回忆之乡走去。弯弯的《和我玩吧》，展现的是一种令人怀念的无拘无束、恣意烂漫的小童年；熊喵的《咪子的家》，用一个小女孩对一只猫咪妈妈和她的小猫的好奇与关注的故事，让读者看到了生命的美好与神奇，感受到了母爱无畏的力量和一种舐犊情深的亲情之美；黑眯的《辫子》，抒写的是一个失去与得到、迷失与归来的故事，也使人不能不联想到那个恼人的"童年命题"：站在童年的门槛上，究竟长大了好，还是永远不长大才好？安武林的《麻花小熊》（布克布克绘画）虽然是以童话的方式来讲述故事，但是表达的也是一种对传统的麻花制作手艺的回忆与眷念，正如故事里的一番对话所传达的："我们回去还能吃到麻花吗？""能！……这门手艺不会失传的！"

冰心老人说过："童年，是梦中的真，是真中的梦，是回忆时含泪的微笑。"曾经从我们的生命中走过的一些不同寻常的人，我们有过意外的相逢，并且立即就很喜欢他们，无奈，他们总有离我们而去的一天，去到另一个地方，甚至去到另一个世界，比如我们的长辈，比如一些不同寻常的人，他们就像雪人一样，总会融化的。怀旧是必然的。人谁不爱童年，谁能忘却自己的童年？就像黄昏时刻的树影拖得再长也离不开树根，走得再远也不会走出童年的那颗心。

除了对童年、亲情、传统的追忆与眷念，"童年中国"原创图画书系列还给我带来了另外一些强烈的感受：

一是最年轻的一代图画书创作家——像弯弯、熊喵、黑眯、布克布克等，都是20来岁的年轻人吧，都能集文字和绘画创作才能于一身，不仅在图画书创作艺术上，正在向着故事和绘画的高度与开阔的境界走去——这一点，来自国内和国外的一些图画书研究专家，已经做出了相当高的评价，我们在这几本图画书的封底上都可以看到——而且更重要的是，他们都用图画书的方式展现着独特的"中国元素"，抒写着美好的"中国情怀"，讲述着鲜明的"中国故事"。他们不仅在向童年致敬，还在向传统致敬。这是中国传统文化和绵延不断的家国情怀在儿童文学的薪火传递上的胜利！光阴在流逝,水在流动,一代代人的童年也在不断地远去,但是,对美好的民族传统的守望与传递,却是无论什么时候都不应该缺失的一种使命。就像诗人流沙河在《就是那一只蟋蟀》这首诗中所写的,"中国人有中国人的心态,中国人有中国人的耳朵""凝成水,是露珠;燃成光,是萤火;变成鸟,是鹧鸪,啼叫在乡愁者的心窝"。

越是民族的,越是地域性的,就越是世界的,这已经成为大家的共识。而对儿童文学来说,人类和童年时期一些共通的情感和"普世"的价值观,同样也是能够照亮处在任何一个民族或任何一种文化背景下的读者"内心柔软的记忆"的温暖灯火。这就是"童年中国"原创图画书系列送给我的另一点鲜明的感受:这套图画书在注重呈现"中国情怀"、讲好"中国故事"的同时,也尽力使每一本书都具有了一种"国际范儿"。其中使我大有"惊艳"之感的是黑眯的那本《辫子》。这本图画书无论是故事、意境、文字表述、绘画色调、线条细节,还是整体设计、纸张的色调与手感,甚至字体字号的选择,都十分用心、讲究,是一种真正的"国际范儿"。这也难怪 2014年国际安徒生奖得主罗杰·米罗看到这本图画书时,也掩饰不住自己的惊喜,不禁赞叹说,这是让他感到"非常非常惊讶"的一本图画书,好的插画家就应该"有一些疯狂的想法",给读者带来"他们应该得到的,而不只是他们想要的"东西。

2014 年早春,武昌东湖之畔

寻找失去的梦想和传统

　　兔儿爷，是老北京的泥塑艺人选用精致的黄土做出的一种有着长长耳朵的彩绘泥塑小兔。传说中秋节的夜晚，月亮上会出现高大的桂花树、美丽的仙女嫦娥，还有在桂花树下捣药的小白兔。兔儿爷，原本是过去人们在中秋节祭拜月亮时用的"祭品"，现在它们成了小孩子特别喜爱的泥塑玩偶和节日礼物。

　　《兔儿爷丢了耳朵》是一本讲述"中国故事"的图画书。中秋节到了，小男孩从老祖母那里得到了一个可爱的玩偶兔儿爷，可是他不小心把兔儿爷的长耳朵甩掉了一只，而且怎么找也找不到了。但是，小男孩没有放弃自己的寻找，因为那是他最心爱的东西。他的奶奶，还有月亮上的玉兔们，都在帮助这个孩子，寻找他失去的东西……

　　一个多么纯真和温暖的故事啊！小男孩和老祖母之间的怡怡亲情，小男孩对遥远的夜空、金黄的月亮、快乐的白兔们的想象和期待，以及由此带来的友爱、信任和默契……都在"寻找"的过程中得到了表现。故事虽然浅显、简单，但是仔细回味你会觉得，这个故事里也蕴含着现实与梦幻、人世间与大自然、纯真的童心与辽阔的世界之间真诚的沟通与美好的和谐关系。

那只丢失的兔儿爷的小耳朵，也许，就像我们曾经失去和忽略了的亲情、梦想与美好的传统，只要寻找，就能寻见；只要加以珍惜和爱护，就会变得圆满和完美。因此也可以说，作家不仅仅是在给孩子们写一个中秋节和兔儿爷的风俗故事，他也是在向小读者展现一种温暖的中国情怀，讲述一个瑰丽的中国梦想。

2014 年冬天，武昌

三百年的美丽与童真

　　据说，捷克著名儿童教育家扬·阿姆斯·夸美纽斯在1658 年出版的《世界图绘》，被认为是欧洲最早的带插图的儿童书。如果从这个时候算起，那么图画书迄今已有 300 多年的历史了。

　　几年前，在德国美因茨的古腾堡印刷博物馆里，我看见过一本有着彩色木刻风格插图的医学故事书 "De Hortus Sanitatis"，这个书名可译作《健康花园》，1491 年第一次在美因茨印刷出版。这本书融合了中世纪后期苏格兰的一些植物、草药知识和民间传说，不仅一幅幅精美、细腻的图画在讲故事，而且文字叙述也具备了图画书的雏形，例如："一个男孩在收集蜂巢里的蜂蜜，把自己的脸也弄脏了。""一些医生在病房里给多名患者会诊。""如果胎儿不幸死在了妈妈的子宫内，可以将艾叶捣碎，放进子宫内，等到冷却后，死胎就会分娩出。"我当时就想，这几乎可以说是一本 500 年前的"科普图画书"了。

　　当然，严格意义上的"Picture Book"（图画书），要到 19世纪晚期至 20 世纪初，才在欧美臻于成熟。一个显著的标志就是，一批专门为幼童创作图画故事书的插画大师诞生了。这些大师包括沃尔特·克兰、凯特·格林威、伦道夫·凯迪克、碧翠克丝·波特、W.W.丹斯诺，等等。这些人不仅是世界儿童图画书的先驱和拓荒者，而且用各自杰出的作品，创造了世界儿童图画书早期的一座座高峰。有的直接成为后来一代代图画书作家和插画家的"精神火种"和"灵感之源"。

例如英国维多利亚时期最流行的画家、儿童彩色图画书最早的倡导者和实践者沃尔特·克兰，就对19世纪欧洲插画产生过深远的影响。他和凯特·格林威、伦道夫·凯迪克被誉为19世纪"欧洲插画三大师"。他画的欧洲经典童话故事图画书《小红帽》《睡美人》《灰姑娘》《蓝胡子》等，几乎是欧美每个家庭儿童书房里的必备童书。同时也因为他丰富多彩的艺术实践，例如在石膏浮雕、瓷砖、彩绘玻璃、墙纸、纺织品图案等方面的贡献，他还被誉为欧美"工艺美术运动"的巨擘。

再如维多利亚时期另一位水彩画巨匠凯特·格林威，也是对后世有着巨大影响力的图画书大师。英国图书馆协会在1955年为纪念她而设立的"凯特·格林威奖"，可以说已经成为遴选世界优秀图画书的最高标准。

凯特·格林威生于1846年春天，1901年初冬就去世了，活在人世的日子并不算长，但是书比人长寿，她给我们留下的一系列图画书名作，至今仍然熠熠生辉，是世界童书宝库里的一笔珍贵遗产，也是世界图画书的"经典中的经典"。她的图画书题材丰富宽泛，有享誉欧美的幼童经典《鹅妈妈童谣》《农场故事集》《小安娜的故事》，有家喻户晓的童话故事诗《哈默林的花衣吹笛人》《蓝色小男孩》，也有经典诗人罗伯特·勃朗宁的儿童故事诗《珍珠孩子》。格林威的画风优雅清新，出现在她的水彩笔下的儿童、少女、母亲们的形象，都是那样亲情怡怡、甜美而温暖；农场里的各种小动物形象，栩栩如生、憨态可掬；还有田野上、农舍旁、池塘边、篱笆下的各种植物和花卉，清新绚烂，生机盎然。

格林威自己创作的儿童诗集《窗下》，不仅插画生动细腻，而且文字也十分的温馨明亮，堪称世界上最好的幼童美育图画书和亲子图画书。例如其中像《格蒂的太阳花》《睡前小故事》这样温暖的美德故事，我相信即使在今天，也仍然是每一位年轻父母送给小宝贝的难得的亲子故事和晚安故事。

格林威的图画书表现形式也如春日的花树，斑斓多彩，有淡雅的水彩画，有细致的木刻画，也有简洁和夸张的速写画等。她的图画书作品素以图文混排、浑然天成的完美形式著称，真正达到了后人所总结出的"图画书＝文×画"而并非"图画书＝文＋画"的艺术效果。她的图画书名作如《鹅妈妈童谣》《哈默林的花衣吹笛人》《蓝小孩》等，是欧美图画书中的"经典的经典"，让我们领略到了19世纪欧洲小镇恬淡的生活风情，感受到了一种乡村田园诗般的浪漫和清新的气息，闻到了水仙花、素馨花和樱桃树的芬芳。

《世界插画大师儿童绘本精选丛书》，是武汉大学出版社倾力推动的一个大型的、世界经典图画书"原版插画、初印再现"的童书出版工程。整个丛书将包括沃尔特·克兰、凯特·格林威、伦道夫·凯迪克、碧翠克丝·波特、W.W.丹斯诺等欧美经典图画书大师创作的近200本传世图画书名作。

伦道夫·凯迪克是与沃尔特·克兰、凯特·格林威"三足鼎立"的另一位插画巨擘。美国图书馆学会在1938年创立的、目前世界上最著名的图画书大奖"凯迪克奖",就是以他的名字命名的,奖章上镌刻着他最负盛名的图画书人物"骑马的约翰·吉尔品"的形象。他也是《彼得兔》的作者毕翠克丝·波特的偶像,是伟大的画家凡·高和高更的追慕者。我们从比利时优秀的图画书作家嘉贝丽·文生的作品里,也能看到凯迪克留下的美好"诗意"。

"伦道夫·凯迪克图画书系列"精选了《农夫学骑马》《青蛙先生求婚记》《吉尔品趣事》《三个快活的猎手》等15册名作。凯迪克的图画书也是名副其实的"视觉盛宴"和"经典中的经典",是他送给全世界一代代孩子,也包括所有成年人的珍贵礼物。

有人说过,诗是不能翻译的,真正的"诗意",就是无法翻译出来的,或者说是被翻译家"丢失"的那一部分。但是,在凯迪克的图画书中,那些快乐的诗意是永远不会"丢失"的。即使从英文翻译成了中文,所有的诗意,仍然会被完美地保存下来。这其中的秘密,就在他美妙的图画中。凯迪克的文字里可能被弄"丢失"的东西,我们可以从他图画的细节里重新发现和找到。

凯迪克不愧为是善于用图画讲故事的人。他的彩色图画色彩明快,有着中国古代的青山绿水画的风格,而且细节密集,有着夸张的动感,每个鲜活的细节,都在给我们讲述故事。例如《吉尔品趣事》《三个快活的猎手》《森林中的孩子》,你一定要慢慢读,不仅读文字里的故事,而且要仔细阅读图画中的细节。他送给我们的快乐精神、幽默味道,还有美好的想象和诗意,往往都被他藏进了图画中,包括那些好像是简单勾勒出来的黑白图画。

松居直先生认为，最好的图画书，不仅仅有画面，还一定会有声音。凯迪克的图画书里就有最动听的声音。《叮咚叮咚乖宝宝》里的提琴声音、《三个快活的猎手》里的号角声、《吉尔品趣事》里的奔马蹄音……都被描画得多么准确和逼真，你听到了吗？

当然，文字的美妙与传神，也得力于中文翻译者和出版者的用心与细致。这些图画书中的经典作品，就像一尊尊华美和名贵的古典瓷瓶，必须小心翼翼地对待才是。看得出，无论是翻译者、出版者，都在用心对待和处理每一幅原版图画的复原呈现与文字翻译上的细节。慢慢阅读，仔细品味，越是在那些最细微处，我们越能感受到凯迪克送来的童年想象与快乐，是多么的美妙。

2014 年夏天

朝花夕拾，灯火闪亮

　　世界上有不少抒写童年之美的经典小书，都出自一些大作家之手，如鲁迅的《朝花夕拾》，萨特的《童年回忆》，本雅明的《驼背小人》，托马斯·曼的《童年杂忆》，柯莱特的《葡萄卷须》，希梅内斯的《小银和我》，奥纳夫·古尔布兰生的《童年与故乡》，若·亚马多的《格拉皮乌诺的小男孩》，狄伦·托马斯的《有一天清晨》等。这些带有回忆色彩的文字，大都超越了对个人童年生活的描述，成为一种能够引起每个人的共鸣、具有永恒和普遍意味的文学题材。老作家、翻译家任溶溶先生出生于 1923 年，今年已经 90 多岁了。《我也有过小时候——任溶溶寄小读者》是他最近出版的一本回忆童年生活故事的散文小书。这本书不仅给读者呈现了天真烂漫的童年之美，还让小读者感受到了一种单纯、清澈、温暖的儿童文学之美。

　　任老在上海出生，5 岁时跟随家人到了广州，在广州读私塾和小学，有时还会回到他的故乡广东鹤山县旺宅村里去度暑假，所以，他的童年时代是在这三个地方度过的。这本书里的三辑文字，写的就是他小时候对这三个地方的人与事的点点滴滴的记忆。

　　法国作家都德这样描写过他童年时代的一个体验："小时候的我,简直是一架灵敏的感觉机器……就像我身上到处开着洞,以利于外面的东西可以进去。"读任老的这本书,我感到,他小时候也像都德一样,身上到处开着洞,接纳了许许多多的人与事、苦与乐、爱与愁,就像一年四季里的 24 番花信风轮番吹过,给他留下了一个丰富、恣意和完整的童年。

　　白发暮年,朝花夕拾,重返青梅竹马时节,重返故乡街巷里的提灯时光,遥远的灯火依旧熠熠闪亮。90 多岁的老人了,平生经历,山高水长,什么世事没有见过? 哪怕是百年功名、千里云月,也只会回眸一笑,等闲相看了。可是,一回到两小无猜的小时候,老作家的白发好像倏然返青,一颗童心,依然活蹦乱跳,宛若时光重现,漫长的人生又从头来过一样。我想,这种生命状态,就是人们常说的"不忘初心"和"归真返璞"吧。这种生命状态,也不仅仅是拜儿童文学的神奇魔力所赐,更是一种历尽沧桑、人情练达之后的智者境界,好比天心月圆、林间花满。佛家有言:佛性即童心。如是说来,在任老身上,从任老的书中,我们也不难领略到一种明亮、澄澈的"佛性",一种云淡风轻的人生大智慧。

　　记得我的老师、诗人曾卓先生,晚年有一次和我谈道,他们这些人活到了这个年纪,什么"技巧"都没有了,剩下的只是"人"本身。读任老的这本书,我也感到,这里面什么技巧都没有了,剩下的也只有一颗单纯、活泼的"初心",一个单纯和澄净的"人"。这本书收入了 54 篇小散文,每篇都只有一两千字,有的更短的连千字都不到,可以说是真正的洗尽铅华、删繁就简,文笔简约和平实得不能再简约、再平实了。但是，正是通过这一篇篇归真返璞的"识小"文字，我们看到了一个鲜活和真实的小人儿的生动的童年时代。老作家的记忆力真好，竟然记得八九十年前的那么多小细节。他的文字的平实之美，也正是来自这些独特的、真实的小细节。据说，一个儿童文学作家异于一般作家的才能之一，就是要看这个人能否真正"返回童年"，能否重新"发现童年"。如果这个说法是对的，那么，任老无疑就是一个最好的例子。他的这本书，真是应验了童话家林格伦的那句名言："为了写好给小孩子们看的作品，必须回到你的童年去，回想你的童年时代是什么样子的。……'那个孩子'活在我的心灵中，一直活到今天。"任老用最简约、最平实的文字，让活在他心中的"那个孩子"，再次奔跑、欢笑起来，再次坐在南方的私塾和小学堂里，描红、抄书、诵读，做起了游戏。

《我也有过小时候》也不仅是一本回忆和怀旧的书，它还是一本感恩和励志的书。我读到《怀念阿妈》《我的爸爸》《我也有好妈妈》这些篇章时，就特别受感动，鼻子酸酸的，也想到了自己过世的亲人，感到了一种对亲人的养育之恩没来得及报答的愧疚；读到《爱国者的血》《在南海过暑假》《回成为孤岛的上海》这些篇章时，又会想到都德的《最后一课》，感受到了生长在抗日战争时期的那一代中国孩子热爱自己的祖国、发愤图强、不愿做亡国奴的自强不息的精神。所以我觉得，这本书还有一个特点值得肯定：老作家善于"以小见大"，从一些小小的细节里，也能辨认出一个真实的大时代的样子，也能听到一个大时代里的风雨声。

2015 年 7 月 23 日，沙湖之畔

散文的光芒与芬芳

说出来,有人可能不太相信,俄罗斯散文家帕乌斯托夫斯基的书,我先后买过三册《面向秋野》、两册《金蔷薇》和两套《一生的故事》。有的书之所以会再三重复地买回来,是因为书本已被我读散了架,用透明胶粘贴得太难看了,只好再买一本新的回来接着读。我曾经想过,喜爱一位作家的作品喜爱到这个程度,是不是有点过分了?但我立刻就给自己找到了台阶:还好吧,你离"读书破万卷"还早着呢!

写文章,我也经常喜欢掉一点书袋。我比较认同英国诗人奥登的一个有点刻薄的说法:当我们阅读一位博识的作家的文章时,有时候从他的引文里所获得的教益,要比从他自己的文字里所获得的更多。那么好吧,在谈论梅子涵先生的散文之前,我仍然要先掉一点书袋。

曾经有两位作家,是很好的朋友,经常一起去诗人叶赛宁的家乡梁赞附近的美肖尔林区旅行、钓鱼,当然,也在那里构思和写作。一位就是我前面说到的帕乌斯托夫斯基,另一位是睿智的小说家盖达尔,写过《蓝碗》《鼓手的命运》和《一块烫石头》的那位,15岁时就当了苏维埃红军的团长。因为经常得以近距离的观察,帕氏对盖达尔的创作才华和写作风格都十分了解,而关于这些的认识与描述,都十分清晰和精准地写在《同盖达尔在一起的日子》一文里。这是一篇极其生动的文学回忆录和作家创作谈。例如他说:

"无论在真正的文学中,还是在一个真正的人的生活中,都没有微不足道的东西。"

"在我看来,盖达尔最主要、最惊人的特点,是根本无法把他的生活和他的作品分开。盖达尔的生活似乎是他的作品的继续,有时也许是他的作品的开端。"

"盖达尔的每一天几乎都充满了非常的、异想天开的事……不管盖达尔做的是什么事、说的是什么话,一切都会立即失去平凡的、令人厌倦的特点,变成不平凡的东西。盖达尔的这个特点完全是本能的、直感的,这个人的本性就是如此。"

"在整个一生中,他是一个使孩子的心灵感动得流泪的极为出色的讲故事的人……"

绕了这么大的弯子,现在你们一定猜到我想说的是什么意思了。是的,我想说的是,阅读梅子涵的散文,我所获得的那些最强烈的感受,和帕氏对盖达尔的感受并无什么两样。

比如读《火车》《童话》《飞行》这些篇章,你就会觉得,梅子涵的一些真实的生活际遇,好像就是他的作品的继续,或者又是他的作品的开端。也就是说,你根本无法把他的生活和他的作品分开,你搞不清楚哪个情节是生活的,是非虚构的,哪个情节又是文学的,是虚构的。当然这只是我们作为读者的某种错觉。实际上他写的全都是最真实的、非虚构的散文。

他的魅力在于,他选取的是发生在一生中的最具"文学性"和最具有感动力量的人与事。这样的人和这样的故事,一生中也许只会遇到一次,不可能再有第二次。一旦遇上了,经历了:"我都会死死地记着!记着了,就成了暖和的故事!"

比如读《校长》《学生》《快递》这些篇章,你就会觉得,在真正的文学中,的确是没有微不足道的东西。世界上也没有什么渺小的题材和体裁,而只有渺小的作家。在梅子涵的文字里,生活的每一天里都有温暖的忆念,都可以做善良的回望。再平凡、再琐碎、再不起眼的小事儿,他也能从中发现美好、温暖、童话的东西,哪怕这些小事儿如他自己所说,没有任何"中心思想"。但是,这一篇篇干净、平实、清亮发光的散文故事,却使我不由得不生出如此感慨:终究,生活中会有一些我们所挚爱的人与事,是能够用我们的双手、文字和心灵把它们保存下来的,因此,诸如热爱、文学、浪漫、高尚、诗意……这样一些美好的东西,也是有可能始终不渝的。就像《火车》那篇故事的结尾,作者添加的那个"结束语":哪怕车厢的灯全熄了,还是会有人看见你——他送那个女人和孩子进卧铺的瞬间,不就被黑暗里的人看见了吗?还有,如果你"学过雷锋",那么你也会等到一位永远记得你的"张车长"。

在这里,车厢的灯、女人和孩子、进卧铺的瞬间、黑暗里的人、学雷锋、张车长……都是《火车》这篇故事里的具体的人与事,同时也都超越了狭隘的个人生活色彩,而具有了普遍的象征意义,成了美好的文学题材。如果不了解这个故事本身,脱离了这件事的前后语境,也许,这些人与事、词与物,都成了需要加以解释的"典故"。

由此,也引出了我对梅子涵散文魅力的另一种感受,那就是，他的每一篇散文故事，都是浑然一体的，是一个完整和美好的整体。故事的感人内核，故事的因果联系，作家讲述过程中所注入的忆念情愫，作家讲述时的前后语境和叙述语气……似乎都是不可分割的，也无法分开来加以分析。汪曾祺先生曾对一位想要研究他的评论家表达过这样的意思：我是一条完整的鱼，你不能把我切成一段一段地来分析研究，以为我早期的作品是这条鱼的"头"，中年时期的是鱼的"身子"，晚年时期的是鱼的"尾巴"。梅子涵的散文也是如此。你无法在他的散文里具体划分出哪是鱼头、鱼肚、鱼身或鱼尾。他的散文里没有拖泥带水、旁敲侧击的东西。他用的全是不枝不蔓的白描手法。不用任何铺垫，故事就开始了；不用任何渲染，已经进入了高潮；也不用任何归纳，故事戛然而止了。就像诗人威廉·布莱克的诗句所写的："你寻找那美好的宝贵的地方，在那里旅人结束了他的征途。"

也因此，按照一般的书评写法，要想从梅子涵散文里引出一些特别华丽的段落，其实是比较困难的。"疑此江头有佳句，为君寻取却茫茫。"不是没有，而是到处都是。他的散文的味道、芳香，就像咖啡的颗粒，已经完全融化和弥漫在了整杯热咖啡里。除非你把他的全篇散文都引用出来。

读他的散文，你会觉得，那种娓娓道来的叙述风格，那种不动声色的幽默的味道，那种从真实和平实中飘散出来的文学气息、诗意的东西……就像一层薄薄的、新鲜的粉霜，均匀地、自然地附着在每一个浑圆的故事的苹果的外表。脱离了"人与事"这个完整的、实体的"苹果"，那些幽默和浪漫的粉霜本身，是没有多大意义的，是"散"的和没有形状的，也并不值得特别去夸赞。我相信，梅子涵所在意的，也是他的"苹果"本身,而不是"苹果"外表的那层粉霜。他写散文,绝不是为了轻浮的"炫技"和"逞才",也不是要用那些美丽的粉霜去取悦读者,而是"志存高远",有一颗大的"文心"和一种云水襟怀。这种襟怀,他在《童话》那篇故事的开头,有所表述:"希望中国人能相信童话,用童话的心情和温暖影响生活,让中国的前进诗意和从容一些。"这才是他的拳拳"文心"。

现在有许多作家,尤其是儿童文学作家,开口闭口就是"爱心",就是"关爱",就是"底层关怀意识"和"正能量"。但是我还没有看见过,有哪位作家在自己的散文里,用心地、真诚地、满怀温暖地去写过这么多的生活在城市底层里的"小人物"。在梅子涵的散文里,这样的底层人物,简直可以排成一个长长的人物画廊。《干净》写的是小区里的一位老年清扫工,他每天迈着"仔细的步伐,干净的步伐",不仅把整个小区,还把自己的垃圾车收拾得干干净净、体体面面;《小摊》写的是一位修皮鞋的阿姨,每天用她勤劳的双手和乐观的生活心态,心平气和地谱写着一元钱的"童话"和几元钱的"叙述";《落叶》写的还是小区里的那些"不言不说"、默默打扫着每天的落叶的清扫工;《佩服》写的是一些不被人"看见"的修理工,修自行车、修拉链、修手表的;还有前面说到的《童话》,写的是一位小保安的故事;《快递》写的是一位快递小哥的故事……都是一些通常总被人们忽略了的或视而不见的小人物。他把他所看见的、经历的、亲身感受的有关这些人的故事和人性中的美好,写得如此动人心弦,令人眸子湿润、鼻子发酸,从而唤醒人们对他们的尊重、体谅与友善。我觉得,这才是真正的底层关怀和文化关怀,这才是真正的爱心、温暖和"正能量"。

梅子涵是一位拥有崇高的心境、浪漫和高贵的情怀的作家,但是这一点不妨碍他同时也具有最温暖的底层关怀意识。在这一点上他很清醒,用他自己略带调侃意味的话说:"我很拎得清,找死必须选对地方。"他深知这些小人物的生活现状,离他所期待的那种童话生活有多么遥远,虽然他用文学的方式去写他们,也把他们的故事写得十分富有文学的感动力了,但是他从来没有因为自己懂文学,就把自己当成"贵族"。恰恰相反,他的这类散文正是为了点醒某一部分人,应该努力"让自己活得平浅一点"。他这些写小人物的散文,承续了鲁迅先生当年写《一件小事》的那种温暖的底层关怀的叙事传统。虽然也都是知识分子视角,但在梅的笔下,已经不仅仅是要榨出皮袍底下藏着的那个"小"了,而是有了一些新的表达, 比如反思:"当一个真正的童话在我面前很质朴、很热诚地出现时,我竟然马马虎虎没去看。"比如发现:"看着智慧在他们的手上,他们的技术让生活转动和明亮。"比如对所有弱势群体的帮助和尊重:"我们要帮他们说说话,让他们的路上也有足够的光照耀,心里很温暖""等到他再老些以后,身上也能背个洁净的包,里面装着晚年的安心"。比如感悟:只要敞开自己的心,睁大自己的眼睛,就能看见生活中的许多"最平浅的诗意",每个人都应该努力地"让自己活得平浅一点"。

米兰·昆德拉有句名言:"我们注定是扎根于前半生的一代人,即使后半生充满了强烈的和令人感动的经历。"梅子涵这一代作家,如今正在迈向老年时期,怀旧是必然的。在他的散文里,小时候的回忆,少年同学之间的回忆,农场知青生活的回忆,都是他写也写不完的题材、抒也抒不尽的诗情。他写记忆里的那些亲人的善良,那些亲人和老师、朋友的离去,有的写得出奇的冷静与平和,有的写得缠绵悱恻,有的写得荡气回肠,有的又写得沉痛之至。写奶奶、外婆的那些篇章自不必说了,那早已成了他的散文和图画书故事的名篇。例如《扑通》这篇,写他在"文革"时期疯狂的抄家风潮中,出于一种自我保护的本能,同时也是惊恐万状、迫不得已地撕掉、烧掉了爷爷和爸爸留下的一些珍贵的旧书,甚至撕掉了爷爷留下的唯一一张大照片,撕得很碎,然后烧了。晚上他把自己的举动告诉了妈妈和外婆,"她们都没有说任何话。她们没有让我吃一个耳光"。许多年后的今天, 他站在了爷爷的墓前。"墓上没有爷爷的照片。我根本没看清爷爷长什么样,就慌慌张张撕掉了。"他写道,"我现在吃自己一个耳光!其实每次想起,我都是要吃一个的。"虽然也是平静的叙事,却包含了多么沉痛的伤逝和追悔之情。

《粽子》一篇里,写困难和饥饿的年代里,一个寡妇悄悄地放在他们门口的几只粽子,文字里似有一种微笑中的泪光在闪现。《浪漫》这篇里,写他在那个寂寞荒凉的年代里,有一天突然看见一个人坐在空旷的大堤上拉小提琴:"我很想靠近了站定了听,但是那飞扬的缥缈却让我不好意思,让我窘困得害羞,在太美的东西面前,我会抬不起头来的,于是我就会假装不在乎地离开。可是,我一边走却一边回头看,我不知道,世界上还有比这更好听的小提琴声吗?"这样的心理感受,描述得真是细微而又准确,就像罗曼·罗兰描写克里斯朵夫第一次听到风琴声时的情景一样动人。

《绿光芒》这本书,收入了梅子涵先生用 5 年时间,缓缓地写成的 50 篇散文故事。这 50 篇故事,不仅让我们感受到了美好的文学所具有的感动的力量,也领略了汉语散文的一种干净、明亮、真挚、平实和精确的文学之美,明白了好的文学是如何的好,也领略到了一种真正的散文的光芒与芬芳。

帕乌斯托夫斯基赞扬盖达尔说:"他的想象力一分钟也没停止过,它们的一部分注入了作品里,而那巨大的另一部分,则被他花费在自己生活的每一天、每一件事情里。"也因此才有"盖达尔的生活有时是他作品的继续,有时又是他的作品的开端"的说法。这个说法,我觉得也同样适合用在梅子涵先生身上。

据说,看一位作家是否真的优秀和杰出,一定要注意一条永远有效的强劲原则,那就是,要看一个作家有没有高涨的,热爱生活、生命和文学的激情。因为有很多作家,正如尼采所言,"仅从句子的步态,就可以看出他是否疲倦了"。从梅子涵的散文里,还看不出任何疲倦的步态。他的热爱生活、热爱文学、热爱芸芸众生的激情,依然那么蓬勃;他的文字,仍然那么诗意盎然,带着新鲜的"苹果"的粉霜,闪耀着翠绿和鲜艳的光芒。心在树上,摘下来就是。

2014 年仲夏时节,武昌

听晚星下那些喃喃低语

如果我是一个哲学家，我将忠告那已经走过了"人生旅程之中途"的人们：现在，请稍做停顿，听我说，你面临的后半生的任务之一，就是要从支配着整个中年时期的实用主义的理性中突破出来，把自己从沉重的社会惯例中解放出来，返璞归真——重返纯真的记忆之乡，重返童年的自然境界。

如果我是一个诗人，我也将劝说那背着沉重的负担匆匆赶路的人们：可否坐下来，就坐一会儿，让我们一起仰望头上的星空，看那些温柔的星星在闪耀。永恒的星星和浅浅飞过的流萤，都会照亮那些黑暗的夜路，那是我们疲惫的心灵回家的方向。

即便我不是哲学家，不是诗人，我也应该明白：再美好的时光最终也会拂袖而去，谁也无法将她追回。但时光留下的模糊的踪迹，我们倒是可以用文字加以擦拭和修复。哪怕在若干年之后，也许一个闪光的词，一道柔和的目光，一声喃喃的低语，一种微弱的声响，都会让时光流转，让记忆重现，甚至让一些可怕的终结变为可爱的开端。

此刻，我面对的就是这样一个平静的、喃喃低语式的话语组合，一个闪耀着柔和的光芒的词的星群，一个朴素的和充满了温暖的个人生活细节的回忆之乡。

"蓝夜书屋"——蓝色、夜晚、书、小屋——每一个字或词都可以使我们瞬间就安静下来，每一个字或词都具有一种温柔的诱引的魔力，每一个字或词都能唤起我们沉睡的想象力。七本美丽的小书，像七盏闪烁着橘黄色光芒的瓜灯，照耀着我们沿着记忆的小路，走回到不同的年代。

打开《十八个美梦》（葛翠琳）和《等你敲门》（金波），我们首先听见了 20 世纪二三十年代的旧北平的风声，听见了那如冰糖葫芦一样甜脆的、带着儿化音的童谣。

"这是多么熟悉的声音，我恍若回到了童年时代，就像那个孩子，偎在奶奶的怀抱里，倾听到那遥远而又亲近的声音……"

一位天性中"素来有渴求韵律的愿望"的诗人——他是金波先生——面对着自己儿时的一些照片，心中漾动起层层涟漪。他的文字中流动着一种缱绻、低回和温柔的旋律。当他回首前尘、追寻旧时梦影的时候，他的心变得更加柔和、敏感和细腻。

"微风吹动树叶的沙沙声，让我想起思念已久的亲人……我心中永远奏响着微风吹过树林的声音。"

"……在孩子（我）的想象中，从洞箫里飞出的声音，绝不仅仅是乐器发出来的乐音，而是一种神秘的、很难理解的话语。我总觉得，当母亲拿起那管箫，她就是在感应另一个人的气息，而另一个人也会同时感应到家的气息。"

"当我走在雪地上，脚下发出轧轧的声音，那声音让我神往。"

"……我还听到了片片雪花飘落在枯枝败叶上的声响……"

他的书中充满了富有温情和诗意的意象和细节。它们在不同的场景里凸现出来，超越了狭隘的日常琐事的色彩和即时性的意义，而铺设出了一种带有永恒意味的话语空间。

在这里，我们看到的不是一种模糊的和缺乏想象力的集体记忆，而是最具个体特征，最具个人内在感受、经验与品质的追忆与书写；在这里，个人童年生活中的种种忧愁与欢娱，依靠无处不在的细节传达出来，生活就是忆念，而不是简单的和无趣的记忆。所有的带有温度和光芒的词，都超越了一种孤立的和无足轻重的书写符号功能，而成为对过去的年代里存活下来的记忆、经验与感受的检索、重组和修复。从这个意义上说，童话作家葛翠琳的那"十八个美梦"无论是已完成的还是未完成的，都是无比珍贵的。

"一个世纪的梦啊，梦成真时，真又似梦，梦和真合二为一了。我像是梦中人，游历在梦境中，时而惊喜，时而激动，时而感慨，时而振奋……"

在这样的慨叹声中，经历、生活、梦……这些属于"过去式"的分散的材料，又按照作家的意愿而不一定按照它们最初呈现的秩序被重新检视和安排。记忆成为梦想的仓库，时间成为慰藉者。

《龙套情缘》(束沛德)是另一个独特的记忆的文本。它使我想起克罗地亚的一个古老的童话故事：一个人通过森林之王的魔力，得到了一个重返一生中最快乐时光的机会，而他因为无法割舍的种种牵挂，最后还是选择了回到现实生活中来。生于一个盛行共性而排拒个体经验的时代，束沛德先生

365

的个人经历其实也是共和国一代儿女的集体经历。他的一生是听从于一种近乎神圣的号令的一生。但他终究是一个文学家。当他"退出"集体记忆而回首细话个人沧桑之时，他在书中努力做的一件事是卸去一些非个人的理性主义和社会与政治惯例的包袱，而完成一种自我整合与精神确认，然后回归天真。

《打架的风度》《浪漫简历》《感恩生活》和《唱片年龄》的书写者张之路、梅子涵、秦文君、高洪波是另一代同龄人。自由、雅致和温情的个人经验在他们的童年生活中虽然时有缺席，但毕竟他们还在贫穷中听见过世间的风声。在梅子涵的书中，我们看到，他的童年里有过鸽子、知了和开得很慢的火车，有过在凝重和恐怖的大雷雨之前款款低飞的蜻蜓，"在乌云之下，它们组成一片飞翔着和流动的金黄"。在张之路的记忆里，甚至有过像蓝宝石一样划过的美丽的彗星，有过演戏与航海的梦。对于逝去的时间的伤感的眷顾，使他们在成年之后的文字书写中，只要一碰着"自己的童年"这个题材，便无一例外地都变得多情甚至有点自恋了。

在他们的书中，再细微的闪光的碎片也被重新拣拾起来，并拂去了灰尘；所有飘荡的蒲公英的种子都终于落地；那些迷途的星宿也重新归位。而在所有词语和细节的深处，每一个成年的"我"都参加了童年的"我"的诞生。而最后，从每一本书中，我们将看到，在个人的成长史、心灵史和文学写作史的背后，都另有一部"潜史"，那便是对生命成长奥秘的揭示，对美好和高尚的人生真谛和人性本原的发现与张扬，对文学本质和文学书写技巧的体悟与诠释。

"蓝夜书屋"是七位富有灵感和趣味的作家和编辑一

起,用一种可以称为"忆语体"的文本,为我们搭建的一个温暖、雅致和亲切的话语与回忆之乡。充满想象力和亲和力的回忆由作家们来完成,而一个静谧和美丽的"蓝夜"的选择与创造,则必定有一位睿智、浪漫和唯美的编辑在场。当喃喃的低语式的回忆把蜜蜂一样的读者引进书页中时,我看见,"蓝夜书屋"的编辑灵感,也在词语的晚星下熠熠闪耀。

2002 年春天

重返童年的金色麦地

歌德说过,有一些书,不仅是世界的一个小小的组成部分,它们本身就是一个"小世界"。作为歌德的同胞和晚辈的本雅明,在《柏林纪事》里进一步解释这个观点说:面对这样一些书,你不是在阅读它,倒像是"重新居住和生活在它的字里行间"。

《少年文艺》(上海)作为一份几乎与新中国同龄的儿童文学杂志,已经走过了半个多世纪的风雨路程。50多年来,她所发表的各类形式的儿童文学作品——小说、童话、诗歌、散文、寓言、曲艺、少年习作等,可以说是新中国儿童文学世界的一个微缩。对于出生和生活在共和国成立之初的日子,尤其是20世纪六七十年代的作家和读者来说,《少年文艺》如今已经成为他们童年时代里最美好的阅读回忆了。重新阅读这本杂志50多年来所刊发的一篇篇使人记忆犹新的作品,仿佛重返那遥远的、金色的童年的麦地,该有多少往事和感受重上心头啊!

把这套名为"《少年文艺》五十年精华本"的儿童文学选集被称为"影响新中国几代青少年成长的心灵读本",是比较恰当的。这套选本由梅子涵主编,共分五卷:小说《彩色路途》《绿色麦地》两卷,童话卷《金色水桶》,诗歌卷《红色秋千》,散文卷《蓝色海洋》。这些书名似乎在暗示,这些作品本身已经建构了一个色彩缤纷的小世界,一代代儿童文学作家和小读者在其中生活、呼吸和成长;同时也在表明,新中国的儿童文学在追求自身的艺术个性化的道路上所付出的努力和最终取得的成果。路径有千万条,色彩也各不相同。每一段路途上都付出过艰辛,每一段路途上都留下了果实。正如梅子涵所说:"每个人的记忆都是海洋。很远的日子在下面,昨天的故事在水上。离开童年,童年反而加倍情深,每条小鱼的游动都是感情的尾巴在摇,情深处没有不美好的风光。"

新中国半个多世纪以来的文学领域里,曾经发生过、并且让从那个年代走过来的每一个作家都经历过如此多的困惑和痛苦,儿童文学界也毫不例外。检视我们的儿童文学创作阵容和作品,其中的"阵亡者"和被时间无情地淘汰掉的作家和作品的数量真是惊人。我做了点简单的数字统计:入选这套选本的散文有 70 篇,而从新中国成立到 1978 年"新时期"之间漫长的一段时间里,编者只筛选出了 10 篇;小说两卷共入选 77 篇,"新时期"以前的则只有寥寥数篇;童话入选 50 篇,"新时期"以前也只有零星几篇;诗歌大约入选 140 首,"新时期"以前的也只有 10 首而已。这个巨大的淘汰量只能说明,五六十年代的中国儿童文学,在大多数作家那里,走的是一条弯路,甚至是一条"不归之路"。时间和艺术法则都是无情的。然而,时间的雷电,命运的风暴,最终所扬弃和摧毁的,也只是那些迎风媚俗的诗歌、童话、小说和散文,而另有一些作品,却经受住一次次严格的检验和磨洗而流传了下来,并且被打上了优秀甚至不朽的标记,还将继续流传下去。

且以散文卷《蓝色海洋》为例。自20世纪70年代末以来的二三十年,是中国儿童文学得到了长足进步与发展,完成了整体艺术嬗变和飞跃,取得了前所未有的辉煌的一个时期。以1978年为开启"新时期"的标志,中国儿童文学也由于一个时代的结束和另一个时代的开始而获得全面勃兴的机遇。这期间,中国大地上所发生的一切:思想解放、拨乱反正、实事求是、改革开放、经济转轨、文化转型……所有这些,也都为儿童文学的健康、自由的发展,营造着全新的空间和良好的氛围。同时,由于汇集在这一时期的近乎四代作家们的共同努力,使得儿童散文也和其他门类的文学作品一样,在这一历史时期里放射出了夺目的思想和艺术的光芒。老一代在进行伟大的自我超越,坚强地从自己身上跨越过去。新生代带着压抑不住的开创精神,发出沉重而响亮的足音进军文坛。四代散文作家蘸着各自的心血,在20世纪最后二十来年的中国儿童文学史上写下了浓墨重彩的一章。

与50年代、尤其是六七十年代的儿童散文相比,这一时期的创作主要特征表现在这样几个方面:首先,儿童散文终于走出了长期以来无法摆脱的一种"政治文化"的阴影,冲出了简单而庸俗的"工具论"的樊篱,而逐渐地、直至真正回归到了文学的本位上。检视80年代和90年代的儿童散文,我们几乎再难找到那种一味突出某一类即时性的政治道德训化而忽视文学审美的"假大空"、模式化和教条主义的东西了。其次,作家们打破了长期以来片面强调教育功能而轻视审美和娱乐作用、过分尊崇共性而排斥个性、简单的理念先行而抑制丰富的性情的狭隘格局,而以无限广阔的审美视野,以忠实于童心、忠实于文学为前提的坚实的文学实践,使儿童散文不仅回到了文学本位和儿童本位,并且推动儿童散文进入了一个真正的多元并存的"百花时代"。举凡校园生活、家庭伦理、社会问题、大自然风景、宇宙奇观、科技探索、历史文化以及融合在大时代之中的充满欢乐、忧伤、梦幻、孤独、渴望、秘密的万花筒般的儿童情感世界等领域,都进入了作家的视野,得到了充分的表现,而且作品的数量、样式和整体艺术水准,都超过了此前的任何一个时期。辛勤的作家们所献给这一时期的美丽、斑斓和繁复的文本,不仅标志着这个时期儿童散文整体观念和品位的突破和提升,而且也充分显示了作家们在追求和张扬艺术个性上的收获与胜利。最后,一批具有先锋、实验和探索性质的儿童散文作家及作品的出现,为这一时期和这一领域平添了一道鲜亮的异彩,成为世纪末叶一种引人瞩目的文学现象。这些被冠以"新潮"标志的作品的出现,不仅为儿童散文园地带来了新的艺术精神和审美趣味,而且也把一个艰巨的文学课题,即中国儿童散文如何突破传统观念和手法,进而创造更新、更美的,既具有现代精神,又符合现代审美需求,既不乏古典美,又富有现代美,而且足以获得广阔的世界性认同的文学样式,摆到了儿童文学作家、理论家和文学史家的面前。

从入选《蓝色海洋》的儿童散文创作队伍来看,可以说是四代作家,济济一堂,仿佛无数座冰山汇聚在 21 世纪出海口,相互碰撞。

一代是以陈伯吹、郭风、叶君健、秦牧、林海音等为代表的,在 1949 年以前就开始儿童文学创作的老作家。这一代作家大都是阅历丰富、学养深厚,饱受中国传统文化濡染,也不乏西方民主自由思想和先进文化、文学思潮的影响,其作品富有自由和人道情怀,富有爱心、童心,注重文本的艺术品位,从整体上承继和弘扬着"五四"新文学的传统,有较强的生命力和较为长久的历时效应。

然后是50年代成长起来的,到80年代正当中年的一代作家,如施雁冰、王一地、邱勋、韦苇、吴然、佟希仁、倪树根、许淇等。第三代作家主要是成长于"文革"前后,几乎与"新时期"同步开始文学写作的一批"知青作家",如肖复兴、陈丹燕、赵丽宏、梅子涵、陈益、鹿子(陈丽)、金曾豪、董宏猷、班马等。这一代作家和上一代相比,很值得庆幸的是,他们没有成为一种规范化的精神流水线的产物,倒是"文革"中的狂热与"文革"结束后的幻灭,使他们成了思想史和文学史上的又一代觉醒者和探索者。他们是70年代末和80年代初期的思想解放运动的受惠者和紧接着的"文化热"的积极参与者。而整个80年代,也正是这一代作家的思想资源、知识结构和创作风格得以充实、调整和形成的时期。他们由最初的激情奔涌、渴求嬗变而走向沉稳和成熟;他们由怀疑、觉醒、批判、解构而最终完成了重建和铸造,各自找到了相应的坐标,当然也直接决定了此间散文的品格和实绩。

所谓第四代作家则是出生于20世纪60年代和70年代,而在90年代浮出海面的一批最年轻的创作者,《少年文艺》为扶植和推举这代作家,付出了极大的努力,其功不可没。这些年轻的散文作家包括徐鲁、玉清、简平、庞敏、萧萍、张新颖、张洁、殷健灵、王蔚、叶凤春等。这是20世纪最后10年里出现的一个值得重视的创作群体,也是20世纪中国儿童文学领域里一群姗姗来迟的主角。他们大都是在"新时期"改革开放的氛围里完成大学学业,在世纪末叶东西方文化的交流碰撞空前活跃、文化空气相对自由的大背景下成长起来的"新人类"和"新新人类"。他们以扬厉的姿态、新颖的视角、敏锐的感觉、灵通的讯息和无拘无束的叙述方式,努力拓展着自己的话语空间,为中国儿童散文创作注入了一脉脉清新的活水。

把《少年文艺》50 年来的优秀作品集中起来看,我们也许会发出弗吉尼亚·伍尔夫在小说《海浪》里的一句感叹:"世界让那些人经历了如此多的冲突,而他们私下的亲密关系是多么美好啊!"这是中国当代儿童文学领域里所独有的风景。

2005 年初夏,武昌东湖梨园

散文能带给我们什么

美国著名诗人罗伯特·勃莱写过一篇《散文诗能带给我们什么》。他所描述的散文诗的文体之美，在我看来也就是散文之美。比如，散文的语言比分行诗具有更自然的节奏和语序；在散文里，我们常常会感到作家似乎不是在和所有人说话，而是轻声地和某个"个体"在说话；散文能够把某些被半埋没的感情和思想唤醒并表达出来；散文还能够"汲取细节"，在分行诗歌里丢失的东西，尤其是微妙的细节，在散文里可以找到；散文还能够让我们最初的观察和感受，甚至让那些也许只会发生一次的事物和瞬间，鲜活地、生动地保存下来。俄罗斯散文大师巴乌斯托夫斯基还说过这样的话："真正的散文总是饱含着诗意，就像苹果饱含着汁液一样。"

在儿童文学创作领域，散文虽然不像小说、童话那样，依靠故事情节和人物形象去吸引小读者的阅读兴趣，但是，散文依凭着美好的意境、真实的情感、细腻的描写、清新的语言、简约的篇幅，在滋润着一代代小读者的心灵。相比小说和童话所具有的天然的"文体优势"和阅读上的轻快元素，散文往往是"润物细无声"的，或者说，散文给儿童的文学阅读所带来的营养成分,也许是更加丰富和更容易吸收的。当然,对散文作家来说,这种文体也总是最能考验他付出的感情的真假、学识素养的厚薄、思想智慧的高下、语言功力的深浅,等等。所以,从这个角度看,散文其实比小说、童话等虚构类的叙事作品的写作难度更大。

《中国当代儿童文学散文十家》,是晨光出版社最近出版的一套颇具规模的儿童散文原创图书。如果不是集中阅读了这套散文集,我还真没有想到,新世纪以来的中国儿童散文,在整体上竟然已达到了如此不可小视的水准。这套散文集,也为引导孩子们更好地去热爱母语、敬畏母语和善待美丽的母语,提供了题材多样、异彩纷呈和清新可读的范本。

从吴然的《牵手阳光》、肖复兴的《永远的校园》这两本书里,我看到了正在进入老年期的这一代散文家在散文艺术上的不懈追求。吴然的儿童散文承续了老一辈散文家郭风先生的那种纯净、明媚、柔和与节制的风格,是"给孩子们看的真正的儿童散文"。这一集散文,可谓名篇荟萃,散发着来自西南边陲的山川草木和民俗民风的浓郁的地域风情。肖复兴的散文传达着校园弦歌的浪漫气息,也让我们看到了一种亲情怡怡、感人肺腑的孝亲之美,一种真挚、崇高和温暖的家国情怀。阅读他的"母亲的诗篇"那一辑散文,我的眼睛总是湿润的,同时也不断地想到艺术家黄永玉在他的诗中提出的那个命题:没有好母亲,哪来的好儿女?没有好儿女,哪来的好家园?

陆梅的《文字里的碎影》,给我们呈现了一种处处闪耀着散金碎玉光芒的知性散文。她的散文书写,为少年散文在题材的广度、思想的深度和语言的纯度上,提供了一种试验与可能。徐鲁的《童年瓜灯》、薛涛的《与秋虫为伴》、毛云尔的《与草有仇》这三本散文，不约而同地把笔触伸向了乡村田野里的小童年，伸向了使我感到特别亲切和温暖的，与故乡、田野、谷场、小溪流、田野昆虫等有关的细小事物和正在消逝的场景。从这些散文里，我们看到，一代代从山村、田野走出来的孩子，他们所走过的童年的小路，大都是弯曲、幽深，抑或是坎坷不平的，但小路两边的林木和山峦却是葱绿和亮丽的。回忆起风雨中的童年，每一位作家的心中难免会有一些伤感，那毕竟是人生中最朴素、最纯真的岁月，青梅竹马，风筝秋千；父母堂前，外婆膝下。虽然也有清苦和酸涩，有贫寒人家的无可奈何的忧伤与哀愁，但无论多么艰辛的生活，都阻挡不了孩子们心中那些希望与梦想之鸟的飞翔，即使是在最平凡、最寂寞的日子里，他们也都在寻找和期待着布谷鸟的歌声，呼唤和寻找着自己最美丽的春天。那留在童年的长夜里的美好记忆，一旦回忆起来，就像点亮在冬日里一盏盏小小的雪灯一样，闪烁着微光，散发着温暖。我个人十分偏爱这些描写乡村童年生活的散文，它们也往往能够一下子就打动许多读者心中最柔软的地方。

《夏洛的网》的作者、美国散文家 E·B·怀特曾回忆说："我酷爱散文，一直喜欢这种样式，甚至在孩提时代做作业时，也试图将我的童稚的想法和经历，用散文的方式倾诉到纸上。"另一位散文家布鲁姆从散文阅读的角度强调说："散文和一切文学阅读一样，都是教养的基础。过去一代一代的精英人士，都是在阅读散文经典中度过自己的学习时光的。"这套散文集，每一位散文家在编选自己的作品时，都比较挑剔、谨慎和自觉。正如肖复兴在他的"后记"里所说的那样，

376

散文阅读的目的,是"提高孩子的美感、善感和敏感,在于心灵的滋养和精神世界的提升",因此,他觉得,"编选这本散文集,比编选自己的任何一本散文集,我都要慎重和仔细"。这种谨慎的编选态度,几乎从每一位作者的编选后记里都能感觉到。

散文是语言的艺术。阅读散文,我们当然必须学会去鉴赏和享受散文的语言之美。好的散文语言就像钻石一样,光芒四射,光华熠熠。热爱散文阅读,更应该懂得如何去发现和欣赏我们的母语——汉语的美丽。

2013 年夏天,沙湖之畔

散文应该怎样读？
——在"这样读"新书发布会上的发言

　　非常高兴参加"这样读"的新书发布会。作为这套书的作者之一，我要感谢两位责任编辑为这本书付出的创造性的劳动，她们在短短的时间内把我那一堆"散文"各归其位，打扮得漂漂亮亮，而且做出了那么细致的索引编排。我看了吓一跳，没想到我的书中涉及了这么多的散文作家和散文书目与篇目。这些烦琐的编辑工作，她们默默地做得这么好，我很感动。这也说明接力出版社的编辑非常敬业和专业。

　　我写的这本书叫《散文应该这样读》。其实我很想说，散文应该随便读。散文哪能规范怎样读？也许小说、诗歌、童话或科幻作品的阅读可以有所规范、有一些门径，有阅读规律可循，因为这些文体本身有"机关"、有技巧，但是散文几乎没有。散文就应该"散"着读。而且越是好的散文越看不出任何技巧。就像今天来的许多朋友都着休闲服装，看上去都蛮随意、舒服的，我和白冰先生却穿着正装，显得一点也不舒服、不好玩。当然，这是因为我和白总都是公司高管，我们都很守公司的规矩，只要参加会议，就会很自然地穿上正装，对来宾朋友以示尊重。"散文"之所以也要"这样读"，其实也有几分这个道理:我们的老师、我们的小学生,大都是讲究规范的,尤其是课堂上的文学阅读课,也需要有一些阅读的"礼仪指导"和"阅读规范指导"。小学生和老师们一般不可能"随便读"。他们要把散文正规着读、分析着读,甚至要解构着读、诠释着读,还可能按照过去的散文课上所说的是否有"凤头、猪肚、豹尾"的标准来读散文。因此,写这本书,我们一开始就设定了读者对象:一是给小学生和初中生的散文阅读提供一些建议和指引,包括引导他们学会去"随便读";二是给一些小学、初中老师提供一些散文教学的备课资料和教学建议。除此之外,如果小读者读着这样一本书还能感觉和发现一些蕴含在散文里的真善美的东西,有所感动、领悟和启示,哪怕是仅仅获得了一点阅读的乐趣,那也就值得了。

文学阅读需要一些入门书和指导书,这是毫无疑问的,就像去音乐厅需要一些礼仪指南一样。这也是我们写这套书的小小的目的和愿望。至少我个人是这样想的。

"这样读"系列的创意,来自编辑出版家的头脑,作为作者,我们只是具体的"施工者"。我建议白冰先生把这套具有开创性的书系继续拓展。这一辑是关于文学,可以再出版一辑关于艺术的,例如《音乐应该这样欣赏》《绘画应该这样欣赏》《建筑应该这样欣赏》《书法应该这样欣赏》《戏剧应该这样欣赏》《电影应该这样欣赏》等,给少年儿童和老师们再提供一套实施"博雅教育"的入门书和指导书。谢谢大家。祝各位新的一年里身体健康,工作生活顺美幸福。

2012 年 1 月 8 日,北京

我的儿童文学观

——为《中国儿童文学艺术丛书·散文十家》作

一

瑞士作家约翰娜·斯皮利的儿童小说《海蒂》,是世界儿童文学宝库里的一颗耀眼的红宝石,被誉为堪与《爱的教育》《苦儿流浪记》《汤姆·索亚历险记》等儿童文学经典相媲美的作品。小说里有一位生活在阿尔卑斯山上的阿尔穆爷爷,他勤劳、善良,性格有些古怪和固执。当山下的牧师劝他把小海蒂送到山下去上学时,他却固执地回答说:"不!我并不打算送她去上学。"阿尔穆爷爷朴素的"教育观"是,小海蒂是和阿尔卑斯山上的小羊、小鸟和野花一起长大的,与它们相伴是一件幸福的事,况且小羊、小鸟和野花是不会教她去干坏事儿的。优秀的儿童文学也应该像阿尔卑斯山上的小羊、小鸟和野花一样,像美丽、丰富、神奇的大自然一样,陪伴着孩子们快乐、健康、安全地长大,润泽和滋养着他们真诚、善良、高尚的心性与人格,并且是不会教他们"去干坏事儿"的。

二

任何一部儿童文学作品,如果不是从一个国家或民族的现实生活的土壤里生长出来的，它的生命力就不会长久。有许多美好的儿童文学作品，都是作家从自己祖国民间文化宝库里寻找和挖掘出来的"珍宝"，比如安徒生童话、格林童话、普希金童话诗、卡尔维诺童话、新美南吉的小说和童话……无一不是在民间文化土壤上盛开出的鲜活、鲜艳和芬芳的花朵。少年普希金就是从乳娘和外祖母讲述的民间传说故事里，从农人们晚归的欢笑声中，渐渐认识到了俄罗斯人民善良、勤劳与乐观的天性。我的童年时代里大部分时光，也是和祖父、祖母生活在一起的。那时候小村庄里还没有电灯，只用煤油灯或豆油灯照明。北方冬天的夜晚很长，乡下睡觉也很早，所以在许多冬天的长夜里，有时也是在夏夜乘凉时，我就会缠着祖父、祖母给我讲故事。他们能讲很多民间故事。记得七八岁时，祖父用韵语给我出过一组谜语："上山直溜溜，下山滚稘馏，摇头梆子响，光洗脸不梳头。"每一句要猜出一种动物。其中"稘馏"是一个方言词，那是我们老家胶东的一种用红薯面、玉米面或黄豆面混合做成的窝窝头，是"粗粮"。这四种动物分别是狐狸、野兔、驴子和猫。这个谜语我至今还记得。祖母给我讲的故事就更多了，像《金粪筐和银纺车的故事》《小红点的故事》《灯花姑娘的故事》《狗尾巴草的故事》等。夜晚里祖母讲故事舍不得点油灯，所以留在我记忆里的这些故事，多半在黑夜里伴着映在纸窗上的月光和摇晃的树影……这种情景，与普希金童年时代在夜晚里听乳娘给他讲俄罗斯民间传说和故事的时光何其相似。后来我写的那些童话诗，也大都是根据祖母、祖父给我讲的胶东乡村民间故事改写的。毫无疑问，这些朴素的故事，也培养了我童年时代的善恶感、同情心和想象力。它们是真正的"中国故事"，

381

散发着中国情怀、中国传统美德的芬芳,也启迪着我对世道人心的认识与容纳。所以说,儿童文学也应该多从自己的祖国和民族的民间文化里汲取营养,寻求创作资源。

三

童年的故事与书,都是种子。未来的茎里和果实里有的,种子里早已有了。儿童文学作家格雷厄姆·格林甚至认为,只有童年读的书,才会对人生产生深刻的影响。"孩提时,所有的书都是'预言书',能告诉我们有关未来的种种,就像占卜师在纸牌中看到漫长的旅程或经由水预见了死亡一样,这些书影响到未来。"因此,对天真懵懂的幼童来说,有一些书,有一些故事,童年时读到了、听到了,也就是永远地读到了、听到了;童年时错过了、缺失了,也可能是永远地错过和缺失了。有一些书,一个人如果不在童年时读到它们,不曾在童年时代为它们动过真情、流过眼泪,那么这个人的本性和他整个的精神成长,都可能有所欠缺。当然,儿童时代应该多读什么书,也是一个问题。我的一个基本认识就是,不熟悉自己的家园、文化和根脉的人,对全世界也将是陌生的。从古老的《诗经》开始,我们的方块文字,我们美丽的母语汉语,就不仅仅是我们赖以生存和交往的工具,也不仅仅是我们全部文化与文明的载体,而是我们最初的和最后的回忆之乡,是我们全部的记忆与乡愁。从《诗经》《楚辞》到汉赋和乐府诗歌,从六朝诗文到唐诗、宋词、元曲、明清传奇……一直到我们现当代的新诗和白话散文,浩如烟海的诗文,都在抒写着中华民族曲折的故事、漫长的记忆和最深沉的乡愁。一个在中国大地上长大的孩子,怎么可以不去阅读这些"中国故事",不去熟悉自己的文化根脉?

四

好的或有价值的写作,一定"有赖于作家身上的某种道德完整"(诺贝尔文学奖获得者奈保尔语)。如果说儿童文学创作也存在着"比赛"与"竞争",那么,它最后的比赛与竞争,必定是作家的道德、境界、情怀和人格修养的竞争,而不仅仅是文学技巧和艺术水平上的竞争。儿童文学不是空中幻城,也不是与世隔绝的童话城堡,而是带着作家的体温、气息、血液、泪水和汗水的那种鲜活和坚实的生活的反映。儿童文学作家也必须对生活、对生命、对世道人心等做出自己清晰和准确的价值判断,必须富有社会良知和悲悯情怀,能够用作品给人们带来光明、希望和幸福,应该去张扬善良、温暖和崇高的人性之美,传达出富有鲜明的民族精神、富有充分的道义感,并且能够获得最广阔的认同的、清晰的价值观,而不能躲避这些严肃的课题,更不能去制造混乱、低级和庸俗的价值观。

五

世界上没有渺小的体裁,而只有渺小的作家。儿童文学要成为一种"大文学",必定出自大情怀、大境界和大手笔。如果一部作品所呈现出来的作家的情怀并不崇高、并不温暖,其思想成分和精神高度也极其稀薄和低矮,甚至根本谈不上对思想深度、精神风骨的追求,那么,这本书即使再怎么畅销,这个作家再怎么热闹和走红,其实都不是真正的儿童文学的成功,而仅仅是作家世俗生活的成功。这种成功,最终代表不了儿童文学的高度与博大。儿童文学的博大与丰富，也来自作家对他所写的故事、人物、时代、环境和自然环境的洞察、体验与描述的独特、深刻与精准，来自他的"百科全书式"的、丰富的文化融通能力、广博的知识谱系与厚实的文化素养。

六

儿童文学作家也不能推卸唤醒和培养小读者对自己的母语的热爱之心，让小读者从儿童文学阅读中学习、感受和享受汉语之美的神圣责任。优秀的儿童文学一定也是语言的艺术，富有汉语文学的纯正、优美、准确和典雅之美。有的儿童文学语言即使是清丽的"浅语"，也应该像熠熠闪光的钻石一样，散发出现代汉语迷人的魅力。杰出的儿童文学作家必定也会在语言艺术上付出创造性、智慧性的心力，方能够探骊得珠。就像诗人马雅可夫斯基说的那样："做诗，和镭的提炼一样：一年的劳动，一克的产量。为了提炼仅仅一个词儿，要耗费几千吨语言的矿藏。"只有如此，"这些词儿，才能在几千年间，鼓动起千万人的心房"。

2016 年农历芒种时节，武昌东湖梨园